왕과 왕비님의 신혼일기

◉

1

왕과 왕비님의 신혼일기

유오디아 장편소설

1

차례

네가 이 나라의 중전이다

대한민국 서울. 동아리 활동 중 학교 동굴 안에서 한 친구가 사라졌다.

"어떻게 우리 유나만 사라질 수 있다는 말이니!"

동아리 멤버들이 모두 모인 자리에서 친구의 어머니는 오열했다. 나는 동아리 회장으로서 아무런 말도 하지 못했다.

이후 대대적인 경찰 수사가 시작되었다. 친구가 사라진 문제의 학교 동굴에 경찰 병력이 집중되었다. 하지만 학교 자체가 도심 한복판에 위치한 터라, 경찰들은 학교 안보다는 학교 주변에서 실종된 것으로 보았다.

그러나 CCTV 그 어디에서도 사라진 친구의 존재를 발견할 수 없었다. 그리고 몇 달이 흘렀다. 수사는 지지부진한 가운데 오랜 역사를 자랑하던 심령연구회 동아리는 폐쇄되었다.

사라진 친구를 두고 그 누구도 내게 책임을 묻지는 않았다. 그러나 나는 스스로 그 책임을 느끼고 있었다.

평일 오후, 하교하는 다른 학교 여학생들 사이로 나는 몰래 끼어들어 문제의 사건 현장인 동굴 앞에 도착했다. 펜스가 쳐 있고 폴리스 라인이 더해졌다는 점을 빼고는 동굴은 친구가 사라지던 그날 그대로의 모습이었다.

"너 다른 학교 애지?"

하교하던 여학생들이 다른 학교 교복을 입은 내가 동굴 앞 에 서 있자 다가와 말을 걸었다.

"우리 학교는 외부인 출입 금지야. 경비 아저씨에게 말하기 전에 어서 나가는 게 좋을걸."

"그리고 여기가 얼마나 무서운 데인 줄 아니? 요즘 밤마다 사라진 여자애가 통곡하는 소리가 들린대."

"어쨌든 빨리 가라, 가."

위협적인 경고 같은 말을 한 여학생들이 가버리자 난 긴 한 숨을 내쉬었다. 여기에 온다고 해서 사라진 친구를 찾을 수 있을 것이라고는 기대도 하지 않았다.

다만 와보고 싶었다. 곧 방학이고 그 방학이 끝나면 새 학 년이었다. 난 고등학교 2학년이 될 테지만, 사라진 친구는 계 속 고등학교 1학년에 머물러 있게 될 것이다.

"대체 어디 갔니…."

답답함과 미안함이 뒤섞인 마음을 안고 동굴에서 돌아서려 던 그때였다.

"#$%^%&… $#%^$&…."

사람이 속삭이는 듯한 소리가 얼핏 들렸다. 소리가 들려오 는 방향은 다름 아닌 동굴 안쪽이었다. 듣고도 믿을 수가 없 어서 동굴 앞으로 바짝 다가갔다. 펜스가 동굴 입구를 막고 있었지만, 동굴 안쪽을 향해 소리쳤다.

"안에 누구 있어요?!"

하지만 돌아오는 대답은 없었다. 잘못 들었나 싶어서 다시 동굴에서 돌아서려던 그때였다.

"@#%$%$%…."

또다시 웅얼거리듯 들려오는 사람의 목소리. 정확히 무슨 말을 하는지는 알 수 없었지만 분명히 사람의 목소리가 틀림 없었다. 내 심장이 터질 듯 쿵쾅거렸다. 당장이라도 경찰에 전화해야 한다는 생각이 들었다. 스마트폰을 꺼내 들려는 내 눈에 잠기지 않은 펜스의 고리가 눈에 들어왔다. 아마도 폴리 스 라인이 쳐 있어서 아무도 얼씬거리지 않을 줄 알고 펜스 의 문을 잠가놓지 않은 것 같았다. 망설이던 나는 폴리스 라 인 스티커를 떼어내고 펜스를 손으로 밀었다. 촤르륵. 거친 금속음과 함께 펜스는 쉽게 열렸다.

마지막으로 주변을 한번 둘러보았다. 주변에는 아무도 없었다. 멀리 하교하는 학생들이 까만 점처럼 보였지만, 그녀들은 외진 곳에 감춰진 동굴과 그 앞에 서 있는 나를 알아차리지는 못할 것 같았다. 난 다시 동굴을 돌아보며 스마트폰의 손전등 어플을 실행했다. 그리고 어두운 동굴 안으로 천천히 들어섰다.

그녀의 나이 16세.

"대감, 어찌 이리도 가혹한 운명이란 말입니까!"

어머니의 울음 섞인 처절한 비명에도 소희는 무표정으로 묵묵히 앉아 있었다. 그녀의 어머니 앞에 마주 앉은 아버지 병조판서 김조순은 긴 한숨만 연거푸 내쉬고 있었다.

'운명….'

소희는 속으로 되뇌어본다. 자신의 운명이 무엇이기에 어머니가 이리도 눈물을 쏟고 계신 것일까? 조선의 여인들은 모두 같은 운명이다. 나고 자라 때가 되면 부모의 곁을 떠나 시집을 간다. 그리고 일부종사. 그녀 역시 그 당연한 운명을 걸으리라 믿어 의심치 않았다. 왕가, 이 조선의 왕실과 그 운명의 실이 엮이지만 않았더라면.

"어머니."

그녀의 입이 열리자 울먹이던 그녀의 모친이 고개를 들었다. 천 갈래 만 갈래로 나뉘어 복잡해진 속을 끌어안고, 소희는 태연한 얼굴로 모친에게 위로의 말을 건넸다.

"걱정 마십시오. 우리 집안은 영조대왕의 즉위에 큰 공을 세운 일등 공신 집안입니다. 전하께서도 이를 모르시지는 않을 것입니다."

아니, 왕은 모를 것이다. 삼 년 전, 11세의 어린 왕이 즉위한 순간부터 조정은 영조의 계비, 정순왕후의 세상이 되었다는 것을 삼척동자도 아는 사실이 되어버렸으니. 그리고 정순왕후는 사실상 왕비가 되었어야 할 그녀의 운명을 뒤바꾸려하고 있었다.

지금으로부터 삼 년 전인 정조 24년(1800).

정조는 영조 즉위에 큰 공을 세웠던 김창집의 후손이자, 자신의 좌측근인 김조순의 딸을 세자빈으로 간택하려고 마음먹었다. 그해 1월 1일에 전국에 금혼령이 내려지고, 다음 달인 2월 26일에 초간택이 열렸다. 이후 재간택을 거쳐 최종 삼간택에 오르기로 결정된 세 명의 처녀 중 소희도 포함되어 있었다. 병조참판의 여식인 소희와 다르게 나머지 두 처녀는 모두 관직 없는 양반의 여식이었다. 다시 말해, 소희가 차기 세자빈이 된다는 사실은 이미 기정사실이나 다름없었다. 정조가 그녀의 아버지 김조순을 총애한다는 사실을 모르는 관리들도 없었다.

그러나 그녀의 운명은 삼간택이 열리기로 한 가을이 되기 몇 달 전. 정조가 갑작스럽게 창경궁 영춘헌에서 승하하며 흔들리기 시작한다. 정조의 삼년상이 끝날 때까지 삼간택은 무기한 미뤄졌다. 그사이, 조정에는 피바람이 불었다. 새로 즉위한 어린 순조를 등에 업은 정순왕후는 정조의 복수를 한다는 핑계로 천주교를 박해하기 시작했다. 신유박해라고 불리는 이 박해로 인해서, 정조가 총애하던 실학자 관리들이 대거 조정에서 쫓겨나는 사태가 벌어졌다.

그리고 삼 년 후, 정조의 삼년상이 끝난 시점에서 순조의 국혼 문제가 다시 논의되기 시작했다. 그런데 이번에는 정순왕후를 등에 업은 경주 김씨들이 사실상 확정되어 있던 소희의 자리에, 다른 규수를 앉히려 한다는 말이 돌기 시작했다. 만약 무기한 미뤄졌던 삼간택이 열리지 않고, 다시 초간택이 열리게 된다면 소희는 그 초간택에 참여할 자격을 잃어버린다. 동시에 다른 사람과 혼인도 할 수 없다. 삼 년이나 삼간택에 묶여 있던 규수를 데려갈 집안이 있을 리가 없었다.

정조의 삼년상이 끝난 지 한 달 후의 일이었다

"대왕대비마마께서 너를 보자고 하시는구나."

다시 초간택이 열린다는 소문만 무성한 그때, 갑자기 정순왕후가 소희를 궐로 불러들였다. 소희는 가마를 타고 아버지 김조순과 함께 입궐했다. 그러나 내명부에는 아버지와 함께 들어갈 수 없었다. 오로지 소희만 들어갈 수 있었다. 소희는 입궐 전부터 마음을 다스려야 했다. 삼간택에 오른 처자들 중에서 그녀의 신분이 가장 높았다. 분명 대왕대비는 예정되어 있던 삼간택을 파하고 초간택을 다시 실시할 생각인 것이다. 그리고 이로 인해 큰 피해를 보게 될 그녀를 따로 불러 형식상 위로의 말을 건네려 하는 것인지도 모른다.

"병조판서의 여식 입시옵니다."

내관의 말에 닫혀 있던 대왕대비전의 문이 열렸다. 소희는 상궁을 따라 천천히 전각 안으로 들어섰다. 전각에는 총 네 명의 여인이 앉아 있었다. 정중앙에는 영조의 계비이자 대왕대비인 정순왕후 김씨. 그녀의 오른편에는 정조의 어머니인 사도세자 부인 혜경궁 홍씨. 대왕대비의 왼편에는 두 여인이 나란히 앉아 있었는데, 정조의 정비인 효의왕후와 다른 한 여인은 순조를 낳은 수빈 박씨였다.

그녀들은 묘한 눈길로 소희를 바라보고 있었다. 그중 웃는 얼굴을 한 여인은 단 한 명도 없었다. 소희는 난생처음으로 궐이 주는 무겁고도 짓눌리는 듯한 분위기를 견뎌내려 좁은 어깨에 잔뜩 힘을 주었다.

"앉거라."

정순왕후의 명에 소희는 우리에 갇힌 맹수가 된 기분으로 궁궐 여인들의 시선을 받으며 조용히 자리에 앉았다.

"네가 병조판서의 여식이라?"

"예, 그러하옵니다."

잠시 후 정순왕후가 긴 한숨을 내셨다.

"삼 년이라…. 결코 짧은 시간은 아니지. 주상은?"

정순왕후가 고개를 들어 옆에 선 상궁을 쳐다보며 물었다.

"오고 계시다 하옵니다."

'전하가 이리로 오고 계시다고?'

소희의 숨이 조금씩 차오르기 시작했다.

긴장감이 몰려왔다. 이대로라면 예의에 어긋나게 입으로 숨을 힘겹게 내쉬는 일이 벌어질지도 몰랐다. 그때 소희의 숨을 탁, 하고 막히게 하는 소리가 들려왔다.

"주상전하 납시오!"

내관의 우렁찬 소리와 함께 문이 열리며 대왕대비전에 들어찬 상궁들과 나인들이 일제히 뒤로 물러섰다. 그러나 네 여인은 앉은 자리를 굳건히 지키고 있었다. 소희는 잠시 당황하다가 상궁이 주는 눈치에 서둘러 자리에서 일어서 옆으로 물러섰다. 그리고 고개를 푹 숙였다.

잠시 후, 자신의 앞으로 붉은 곤룡포 자락이 스치고 지나가는 것을 얼핏 보았다. 대충 보아도 그녀보다는 한 뼘은 더 작은 키였다. 소희가 막 꽃피우는 여인이 되었다면, 그녀보다 한 살 어린 순조는 아직 키가 다 자라지 않은 어린 소년이었다. 소년은 자신의 몸이 감당하기 조금 버거워 보이는 큰 옷을 입은 듯, 작은 얼굴에 비해 풍채가 거대해 보였다.

"할마마마. 혜경궁마마. 어마마마. 어머님."

아직 변성기가 찾아오지 않은 목소리의 소년이 옹알이를 하듯이 차례차례 인사를 올린 후, 자리를 잡고 앉았다. 그러자 그때까지 단 한 번도 웃지 않던 여인들의 표정에 가식적인 미소들이 피어올랐다.

"오늘따라 주상의 안색이 밝으오. 수라는 드셨소?"

정순왕후의 말에 소년 왕 순조는 눈을 반짝이며 고개를 끄덕였다.

"예. 할마마마."

정순왕후의 인사를 받던 순조의 시선이 자신의 옆에 서 있는 소희를 향했다. 소희를 한번 올려다본 순조가 다시 정순왕후를 돌아보며 물었다.

"새로운 나인은 아닌 듯하옵니다."

"그 아이는…."

바로 소희에 대해 설명하려던 정순왕후가 잠시 멈칫하더니 다시 입을 열었다.

"주상. 이번에 미뤄졌던 삼간택을 다시 열 것인지, 아니면 초간택부터 다시 치를 것인지 조정에서 말들이 나온다는 것을 들어 알고 있을 것이오. 아무래도 세자빈을 뽑는 간택과 중전을 뽑는 간택은 달라야 하니, 세자빈을 뽑기 위해 뽑은 여인들을 그대로 중전 간택까지 오르게 한다는 것은 말이 되지 않으니 말이오."

"…."

"그래서… 어찌 생각하시오, 주상은? 기존에 삼간택에 뽑힌 처자들 중 중전을 간택해야 한다 여기시오, 아니면 새로이 중전을 뽑는 간택을 열어야 한다 생각하시오?"

정순왕후의 말에 담긴 뜻을 알아차리지 못한 순조는 고개를 갸웃대며, 앉아 있는 여인들의 눈치를 살피다 대답했다.

"할마마마의 뜻대로 하시옵소서. 소손은 할마마마의 뜻을 따르겠나이다."

"하! 하! 하!"

순조의 대답이 정순왕후를 크게 만족시켰는지, 정순왕후가 숨이 끊어질 듯한 웃음소리를 내며 크게 기뻐했다. 하지만 옆에 앉은 다른 여인들의 표정은 달랐다. 그녀들의 얼굴에서는 웃음이 사라져 있었다.

"그래야지요. 이 할미의 말을 따라야지요. 그래야 좋은 군왕이 되고 훌륭한 군왕이 되는 것이지요."

그때 상궁이 다가와서 대왕대비의 귓가에 무엇인가를 속삭였다.

"그만 가보시오, 주상. 경연 시간이오."

"예, 할마마마."

순조가 자리에서 일어서 다시 네 여인에게 인사를 올리고는 돌아섰다. 나가기 전, 순조는 옆에 선 소희에게 눈길을 주었다. 아직 순조의 키가 소희보다 작았기에, 고개를 숙이고 있던 소희는 자신을 올려다보던 순조와 눈이 마주쳤다. 그러나 소희는 곧바로 고개를 푹 숙여 순조의 시선을 피했다.

순조가 나간 후, 소희는 다시 자리에 앉았다. 이번에도 정순왕후는 소희에게 순조에게 한 질문과 같은 질문을 했다.

"네게 물으마. 중전의 간택과 세자빈의 간택은 분명 그 시작이 달라야 할진대, 세자빈 간택으로 뽑힌 너를 중전 간택에도 오르게 해야 할지, 말아야 할지. 네가 답해보거라."

소희는 무거운 침을 삼켰다. 입이 떨려 무슨 대답을 해야 할지 몰랐다. 어떤 답을 하든 정순왕후를 만족시킬 답이 무엇인지 알 수 없었다. 자칫 잘못했다가는 소희의 생사가 뒤바뀔지도 모르는 순간이었다. 소희는 그대로 엎드려 답할 수 없다면서 용서해 달라고 빌어야 할지 말지를 고민했다. 무거운 침묵이 흐르는 가운데, 소희는 순간 조금 전 순조가 했던 말을 떠올리고는 입을 열었다.

"대왕대비마마의 뜻대로 하시옵소서. 소녀는 대왕대비마마의 뜻을 따르겠나이다."

"오오?"

이번에는 순조 때와 같은 웃음소리는 나오지 않았다. 그러나 이러한 대답이 대왕대비를 만족시킨 것은 틀림없었다.

그로부터 며칠 뒤,

"소희야."

퇴궐한 김조순이 온 가족을 모두 앉힌 자리에서 소희를 지목하며 말했다.

"앞으로 네가 이 나라의 중전이다."

비극의 시작은 바로 그날부터였다.

"지금 뭐라 하였는가?"

스무 살 동갑내기 성균관 동무 홍몽남과 마주한 김원근의 표정이 일그러졌다.

"자네는 김 소저의 오라버니이기 전에 나와는 막역지우이지. 그러니 이해해주길 바라겠네."

"이해? 내 누이는 곧 중전이 될 여인이야!"

김원근이 참지 못하고 홍몽남의 멱살을 움켜잡았다. 홍몽남은 김원근에게 멱살이 붙잡힌 상태에서 그의 얼굴을 똑바로 쳐다보지도 못했다.

"나와 김 소저는 미래를 약조하였네."

"남녀 간에 옳지 못한 정분으로 약조한 것이 무에 자랑이라고 그리 떳떳이 말하는가!"

그러나 홍몽남은 자신의 멱살을 잡은 김원근의 손을 쳐내며 그를 쏘아보았다.

"떳떳하지!"

"뭐라고?"

"어찌 나를 자네의 사가로 불러들였던가? 불쌍한 자네의 누이 이야기를 먼저 꺼내 부탁한 것은 자네였네! 삼 년간 왕실에서도 자네 누이를 모른 척했기에, 일평생 혼인도 못 한 생과부가 될 팔자였어! 그러니 우리야말로 하늘이 정한 인연이네."

"말 같지도 않은 소리! 당장 그만두게! 지금이라도 그만둔다면 내 없었던 일로 할 터이니!"

김원근의 말에 홍몽남이 코웃음을 쳤다.

"이미 나의 마음은 김 소저의 것이네. 김 소저도 그러할 것이고."

이 말에 김원근은 할 말을 잃었다. 어디서부터 어떻게 이 사태를 바로잡아야 할지 알 수가 없었다.

지금으로부터 삼 년 전. 선왕의 승하로 선왕이 추진한 국혼이 무산되는 분위기에서 김원근은 어린 누이의 마음을 위로해주고 싶었다. 홍몽남은 그의 지기들 중에서 가장 목소리가 고운 이였다. 김원근은 부모님의 허락을 받아 그를 자신의 사가로 불러들였다. 그리고 누이의 앞에서 시와 고전을 읽도록 했다. 물론 누이의 몸종과 자신이 동석한 자리에서 이루어졌다. 남녀유별이 엄하기에 서로의 그림자도 비치지 못하도록 두 사람 사이에는 벽을 세웠다. 이런 가운데 누이는 홍몽남과 필담으로 감상을 주고받았다. 그 어디에서도 남녀 간의 정분이 날 만한 상황은 일어나지 않았다. 아니, 일어나지 않았다고 확신할 수 있었다.

"우린 떠날 것이네."

"기어코 내 누이와?"

"그렇네."

"자네 정녕 우리 집안을 멸문지화하게 하려 하는가!"

그러자 홍몽남이 말했다.

"내 그래서 생각해둔 것이 있네."

"생각해둔 것?"

김원근이 어이없다는 듯 홍몽남을 쳐다보았다. 그러나 사랑에 빠진 사내는 당당했다.

"자네 누이 또래의 계집 시신을 구해놓겠네. 국혼을 앞두고 갑자기 병에 걸려 죽었다고 하면 되지 않겠는가?"

"미쳤군. 자넨 미쳤어!"

홍몽남은 자리를 털고 일어섰다.

"난 일찍이 조실부모하여 이 세상에 두려울 것이 없네. 내게 가장 두려운 것은 자네 누이를 얻지 못함이야."

"자네, 남녀 간의 정분에 목숨이라도 걸겠다는 것인가?"

이 모든 상황을 받아들일 수 없다는 김원근의 말에 홍몽남이 그를 비웃었다.

"자네가 남녀 간의 정을 안다면 내게 그리 모질게 말하지는 못할 걸세."

홍몽남의 말에 김원근은 대답하지 못했다. 그의 말이 사실이었기 때문이다. 열두 살 어린 나이에 혼인한 그의 부인은 혼인한 첫해부터 아파 병석에서 일어나지 못했다. 죽는 그날까지 각방을 썼고, 병 때문에 얼굴을 마주하고 대화하지도 못했다. 그래서 김원근이 기억하는 살아생전 부인의 얼굴은 혼인날 본 것이 처음이자 마지막이었다.

그가 열여섯, 성균관에 들어가던 해에 결국 부인이 죽었다. 그가 두 번째로 마주한 부인의 모습은 염을 할 때의 모습이었다. 오랫동안 병을 앓아 비쩍 마른 시신은 꽃다운 나이라는 말이 무색할 정도로 노인 같은 모습을 하고 있었다. 그의 부친은 바로 그를 재혼시키려 하였지만, 그는 과거 급제를 할 때까지 혼인하지 않겠다고 선언한 뒤 공부에만 매진했다. 그런 그에게 첫째 누이 소희의 존재는 특별했다. 소희의 불행은 자신의 불행이었다. 소희의 아픔은 자신의 아픔이었다.

그녀를 다시 웃게 하기 위해 불러들인 것이 홍몽남이었다. 어쩌면 이 모든 사태의 책임은 자신에게 있는지도 몰랐다.

국혼이 치러지기 전.

소희는 효종의 잠저였던 어의동 별궁으로 입궐하라는 명이 떨어졌다. 앞으로 사흘 후. 궁중에서 나인들이 나와 소희를 데리고 어의동 별궁으로 모셔 가기로 했다. 소희는 어의동 별궁에서 입궐 전 습득해야 하는 왕실 의례를 익힌 후 국혼을 치르고 왕비에 책봉될 예정이었다.

"하아…."

김원근의 한숨이 깊어졌다.

지기 홍몽남의 예고대로라면 오늘 밤 소희는 홍몽남과 함께 야반도주를 할 예정이었다. 이를 막는다면 누이 소희는 불행해지겠지만, 입궐해 중전이 되고 그의 집안에는 광명이 비칠 것이다. 하지만 막지 않는다면 소희는 홍몽남과 행복해질지 몰라도 그의 집안은 멸문지화를 당할지도 모른다.

"작은도련님."

밖에서 몸종의 목소리가 들렸다.

"무슨 일이냐?"

"저… 큰아가씨께서 보내셨습니다."

"소희가?"

김원근이 몸종을 안으로 들이자, 몸종이 소희가 쓴 서신을 그의 앞에 내려놓았다.

"아가씨께서 이것을 작은도련님께 전하라고 하셔서…."

"소희는 무엇을 하고 있더냐?"

"이 서신을 주신 후에 일찍 주무신다며 불을 끄셨습니다."

"알았다. 그만 물러가보거라."

"예."

몸종이 나가자 김원근은 착잡한 심정으로 서신을 펼쳤다.

작은오라버니. 소희예요.

이미 아시겠지만 저는 오늘 밤 몽남 도련님과 떠납니다. 그렇다고 너무 무정하다 하지 마시어요. 저도 알고 있습니다. 이 일이 절대 용서받을 수 없는 일이라는 것을요. 단지 저는 제게 한 나라의 국모가 될 자질이 부족하다는 것을 느꼈을 뿐입니다.

이제, 소녀. 먼 길 떠납니다. 앞으로 다시 오라버니를 뵙기까지 아주 오랜 시간이 걸릴지도 모르겠어요. 하지만 저희의 명복을 빌어주세요. 저는 다음 생이 있다면 그때도 오라버니의 하나뿐인 누이로 태어나고 싶습니다.

소희 올림

어린 소녀의 눈물 자국이 곳곳에 찍힌 서신을 읽던 그의 눈가에도 눈물이 차올랐다. 바로 그때였다. 그의 눈에 이상하리만치 분명하게 들어오는 두 글자가 있었다.

명복.

뒤늦게 사태를 깨달은 원근이 자리에서 일어섰다. 그는 당장 두 사람을 찾으러 나가기 위해 옷을 걸치고 갓을 썼다.

"원근아! 원근아!"

밖에서 어머니의 다급한 목소리가 들려왔다.

원근이 문을 박차고 나가자 그의 어머니가 새파랗게 질린 얼굴로 소리쳤다.

"소희가 사라졌다! 소희가 사라졌어!"

뒤이어 큰형인 김유근이 나타났다. 그는 평소 소희와 가까웠던 원근을 추궁했다.

"너는 무언가 알고 있지? 그렇지?"

늦은 밤에 나갈 채비를 하고 있던 원근을 보며 이상한 낌

새라도 알아챈 것일까? 원근은 유근의 추궁에 아무런 대꾸도 하지 못한 채 고개를 숙였다. 그러자 유근이 크게 화를 내며 소리쳤다.

"무언가 알고 있다면 당장 말해! 그 아이가 사라진다는 것이 무슨 의미인지 네가 더 잘 알 터이니!"

"소희는… 소희는 떠났습니다."

유근이 놀란 듯 되물었다.

"떠났다고?"

그러자 어머니의 몸이 축 늘어지더니 바닥에 가라앉았다.

"아이고…."

"이 일이 도대체 어찌 된 것이오! 소희가 도망을 치다니? 어째서!"

뒤늦게 나타난 그의 아버지 김조순이 소리쳤다. 유근이 눈물을 삼키며 부친 앞에 무릎을 꿇었다.

"아버지…. 소희가 아무래도 잘못된 길을 간 듯싶습니다."

"잘못된 길이라니? 사흘 뒤면 별궁으로 입궐해 국혼을 치러야 할 아이가 잘못된 길이라니?"

원근이 눈물을 쏟자, 유근이 그의 어깨를 잡고 거세게 흔들며 다그쳤다.

"어서 말하거라! 소희는 지금 어디에 있느냐!"

소희는 자신의 손을 맞잡은 홍몽남을 쳐다보며 방긋 웃었다. 그러자 홍몽남이 물었다.

"두렵지 않소?"

소희가 고개를 저었다.

"두렵지 않습니다. 도련님은 두려우십니까?"

"나 역시 두렵지 않소."

그는 맞잡은 소희의 손에 힘을 주었다.

"소저는 일국의 국모가 될 수도 있었소."

"소녀가 바라는 것은 국모의 자리가 아닙니다."

"어찌 나 같은 이를 마음에 두었소?"

이미 들은 답변이었다. 그런데도 홍몽남은 재차 소희에게 물었다.

그는 불우한 어린 시절을 보냈다. 일찍이 역병으로 부모를 모두 잃고 친척 집을 전전했다. 마음껏 공부할 수 있는 형편이 아닌지라, 서당 담벼락에 붙어 글을 들어 외웠고 물을 먹물 삼아 돌 위에 글씨 연습을 했다. 겨우 돈을 빌려 어렵게 과거를 치르고 성균관에 들어갔다. 그러나 딱 보기에도 남루해 보이는 그의 옷차림에 아무도 그의 동무가 되려 하지 않았다. 거기에 이미 세상은 세도가 차지. 과거는 실력으로 보는 것이 아니라 집안으로 보는 것이었다. 매번 좌절을 겪어야 했지만 그럼에도 그는 묵묵히 자신만의 길을 닦으려 했다.

"자네, 목소리가 참 좋군."

그런 그에게 운명적인 만남이 찾아왔다. 병조판서의 차남인 김원근이 그가 홀로 글 읽는 소리를 듣더니 다가와 말을 걸었던 것이다.

"혹시 내 누이에게 글을 읽어주려는가?"

그의 타고난 매력적인 목소리는 원근의 마음을 끌었다. 그는 국혼이 무산된 이후 골방에 갇혀 마음의 문을 닫아버린 소희에게 몽남을 데려갔다. 그리고… 몽남의 목소리는 소희의 마음을 흔들었다. 소희가 아닌 다른 여인이 소년 왕의 왕비가 된다면? 모두들 소희가 목숨을 끊어야 한다고 했다. 소희는 모두가 자신의 죽음을 바라는 것처럼 느껴져 스스로를 골방 안에 가둬버렸다. 그 안에서만 머물던 그녀를 바깥으로 끌어낸 것이 다름 아닌 홍몽남의 목소리였다.

"홍 상재. 자네를 찾는 손님이 왔소."

"나를?"

어느 봄날.

일가친척 없이 홀로 성균관에서 지내던 홍몽남을 처음으로 찾아온 사람이 바로 소희였다. 그들은 그렇게 만났다. 소희는 목소리만 들어왔던 홍몽남을 첫눈에 알아보았고, 홍몽남은 첫눈에 소희에게 마음을 빼앗겼다.

"소녀는 도련님과의 인연이 하늘에서 정한 인연이라 믿습니다."

몽남은 울컥하며 눈물을 삼켰다.

"부디 다음 세상에서는 부부의 연을 맺읍시다."

"네…. 도련님."

소희는 몽남이 가져온 약병에 담긴 독극물을 나눠 마셨다. 바로 가슴을 죄어오는 통증이 찾아왔고 소희의 입에서 붉은 피가 흘러내렸다. 소희는 몽남의 품에 안겨 거친 숨을 내쉬며 그에게 속삭였다.

"읊어주세요."

"응?"

"우리가 처음 만났을 때… 그때 읽어주신 시를요."

"그리하리다."

몽남이 소희를 끌어안은 채 황조가를 읊었다.

翩翩黃鳥 펄펄 나는 저 꾀꼬리는

雌雄相依 암수가 서로 노니는데

念我之獨 외로울 사 이 내 몸은

誰其與歸 뉘와 함께 돌아갈꼬.

그가 시를 다 외었을 때 그의 입에서도 피가 흘러내렸다. 그리고 소희의 숨은 끊겨 있었다.

그 동굴의 위치는 원근도 잘 알고 있었다. 언젠가 몽남이 자신에게 말해준 적이 있었다. 아주 우연히 발견한 동굴이라고 했다. 몽남은 그리 깊지 않은 그 동굴에 가서 촛불 하나만을 켜둔 채 큰 소리로 글 읽는 연습을 했다고도 했다.

"여기인가?"

몽남이 말했던 동굴을 찾아온 원근은 준비해온 횃불에 불을 붙였다. 새벽, 하인들과 가족들이 다들 소희를 찾고 있었다. 원근은 소희가 떠났다고는 했지만 몽남과 함께 떠난 사실까지는 차마 말하지 못했다. 가족들은 그저 국혼이라는 중압감을 이기지 못한 소희가 집을 떠났다고만 여긴 것 같았다.

"홍 상재. 자네 여기에 있는가? 소희야. 이곳에 있느냐?"

동굴 안으로 천천히 발을 옮기며 원근이 지기와 누이를 찾았다.

"있으면 대답해보게."

얼마나 걸어 들어갔을까? 무언가를 발견한 원근이 손에 든 횃불을 땅에 떨어뜨렸다. 땅에 떨어진 횃불은 꺼지지 않은 채

활활 타올랐다. 그리고 그 불빛은 동굴 벽에 무시무시한 그림자를 만들어냈다. 그 그림자는 마치 살아 있는 듯 요동치며 괴물의 형상을 만들어냈다.

"아아…!"

홍몽남과 김소희. 그들은 서로를 깊게 끌어안은 채로 쓰러져 죽어 있었다. 뒤늦게 이들을 발견한 원근이 고통스러운 비명을 내질렀다. 그러나 동굴을 쩌렁쩌렁하게 울리는 비명에도 이들 연인은 눈을 뜨려 하지 않았다.

"어떻게… 어떻게!"

원근이 무릎을 꿇은 채 기어서 그들에게 다가갔다. 제일 먼저 원근은 몽남의 품에 안겨 있던 소희를 떼어내 안아 들었다. 그리고 입가에 흘러내린 피가 바싹 말라 있는 누이 소희의 몸을 흔들어 깨우려 했다.

"일어나거라! 제발…! 제발…. 흐흐흑!"

이미 싸늘한 주검이 되어 있는 소희는 잠이 든 것처럼 눈을 뜨지 않았다. 원근은 하늘이 무너질 듯한 좌절을 맛보았다. 이미 죽어버린 그들에게 원망스러운 마음이 일기보다는 이 일에 가장 큰 책임이 있는 자신을 향한 원망이 더 컸다. 그는 당장이라도 그들의 뒤를 따라가고만 싶었다.

"어찌… 어찌 이런 선택을 하였느냐? 이 선택밖에 없었느냐? 소희야… 소희야…!"

한참을 누이의 시신을 끌어안고 통곡하던 원근이 고개를 들었다. 어쨌든 소희는 죽었다. 그녀를 애타게 찾고 있는 가족에게 이 사실을 알려야 했다. 하지만 몽남과 함께 죽었다는 사실을 보일 순 없었다. 만약 이 사실이 알려진다면 그들 가족에게 찾아올 충격은 둘째 치더라도 국혼을 앞두고 있었던 소희로 인해 집안이 멸문지화를 입을지도 모를 일이었다.

　"미안하네."

　원근은 죽은 몽남에게 사죄한 후 그의 시신을 반쯤 들어 동굴 밖으로 끌어냈다. 그는 동굴에서 멀찍이 떨어진 한적한 길가 한 편에 그의 시신을 놓고는 나뭇잎이 많이 달린 가지들로 대충 덮어놓았다. 그리고 다시 동굴로 돌아와 소희의 시신을 가지런히 눕히고는 그녀가 입고 온 장옷으로 몸을 덮어주었다.

　"곧 돌아오마."

　그는 무거운 마음을 안고 소희의 죽음을 알리기 위해 집으로 향했다.

　걸으면 걸을수록 빛이라고는 찾아볼 수 없는 어둠뿐이었다. 그래서 이상했다. 분명 경찰은 이 동굴이 그리 깊지 않고 얼마 못 가 막혀 있는 동굴이라고 했다. 하지만 벌써 삼십 분도 더 넘게 들어온 기분이었다. 도로 나가야 한다는 생각도 들었지만 이상하게도 포기할 수가 없었다.

무서울 법도 했으나 심령연구회 회장으로서 다양한 폐가들을 돌아다녀본 경험이 있는 내게는 이 정도 동굴 속 어둠은 그리 위협적이지 않았다.

그런데 삼십 분째 사용 중인 손전등 어플 때문인지 스마트폰 배터리가 아주 빠르게 줄어들고 있었다. 아까부터 절전 모드로 들어가더니, 더 이상 손전등 어플을 사용하지 말라는 경고음이 이어졌다.

곧 완전한 어둠이 찾아올지도 모른다는 생각이 들었을 때였다. 탁. 발에 무언가가 걸려서 난 걸음을 멈췄다. 그리고 발에 걸린 것을 확인하기 위해 고개를 숙였다.

"응?"

그것은 긴 한복 치마로 덮여 있었다. 왠지 모르게 소름이 돋았다. 아직 꺼지지 않은 스마트폰 손전등 불빛에 의지한 채, 조심스럽게 한 손으로 치마를 들춰보았다.

"으악!"

죽은 사람이었다. 그것도 여자. 소복은 아니었지만 한복을 입은 여자였다. 여자의 얼굴을 제대로 확인하기도 전에 난 기겁하며 스마트폰을 떨어뜨렸다. 그리고 겁에 질려 땅에 떨어진 스마트폰을 들어 올릴 새도 없이 뒷걸음쳐 정신없이 동굴 밖으로 뛰쳐나가기 시작했다.

"여, 여기! 누, 누구 없어요!"

자세히 들여다보지 못한 여자의 얼굴에서 기억나는 건 싸늘하게 식어버린 얼굴과 입가에 묻은 핏자국. 분명 사람이 죽어 있었다. 다행인 것은 내가 찾던 친구는 아니라는 사실뿐이었다.

"여기 누구 없느냐고요!"

걸어 들어갈 때는 삼십여 분이 걸렸는데 뛰어나갈 때는 십 분도 안 걸린 것 같았다. 동굴을 빠져나오자마자 새벽녘과 마주했다.

"헉헉… 헉헉…!"

하지만 문제는 그다음이었다. 내가 나온 동굴 입구는 처음 들어갔을 때의 그곳이 아니었다. 동굴은 고등학교 안에 있었다. 그런데 내가 나온 곳은 교내가 아니었다.

야트막한 언덕과 숲. 내가 들어왔던 동굴 입구의 주변 풍경과는 완전히 달랐다.

"여긴 어디지?"

게다가 해가 떠오르는 시각. 내가 동굴로 들어갈 때는 해가 진 오후. 하교 시간이었다. 무언가 이상하다는 생각에 스마트폰부터 찾았다. 그런데 하필 스마트폰을 여자의 시신 옆에 떨어뜨리고 말았다. 뒤늦게 사실을 깨닫고는 망연자실해졌다.

일단 스마트폰을 되찾으려면 경찰의 도움이 필요할 것 같았다. 난 인근 경찰서부터 찾아가기로 했다.

숲을 나오고 언덕을 벗어났음에도 주변 풍경은 여전히 낯설기만 했다. 멀리 성벽 같은 곳이 보였지만, 내가 아는 성벽과는 모습이 달랐다. 어딘가 분명히 달랐다. 점점 불안한 마음이 엄습해오는 가운데 돌아다니는 사람들이 보였다.

"저기요!"

난 사람들을 향해 달려가며 소리쳤다. 그러자 그 사람들도 소리 지르며 다가오는 나를 돌아보았다. 그런데….

"뭐지? 저 해괴망측한 옷차림은?"

사극에나 나올 법한 옷을 입은 사람들. 단 한 명도 빠짐없이 다 옛날 옷을 입고 있었다. 유일하게 다른 것은 교복을 입은 나뿐. 그것도 동복이라 검은 스타킹까지 갖춰 입었건만, 모든 사람들의 시선이 내 옷차림과 무릎 아래로 드러난 스타킹을 신은 다리로 집중되었다.

"정신이 나간 계집인가?"

"왜년 아냐? 아니면 호로년이거나."

"수상하니 관청에 알려야 할 것 같은데…."

한복을 입은 여자들은 소곤대며 나를 피하고 그중 몇몇 남자들은 짝을 지어 내게 다가왔다. 이유는 모르지만 위협적으로 느낀 나는 동굴에서 발견한 여자 시신 이야기는커녕 인근 경찰서가 어디에 있냐고 물어보지도 못한 채 그 자리에서 달아났다.

"저 계집을 잡아라!"

나를 쫓아오는 남자들을 피해 골목으로 숨어들었다. 하지만 이곳도 얼마 버티지 못할 것 같았다. 난 골목에 숨어 길게 늘어선 옛 담장들을 보았다. 익숙한 풍경이라고는 하나도 없었다. 주변 모든 것이 낯설었다.

"여긴… 어디지?"

드라마나 영화 세트장이라고 보기에는 촬영용 카메라도, 촬영 스태프들도 보이지 않았다. 오로지 배우로 보이는 사람들만 한가득이었다. 무언가 잘못되었다고 생각했지만, 어디서부터 잘못되었는지 알 수 없었다. 그때였다!

"잡았다, 요년!"

숨어 있던 나를 남자가 발견하고는 손목을 움켜잡았다.

"뭐예요! 놓아주세요!"

"수상하니 포도청으로 가자!"

"전 수상한 사람이 아니에요! 학생이라고요!"

"수상한지 아닌지는 나리들이 밝히실 것이다!"

반항하는 나를 보자 남자들이 여럿 더 다가와 붙잡으려고 했다.

"사람 살려! 도와주세요!"

난 주변에서 구경하고 있는 사람들에게 도움을 요청했다. 하지만 그들 중 그 누구도 나를 도와주려고 하지 않았다.

"사람 살…!"

"저년 입을 막아버리라고!"

계속해서 소리치는 내 입을 막아버리겠다며, 그들이 짚을 꼬아 만든 줄을 가져와 내 입을 막아버리려고 할 때였다.

"아가씨!"

웅성거리며 모여든 사람들 사이로 여자 둘이 튀어나왔다. 그들은 나를 잡아챈 사내들에게 소리치며 항의했다.

"감히 우리 아가씨에게 뭐 하는 짓이오? 정녕 죽고 싶소!"

"아가씨?"

"비키시오! 비켜!"

여자들은 남자들을 내쫓고서는 내 얼굴을 쓰다듬으며 울먹였다.

"아가씨, 어찌 이리 되셨어요? 옷은 이게 뭐고요?"

그들이 찾는 '아가씨'는 내가 아니었다. 하지만 여기서 아니라고 했다가는 다시 저기 있는 남자들에게 끌려갈까 두려워졌다.

"대감마님께서 얼마나 아가씨를 찾고 계신 줄 아세요?"

"일단 이것부터 두르세요."

그들이 치마처럼 생긴 장옷을 내 머리부터 발끝까지 둘렀다. 그러고는 나를 붙잡았던 남자들을 향해 침을 내뱉으며 말했다.

"퉤! 두고 보시오! 우리 대감마님께서 가만두지 않으실 것이니."

"우리는 그저….'"

"비키라니까!"

여자들이 남자들을 밀어내더니 나를 에워싸고 길을 열었다. 그녀들이 나를 데려간 곳은 커다란 대문을 넘어야 나타나는 상당한 규모의 고택 안이었다.

"소희야!"

그 안에서 제일 먼저 뛰어나온 사람은 중년 아주머니였다.

그녀는 나를 '소희'라고 부르더니 두 팔로 끌어안으며 흐느꼈다.

"어찌 그리하였느냐? 대체 이 어미가 얼마나 걱정하였는지 아느냐?"

"저, 저는….'"

내 이름은 '소희'가 아니라 '나래'라는 말이 목구멍까지 올라왔지만, 정작 소리가 되어 입 밖으로 나오려 하지 않는다. 이 상황에서 말을 잘못했다가는 아까 남자들이 말한 '포도청' 으로 끌려갈지도 모른다는 판단 때문이었다.

"어머니, 어서 소희를 안으로 들이시지요. 소문이 날까 두렵습니다."

그리고 나타난 한 남자. 누군지는 모르겠지만 스무 살은 넘어 보이는 갓을 쓴 젊은 남자였다.

"그래, 그래, 알았다."

나를 끌어안고 있던 여자가 내 어깨를 끌어당겼다.

"어서 안으로 들어가자꾸나. 지난밤에 고생이 많았지?"

"그게 무슨 말이오! 고생이라니!"

갑자기 내가 서 있는 주변이 쩌렁쩌렁하게 울리더니 한 남자가 나타났다. 그는 사랑채로 보이는 집의 마루에 서서 나를 내려다보았다.

"대감…."

"아버지…."

여자와 갓을 쓴 남자가 마루 위의 남자를 대하는 태도를 보니, 이 집안의 가장인 것 같았다. 그는 나를 노려보며 크게 꾸짖듯 말했다.

"별궁으로 들어갈 날이 이제 겨우 이틀이 남았거늘! 제정신인 게냐? 내가 너를 그리 가르쳤더냐? 어찌 그리 해괴망측한 옷차림을 하고 기어 들어온 것이냐!"

"전… 저는…."

이 사람들. 정말 내가 '소희'라고 생각하는 것 같다. 나와 그녀가 그렇게 쏙 빼닮았나?

"용수댁은 듣게."

"예, 대감마님."

나를 이곳까지 데려온 여자가 고개를 숙였다.

"소희를 제 방이 아닌 별당에 가두어놓고 바깥쪽에서 문을 잠그게."

뭐? 나를 가두겠다고?

"하, 하오나 대감마님…!"

"내 말이 들리지 않는가? 또다시 소희가 집을 나가는 일이 벌어졌다가는 유모인 자네부터 가만두지 않을 걸세!"

"네에….."

그제야 난 나를 찾아낸 여인이 소희라는 여자애의 유모라 는 걸 알았다.

"일단 소희야, 아버지 말씀대로 하거라. 응?"

소희의 어머니로 보이는 여인이 나를 타일렀다. 난 주변 눈 치를 살피다 알겠다는 듯 고개를 끄덕였다. 그러자 그녀가 용 수댁을 향해 말했다.

"별당에 데려가기 전에 소희를 씻기고 옷부터 갈아입히게. 언제 궐에서 상궁들이 들이닥칠지 모르는 일이 아닌가?"

"그리하겠습니다."

용수댁이 대답했다.

따뜻한 물속에 몸을 담그니 온몸이 나른해졌다. 하지만 이런 여유를 부릴 때가 아니었다. 난 소희가 아니니까. 언제라도 '소희'라는 여자애가 돌아오면 밝혀질 테지만, 그렇게 되면 다시 끌려갈지 모른다. 아까 소희 아버지라는 사람을 보아하니, 내가 진짜 소희가 아니라는 걸 알아채면 가만둘 것 같지가 않았다.

"어휴."

물통 안에서 한숨을 내쉬는 내게 용수댁이 다가와 물었다.

"이 거적 같은 옷들은 뭐래요?"

그녀의 손에 들린 것은 내 교복.

"그건… 내 옷이지."

"옷이라고요? 어찌 이런 괴상한 걸 입으셨어요? 왜놈이 팔던가요?"

그러더니 순식간에 아궁이 속으로 던져버린다.

"으악!"

"악!"

난 놀라 비명을 질렀고 용수댁도 함께 놀라 비명을 질렀다.

"그걸 태우면 어떡해요!"

발가벗고 물속에 있으니 밖으로 뛰쳐나가 불 속에 처박힌 교복을 구해낼 수도 없다. 그러자 용수댁이 가슴을 쓸어내리며 말했다.

"그럼 태우지 어쩌게요? 다시 입으시게요?"

"그거 비싸단 말이에요!"

"비싸다고요? 이런 거적이?"

용수댁은 막대기로 내 교복을 아궁이 깊숙한 곳으로 더 밀어 넣었다. 난 교복이 순식간에 재가 되어버리는 것을 보며 탄식했다.

"이제 엄마한테 죽었다."

곧 추워질 텐데 하복 입고 등교하게 생긴 것이다.

"마님이 왜 아가씨를 죽여요? 잘했다고 칭찬하시겠지. 그나저나 말투가 어찌 그러셔요?"

용수댁이 내 말투를 지적하자 난 당황하고 말았다.

"뭐, 뭐가요?"

"아가씨답지 않게…. 하기는 그럴 만도 하죠. 생과부 팔자였다가 이제는 이 나라의 국모가 되실 터이니. 제가 아가씨라도 간이 남아나지 않겠어요. 제정신 차리기가 어렵겠죠."

"이 나라의 국모? '난 조선의 국모다.' 할 때 그 국모?"

장난삼아 이미연을 살짝궁 따라 했는데 용수댁의 표정이 딱딱하게 굳는다.

"어디 가서 그런 농을 치시려는 건 아니죠? 왕비님 되시기

전에 목 달아나요."

"무슨 소리래. 여기가 그러면 진짜 조선이라도 된다는 말이
에요?"

그러자 나를 멀뚱멀뚱 쳐다보는 용수댁. 진짜라는 그녀의
표정. 더불어 낯설지만 무언가 익숙한 주변 환경. 내가 동굴
에 들어갔던 시기와 나왔던 시기. 예상치 못하게 깊었던 동굴
안. 그리고 앞서 동굴에 들어갔다가 사라져버린 친구 이유나.

"정말… 여기가 조선? 에엑!"

믿을 수 없는 현실에 놀란 나머지 통 안에서 벌떡 일어섰
다. 바로 그 순간 용수댁이 미지근한 물을 내 몸 위로 촤악,
부으며 말했다.

"조선이지요. 암요. 그리고 아가씨는 곧 이 조선의 왕비마
마가 되실 거라고요."

"…설마."

씩 웃는 용수댁을 보며 나는 절대 웃을 수 없었다. 그것은
그들이 말하는 '아가씨'가 '소희'가 아닌 나 '황나래'였기 때
문이다.

"옷 갈아입는 것을 도와 드릴까요?"

"혼자 할 수 있어요."

"뭐, 이제 궁궐에 들어가시면 혼자 하시는 건 불가능하실 테니. 어서 갈아입고 나오세요. 별당에 들어가시는 거 보고 문을 잠가야 하니까요."

"정말 날 가둘 거예요?"

"대감마님 명인걸요. 싫으시면 도망치지 마셨어야죠."

용수댁이 나간 후 난 옷을 갈아입었다.

하지만 한복이라는 것이 상당히 입기 불편했다. 원래 한복 치마에는 팔을 걸 수 있는 부분이 있는데, 용수댁이 준 치마에는 없었다. 그러고 보니 치마를 쉽게 입을 수 있도록 팔걸이가 달린 한복은 개화기 때 처음 등장했다는 말을 책에선가 읽은 기억이 있었다.

"정말… 내가 옛날에 와 있는 건가?"

옷을 다 갈아입은 후 내 나름대로 방식으로 머리까지 땋고서 밖으로 나왔다. 그런데 밖에서 누군가 나를 기다리고 있었다. 그는 부엌문이 열리는 소리가 들리자마자 나를 돌아보았다. 갓을 쓰고 도포를 입고 있는 조선식 옷차림의 남자는 나와 눈이 마주치자마자 깜짝 놀란 듯 두 눈을 크게 뜨며 나를 쳐다보았다.

"너… 넌 누구냐?"

"네?"

"넌 내 누이가 아니다! 넌… 도대체 누구냐!"

그가 이를 악물고 나를 쳐다보며 묻는다. 강압적인 그의 태도가 내 입을 막아버렸다. 난 정말 할 말이 없었다. 내가 '소희'라는 여자애가 아니라는 사실을 제외한다면 아는 것이 전혀 없었으니까. 하지만 다른 할 말이 있었다.

"내가… 소희라는 여자애가 아니라는 걸 아는 거죠? 그렇죠? 그럼 어서 그 소희라는 여자애 좀 데려와봐요. 제가 그 애가 아니라는 걸 밝히고 싶다고요. 안 그래도 이 집안사람들이 죄다 저를 '소희'라고 몰아붙이는 통에 얼마나 당황스러웠는지… 그 소희라는 여자애는 지금 어디에 있대요?"

당장 소희라는 여자애와 나란히 서서 대질심문을 받고 싶은 심정인데, 막상 그녀가 어디에 있느냐고 묻자 그가 입을 다물어버린다.

"그리고 이왕 이렇게 알아차리신 김에…."

난 주변을 둘러보았다. 다행히 용수댁은 자리를 비우고 우리뿐이었다.

"저 좀 도와주세요. 제 생각에 여긴 제가 살던 데가 아닌 것 같거든요? 그렇다고 당장 돌아가자니… 제 친구가 한 명 있는데, 친구가 된 지 거의 하루 만에 사라져버린 거나 마찬가지지만… 걔가 아무래도 여기에 있는 것 같아요. 돌아가는 건 둘째치고 걔를 찾아서 함께 돌아가야 해요. 걔 부모님이 엄청

찾고 계시거든요. 그러니까….”

“작은도련님? 큰아가씨?”

용수댁이 다시 나타났다. 난 서둘러 그에게 말했다.

“일단은 도와주세요. 내가 누구인지 좀 설명해 달라고요. 어서요.”

내가 소희가 아니라는 사실을 밝혀 달라고 하는데 그는 입을 꾹 다문 채 열 생각을 하지 않는 것 같았다.

“여기서 뭐하세요? 아, 아가씨 돌아오셨다는 소식에 보러 오셨군요.”

용수댁이 웃으며 내게 다가온다. 그러더니 내 등을 떠밀듯이 별당 쪽으로 이끈다.

“어서 들어가세요. 문 잠가야죠.”

“그런 말은 웃으면서 안 하면 안 돼요?”

“지엄하신 대감마님께서 내리신 명인데 쇤네가 무슨 힘이 있겠어요?”

웃으며 내 등을 계속 떠미는 용수댁. 나는 더는 참을 수 없어서 내가 ‘소희’가 아니라는 걸 알아본 남자를 쳐다보았다. 하지만 그 남자는 이미 사라진 뒤였다.

“뭐지? 어디 갔지?! 방금 전까지 여기에 있었는데!”

“누구요? 작은도련님요?”

“작은도련님? 혹시 소희라는 여자애의 남동생이에요?”

내 물음에 용수댁이 인상을 찌푸리며 의심스러운 눈길로 나를 쳐다보았다.

"아가씨. 아무리 국혼이 코앞이라 놀라서 정신을 어디에 두었는지도 모를 정도라고 하셔도, 가출만도 너무하셨는데, 이제는 작은오라버니도 못 알아보세요? 게다가 '소희라는 여자애'라뇨? 아가씨가 소희 아가씨인걸요."

"아휴! 그러니까요!"

내가 답답한 듯 주먹으로 가슴을 쳤지만, 용수댁은 요지부동이었다.

"어서 들어가셔요. 안에 요강도 두 개나 넣어두었으니까. 아가씨 깔끔이야 쇤네가 잘 알지요."

"요, 요강? 안에 화장실 없어요?"

"화장실? 그건 또 뭐래요?"

"내가 미쳐."

난 울먹이는 목소리로 말했다.

"들어갈 테니까 아까 그 작은오라버니라는 사람 좀 불러주세요."

"뭐… 알겠습니다. 가서 전하지요."

"당장요. 알았죠?"

"예에, 예에."

건성으로 듣는 둥 마는 둥 하는 용수댁은 나를 강제로 별당

안으로 밀어 넣었다. 그녀의 목적은 대감마님의 명을 따르는 것뿐인 듯했다.

"아가씨, 이따 저녁상 들이러 또 올게요."

"그 전에! 작은오라버니 좀 불러줘요!"

"물론입죠, 네에, 네에."

건성으로 내 말을 들은 그녀가 문을 닫고 철커덕, 자물쇠를 채웠다. 그것을 지켜보던 나는 창문을 떠올렸다. 하지만 이 별당은 삼면이 벽으로 되어 있어 창문이 없는 구조였다. 대감마님이라는 사람은 이 사실을 알고 나를 이곳에 가둬둔 것 같았다.

"이제 어떻게 도망간담?"

다시 동굴로 돌아온 원근이 누이 소희의 시신 앞에 무릎을 꿇었다. 그는 소희의 시신을 덮어두었던 장옷을 거두었다.

"너와 똑 닮은 아이가 네 행세를 하며 집에 있더구나. 너도 아는 아이냐?"

하지만 이미 죽은 소희에게서는 대답이 없었다. 원근의 눈에서 눈물 한 방울이 뚝, 떨어졌다.

"이리 일이 쉬울 것이었으면… 너를 이리 쉽게 보내지 않는 것인데⋯ 애꿎은 두 사람만 죽었구나. 그래, 이 오라버니가 잘못했다."

원근은 결심한 듯 누이의 시신을 챙겨 동굴 밖으로 나왔다. 우선은 몽남의 시신과 함께 묻어줄 생각이었다. 그는 동굴 인근에 땅을 파서 묻을 자리를 마련하고는 몽남의 시신을 숨겨둔 곳으로 찾아갔다.

"아니, 이럴 수가⋯!"

그런데 몽남의 시신이 없었다. 분명 몽남의 시신을 숨겨두었던 자리에는 그의 시신을 가리기 위해 덮어놓았던 나뭇가지들만 한가득이었다.

"뭐지?"

당황한 원근이 주변을 살폈다. 평소 사람이 잘 다니지 않는 곳이었지만 길 인근이었다. 누군가 몽남의 시신을 발견했을지도 모른다는 생각이 들었다.

결국 원근은 사라진 몽남의 시신을 찾지 못한 채 소희의 시신이 있는 곳으로 돌아왔다. 그는 자신의 누이를 홀로 땅에 묻은 뒤 임시로 봉분을 만들고 이름 없는 나무패 하나만을 꽂았다.

"일이 안정된 연후에 부모님께 사실을 털어놓고 너를 챙기러 다시 오마."

이제 가족 중 누이의 죽음을 유일하게 아는 사람은 그뿐이었다. 그는 아픈 마음을 안고 누이의 무덤에서 돌아섰다.

밤이되었다. 밖에서 잠긴 자물쇠는 꽤나 단단했다. 몇 번 흔들어서 열릴 수준이 아닌 것 같았다. 그렇다면 문을 부수고 나갈 수밖에 없는데, 그렇다면 크게 소리가 날 것이고 금세 사람들이 달려올지도 모른다.

"방법이 없을까….."

고심하던 나는 문창살 사이에 손가락을 집어넣어 창살을 하나씩, 하나씩 부러뜨리기로 했다. 시간도 많이 걸리고 힘도 들지만, 이렇게 하다 보면 어떻게든 쇼생크 탈출을 이루지 않을까 싶어서였다.

뚝, 뚝. 다행인 건 문창살이 쉽게 부러진다는 것이었다. 나는 문 앞에 바짝 붙어 서서 일일이 수작업으로 문창살을 부러뜨리기 시작했다. 하지만 쉽게 부러진다 해도 몇 개쯤 부러뜨리자 손가락 뼈마디가 아파왔다.

"아휴, 힘들어."

힘들다 투덜대면서도 일단은 이곳을 나가야겠다는 생각뿐. 나가면 유나를 찾아볼 생각이었다. 그러고는 돌아가는 거다…. 어디로? 동굴로? 하지만 수학 문제에 반드시 답을 풀

수 있는 공식이 존재하듯, 온 길이 있다면 돌아갈 길도 있을 것이라는 확신이 있었다.

뚝, 뚝, 뚝…. 그렇게 하나하나 문창살을 열심히 부러뜨리던 때였다.

"그대는 누구요?"

"히이익!"

갑자기 문밖에서 들려온 남자의 목소리에 난 기겁하며 바닥에 주저앉았다. 놀란 숨을 가라앉힌 나는 목소리의 주인공이 낮에 목욕한 다음 마주친 남자라는 걸 알아차렸다.

"호, 혹시… 소희의 작은오라버니?"

"그건 또 어찌 알았소?"

얼굴이 보이지 않는 문 너머 남자의 목소리는 날이 서 있었다. 일단 그의 정체를 알았으니 안심하며 말했다.

"용수댁이라는 아주머니에게 들어서 알아요."

"그럼 이 질문에도 답해보시오. 그대는 누구요?"

처음이었다. 이 집에 들어온 뒤로 다들 나를 '소희'라고만 불러왔는데 이제야 진짜 내가 누구인지를 묻는 사람이 나타나다니.

"나래요, 황나래. 그게 내 이름이에요. 나리 여자 고등학교 1학년. 지난 학기 전교 1등이었고요, 중학교 때부터 한 번도 1등은 놓친 적이 없었어요. 나름 내가 똑똑한 줄만 알았는데 여기 오니까 완전 멍청이가 된 기분이네요."

혼잣말하듯 중얼거리다 말고 문 너머 그에게 넌지시 물어
보았다.

"저기요, 근데, 지금 내가 무슨 말을 했는지 하나도 못 알아
들었죠?"

여기가 정말 조선이라면 그가 조선 사람이라면 못 알아들
을 거란 걸 알고 한 말이다.

사실은 내가 이렇게 똑똑하단 말씀!

"이름은 분명히 알아들었소."

"그럼 저 좀 여기서 꺼내주세요. 그리고 그 소희라는 여자
애 보고 빨리 집으로 돌아오라고 하시고요. 이 시대에도 여자
애들이 가출을 할 수 있었는지는 의문이지만, 덕분에 비슷하
게 생긴 내가 이 고생을 하고 있다고도 전해주시고요."

그러자 그가 망설이며 입을 열었다.

"내 누이… 소희는 어젯밤 죽었소."

"…!"

그만 나는 눈이 휘둥그레졌다.

"그래서 그 아이는 이제 집으로 돌아올 수 없소."

"죽어… 죽었다고요?"

"그렇소."

"그, 그럼 어서 가족한테 알려야 하잖아요. 다들 그 여자애

가 죽은 줄 모르니까 저라고 착각하는 거니까요."

"말하고 싶지만 말할 수 없는 사정이 있지."

"무슨 사정인데요?"

"내 동생은 이 나라의 국모가 될 예정이었다오."

"국모? 왕비요?"

"그렇소."

대답하는 그의 말끝에 긴 한숨이 담겼다.

그 한숨은 금방이라도 흐느낌으로 변해버릴 것처럼 처량하고 쓸쓸하게 들렸다.

그의 한숨이 전해져오는 바람에 나도 모르게 엉겁결에 따라서 한숨을 내쉬었다. 달빛이 문 하나를 사이에 둔 우리 두 사람 모두를 비추고 있는 시간.

"아무리 그래도 전 그 '소희'가 아닌걸요. 돌아오지도 못할 사람인 척하고 있을 순 없다고요."

"알고 있소. 허나 그대는 내 누이를 꼭 닮았소. 심지어 목소리까지도… 이 집안의 모든 사람들이 그대를 누이로 착각하는 것은 바로 그 때문이겠지."

"그래서요?"

"당분간 내 누이인 척해주었으면 하오."

난 누이의 죽음에 애통해하는 그를 동정하던 마음을 접고 단호하게 말했다.

"내가 왜 그래야 하죠? 내 가족도 나를 기다리고 있을 거라고요. 난 돌아가야 해요."

"친구를 찾고 있다고 했지."

"…!"

난 그를 보던 눈을 크게 떴다.

"내가 그 친구를 찾는 것을 도와주리다. 어떻소?"

잠깐 마음이 흔들렸지만, 나 혼자서도 친구를 찾을 수 있다는 자신이 있었다. 그래서 그의 제안이 별로 매력적으로 들리지 않았다.

"고맙지만 사양할래요. 저 혼자서도 할 수 있으니까."

"그럼… 못 하시겠다?"

"산 사람도 아니고 죽은 사람을 대신하라니. 그동안 제가 이 집안사람들에게 상처를 주는 거나 마찬가지잖아요. 헛된 희망을 주는 것일 수도 있고. 그건 못 하겠어요."

"그럼 그대는 살아남지 못할 것이오."

"네?"

부드러운 말투에서 위협적인 말투로 변하는 것은 한순간이었다.

"그대가 내 누이인 척하지 못하겠다면, 난 그대를 내 누이를 죽인 범인으로 몰 것이오. 참고로 내 누이는 이 나라의 국모가 될 여인이었지. 국모가 될 여인을 죽이고도 목숨을 부지

하길 바라시오?"

난 문창살을 붙잡고 흔들며 소리쳤다.

"난 안 죽였어요! 소희라는 여자애를 본 적도 없다고요!"

"그것은 더는 내게 중요한 사실이 아니오. 그러니 선택하시오. 남은 시간은 길지 않소."

난 잡았던 문창살을 놓으며 바닥에 힘없이 주저앉았다.

조선에서 사람을 죽인 죄라니. 그것도 조선의 국모가 될 소녀를 죽인 죄. 아니라는 내 말을 얼마나 많은 사람들이 믿어줄지는 모르겠지만 적어도 조선은 사형제가 엄연히 존재하는 나라다. 그리고 사람을 처형하는 수많은 방법을 보유한 근세국가다.

"시간이… 그리 길지 않다고 말했소."

그의 압박에 내 눈동자가 깜박이며 심하게 떨렸다. 유나는 정말 이곳에 있을까? 이곳에서 살아는 있는 걸까? 설마 살아남지 못해서 아직도 돌아오지 못하고 있는 걸까? 만약 살아 있다면 난 반드시 그 아이를 데리고 돌아가야만 하는 책임이 있다.

적어도 유나를 찾을 때까지는 이곳에서 머물러야 해. 그리고 난 갈 곳이 없으니까.

"좋아요. 당분간 당신의 누이가 되겠어요."

"좋소."

54

그가 자리에서 일어나는 듯한 소리가 들렸다. 그가 곧 이곳을 떠난다는 걸 알아차린 나는 다시 문창살을 붙잡으며 소리쳤다.

"하지만 이렇게 갇혀 있을 수만은 없어요! 그러니 내일 당장 풀어 달라고 해주세요!"

"그것도 좋소."

그의 목소리가 멀어지며 내게 대답했다.

일단 흔쾌히 승낙한 듯 보이니 안심이었다. 하지만 여전히 내게는 많은 숙제가 남아 있었다.

첫째로 난 당분간 이곳을 떠날 수 없었다. 둘째는 유나를 찾아야 한다. 마지막으로 셋째는….

"국혼을 미뤄 달라니?"

마님이 놀란 목소리로 내게 반문했다.

"어차피 하게 될 국혼, 며칠쯤은 미루어도 무방하지 않겠습니까."

밤을 지새운 고민의 결과는 이것이었다.

국혼을 하면 왕비가 되어서 궁궐로 들어가야 하는데, 어떻게든 이것만큼은 미뤄볼 심산이었다. 그리고 유나를 찾으면 이곳에서 도망친다. 적어도 작은오라버니라는 사람이 내가 소희라는 여자애를 죽인 범인으로 몰기 전에는 멀리 도망칠 생각이었다.

"안 된다. 그것만은 절대로 안 돼."

맞은편에 앉아 있던 대감마님이 단호히 반대하며 나섰다.

"왜요?"

국혼을 안 하겠다는 것도 아니고 약간만 연기해 달라는데 저렇게 단호박이라니. 어처구니없다는 내 표정에 마님이 대감마님을 대신해서 대답했다.

"벌써 잊었느냐? 내일 궐에서 상궁이 나올 것이다. 내일이 바로 네가 어의동 본궁으로 들어가는 날이고."

"어의동 본궁? 거긴 어디죠?"

"어디긴. 효종대왕의 잠저이지."

"잠저가 뭔지는 알아요. 왕이 되기 전에 살던 곳. 맞죠?"

"그래. 넌 그곳으로 들어가서 국혼을 준비해야 한다. 준비도 안 된 상태로 마냥 입궐해 왕비마마가 될 수는 없을 테니."

"그럼 거기 가면 당분간은 국혼 안 하는 거죠?"

"어의동 본궁에 있는 상궁들이 네가 입궐할 준비가 되었다고 판단하면, 그때 날이 잡혀 국혼을 치르겠지. 그러니 그곳에 들어가서도 몸가짐을 잘해야 한다. 국혼이 계속 미뤄지면 네게 안 좋은 평판이 돌 터이니."

두 분을 놔두고 밖으로 나오자마자 안에서 한숨 소리가 연이어 터진다.

"정녕 국혼은 둘째치고 어의동 본궁으로 들어가는 일도 미뤄야 하지 않을까요? 대감. 우리 소희가 예전과 많이 달라졌습니다. 전에는 간택이 취소되어 일평생 생과부로 살아야 한다는 말에 충격을 받았는지, 제 방에서 통 나올 생각을 않더니…. 입궐해서 웃전들을 뵌 일에 큰 충격을 받은 것이 아닌지요?"

"국혼이란 모름지기 중대사 아니오. 그 위중함을 소희가 모를 리가 없으니 두고 봅시다. 나아지겠지."

"하오나, 대감."

"그만하시오."

이게 아닌데.

밤새 고민한 끝에 나온 '국혼을 미뤄보자.'라는 내 계획은 무산되고 말았다. 그나마 다행인 것은 어의동 본궁인지 별궁인지 일단 그곳에 들어가는 게 먼저라 국혼은 그다음 일이라는 거다. 또 그곳 상궁들이 내가 국혼을 치를 준비가 되었는지 상태를 평가한다니, 그렇게 못 되도록 행동하면 될 듯싶긴 했다.

이래저래 복잡한 고민이 많아지는 가운데 난 누군가와 마주했다. 바로 내가 도망가지도 못하게 이곳에 잡아두는 데 가장 큰 일조를 한 소희의 작은오라버니다.

"국혼을 미뤄 달라고?"

첫마디부터 들어보니 내가 안에서 한 말을 모두 엿들은 것 같다. 난 주변에 아무도 없다는 사실을 확인한 뒤에 그에게 다가가 작은 목소리로 말했다.

"제가 하겠다는 건 소희라는 여자애의 대타인 거지, 국혼을 치르고 왕비가 되겠다는 건 아니었으니까요."

그러자 그가 냉랭하게 내 말을 받았다.

"하기는… 그대 같은 여인이 국혼을 치러 이 나라의 국모가 된다는 생각만으로도 끔찍하군."

"그럼 도와줄 건가요?"

"도와 달라니?"

"모른 척 마시죠. 내가 이렇게 된 데는 이제 당신의 책임도 있으니까. 어쨌든 난 왕비가 될 수 없어요. 당장 내가 왔던 곳으로 돌아가야 할 판인데 친구 때문에 어쩔 수 없이 당신의 협박에 못 이긴 거라고요. 게다가 이 짓도 하루 이틀이지. 저 분들은 부모님 아니에요? 내가 진짜 소희가 아니라는 걸 곧 알아차릴 거라고요."

"걱정 마시오. 내일 어의동 본궁으로 들어갈 터이니."

"그곳 사람들 중에 내가 진짜가 아니라는 걸 알아볼 만한 사람들이 있나요?"

"확실하진 않지만 모두 그대를 처음 보는 이들일 것이오."

"그럼 일단 안심이지만⋯."

한숨을 연거푸 내쉬는 나를 바라보던 그가 말도 없이 돌아섰다. 나를 두고 자리를 떠나려는 것 같았다. 난 재빨리 그를 쫓아갔다.

"잠깐만요!"

그가 걸음을 멈추더니 나를 돌아보았다.

"내게 더 할 말이 있소?"

"궁금한 게 있어서요. 지난밤 물어봤어야 했지만 지금 물어볼게요."

"말해보시오."

"음, 묘호는 죽은 다음에 붙이는 거니까, 지금 왕의 묘호는 알지도 못할 거고⋯ 선왕의 묘호가 뭐죠?"

"선왕의 묘호? 그것을 어찌 물으시오?"

"그래야 이 시대에 대한 감을 좀 잡죠. 제가 국사 실력은 나쁘지 않거든요."

"무슨 말인지 모르겠소."

"그렇게 말할 줄 알았어요. 아는 게 이상하죠."

내 말이 마음에 들지 않았는지 그가 나를 매섭게 쏘아보았다. 나는 그의 눈빛이 무서워 고개를 숙인 채 중얼거리듯 말했다.

"모르면 모른다고 말로 하지. 그렇게 노려볼 것까지야…"

"정조대왕이시오."

난 다시 고개를 들어 그를 쳐다보았다.

"정조라고요?"

"정, 조, 대, 왕."

그가 유독 '대왕'을 강조하며 내게 말했다. 하지만 새롭게 접한 정보에 빠르게 돌아가는 내 머릿속에 그의 말이 들릴 리가 없었다.

"정조 다음 왕은 순조인데…. 그럼 소희라는 애가 순조의 왕비? 순조의 왕비라면 순원왕후 김씨인데. 안동 김씨이고… 세도정치…. 히익!"

난 눈을 번쩍 뜨며 그를 향해 물었다.

"설마 안동 김씨세요?"

그러자 돌아오는 반응이 시큰둥하다.

"여태껏 그것도 몰랐소?"

"누가 말해줬어야 알죠!"

분에 차서 성을 내는데 안에서 마님이 밖으로 나왔다. 마님을 본 그가 정색하며 고개를 숙여 인사하자, 마님이 웃으며 우리에게 다가왔다.

"원근이 네가 많이 아쉽겠구나. 소희와 이토록 우애가 좋은데, 내일이면 어의동 본궁으로 들어갈 터이니 말이다."

"소자의 마음보다야 어머니 마음이 더 아쉬우시겠지요."

"그래서 걱정이 많다."

그녀는 내 손을 한번 부드럽게 잡아보고는 자리를 떠났다. 그녀가 사라지자 난 그를 돌아보며 물었다.

"이름이 '원근'이에요?"

차가운 눈빛으로 대답을 대신하는 그. 나는 헛기침을 하며 그를 흘겨보았다.

"그럼 이름이 '김원근'이겠네."

세도정치를 열었던 것은 순원왕후의 아버지 김조순. 아마도 지금 저 안에 있는 대감마님일 것 같고… 그의 아들인 김유근과 김좌근이 세도정치의 절정기를 열었다-까지가 내가 배운 역사인데… 김원근이라는 이름은 왜 들어본 적이 없지? 아니면 헷갈려서 기억을 못하는 걸까? 내 머리는 그렇게 나쁘지 않은데.

"내 이름에 무슨 불만이라도 있소?"

"아뇨, 아무것도…."

그가 자리를 떴고 나는 방으로 돌아와 생각에 잠겼다.

일단 소희라는 애는 죽었다. 이 사실을 알고 있는 것은 둘째오라버니인 김원근뿐. 이 사실이 알려지면 내가 알고 있는 역사가 바뀔까? 그렇게 바뀌는 역사라고 해보았자 안동 김씨의 세도정치가 없어지는 거겠지. 아니면 안동 김씨의 세도정치가 불가능해지거나.

그럼 조선의 근대가 조금 더 빨리 찾아올까?

"순원왕후… 순원왕후…."

순조의 뒤를 이은 헌종을 아무것도 못하는 왕으로 만들어 버리고… 오로지 자기 집안의 사리사욕만을 챙겼지. 철종을 왕위에 올리고 나서도 철종의 왕비까지 안동 김씨로. 그리고 철종 시대의 재상들마저 모두 안동 김씨로 갈아치웠어.

이 체제는 고종이 등극하고 흥선대원군이 대대적으로 적폐를 혁파할 때까지 거의 칠십 년간 이어진다. 만약 이 시기의 역사가 약간 달랐더라면, 대한제국 성립이 빨라져 조선의 근대가 더 빨리 찾아왔을 수도 있다.

일제강점기도 사라졌을지 모른다. 일본은 1890년대에 이르러서야 입헌군주국이 되었으니까, 조선이 그보다 더 빨리 근대국가가 된다면… 말도 안 되는 상상일까?

하긴, 어차피 나랑 그 일이 무슨 상관이라고… 내가 뭘 해낼 수 있을지도 모르겠고….

"아니지…?"

그랬다, 진짜 순원왕후가 되어야 할 김소희는 죽었다. 지금은 내가 김소희다. 내가 순원왕후가 된다면? 조선의 역사를 바꿀 가능성은 충분했다.

심장이 터질 것처럼 쿵쾅거리기 시작했다. 얼마나 세게 뛰는지 심장마비가 올 것만 같았다. 난 한 손을 가슴에 얹었다. 심장이 뛰는 느낌이 손에 그대로 전해져왔다. 동시에 소름이 온몸을 타고 쫙 퍼졌다.

"내가 순원왕후가 될 수 있어…?"

심령사진 한 장을 얻겠다고 그 많은 폐가들을 겁도 없이 돌아다니던 때보다도 더 스릴이 넘쳤다. 난 언제나 늘 특별하고 남들과는 다른 삶을 꿈꿔왔다. 하지만 결국 평범함이 다다를 수 있는 한계선에서 멈춰야만 했다.

남들이 탐내는 전교 1등 자리도 어차피 수많은 수재들 앞에서는 평범함 그 자체일 뿐이었으니까. 내가 진정으로 원하던 것은 남들과 완전히 다른 특별한 삶 아니었던가.

어쩌면 그 기회가… 지금 내게 찾아왔는지도 몰라.

"다시 돌아갈 수 있다고 해도…."

난 이 기회를 놓치고 싶지 않아. 역사를 바꿀 기회, 이건 분명 하늘이 내게 준 기회일지도 몰라.

"아가씨. 궐에서 아가씨를 모시려고 상궁 마마님들께서 나오셨어요."

용수댁의 목소리가 들렸다.

이미 방 안에서 어의동 본궁으로 떠날 채비를 모두 마친 나는 거울 속 내 얼굴을 뚫어져라 바라보았다.

이상하게도 익숙한 내 얼굴을 바라보면서도 떨리는 심장을 주체할 수가 없었다.

이건 하늘이 준 기회야. 긴장하지 말자.

"아가씨?"

나를 부르는 목소리에도 문이 열리지 않자, 밖에서 기다리고 있던 상궁들이 소곤거리는 소리가 방 안까지 들려왔다.

"지난번 입궐했을 때 보아하니, 웃전들 앞에서 기가 죽어 고개도 제대로 못 들던데."

"어디 왕비가 되셔도 모셔야 할 웃전들이 한두 분이셔야지. 분명 겁에 질려 나오지 못하시나 보옵니다."

상궁들이 키득거리는 소리를 들으며 나는 일단 자리에서 일어섰다.

"아가씨, 어서 나오셔요."

상궁들의 눈치를 보는지 용수댁의 목소리가 작아졌다. 그 사이 원근도 내 방 앞까지 온 모양이었다.

"소희야, 안에 있느냐?"

나를 찾는 그의 목소리가 들리자마자 난 두 손으로 문을 열며 밖으로 나왔다.

문 앞에 서 있던 원근은 갑자기 나온 나를 보며 놀란 표정을 짓는 것 같았다. 나는 그를 보며 생긋 웃고는 돌아서 마루 위에 섰다.

마루 아래로 두 명의 상궁과 열댓 명의 나인이 서 있는 것이 보였다. 그들의 뒤로는 내가 어의동 본궁까지 타고 갈 크고 화려한 가마가 놓여 있었다.

"웃잖아?"

"웃네?"

너무 활짝 웃었는지 이번에는 나인들까지 소곤거렸다. 그러는 동안 맨 앞에 서 있던 두 명의 상궁 중 한 명이 내게 말했다.

"많이 지체하셨사옵니다. 그만 가마에 오르시지요."

난 그녀의 지시에 따라 마루에서 내려오려다가 잠시 걸음을 멈추며 말했다.

"저는 아직 궁궐 예법을 잘 모릅니다만 상궁께서는 웃전께 먼저 인사를 올리는 것이 순서이지 않습니까?"

방 안에서 들었던 '웃전'. 분명 궁궐의 대비들을 가리키는 말일 것이다. 그리고 난 대비는 아니더라도 왕비 후보, 아니, 확실히 왕비가 되기로 정해진 예정자란 말이지.

"아… 그게…."

그러자 다른 상궁이 눈치 빠르게 고개를 숙였다.

"인사 올리옵니다. 소인은 대왕대비마마를 모시는 문 상궁이라 하옵니다."

그러자 당황한 상궁도 뒤늦게 인사를 올렸다.

"혜경궁마마를 모시는 장 상궁이옵니다. 인사 올리옵니다."

그녀들의 인사를 받은 나는 해맑게 웃으며 말했다.

"나는… 다들 아실 터이니 인사를 생략하겠습니다."

그녀들이 당황하며 서로의 얼굴을 쳐다보는 동안 난 한 손을 내밀었다. 혼자 내려와 신을 신을 생각이었지만, 왠지 그렇게 해서는 자세가 영 살지 않을 것 같아서였다.

다행히도 장 상궁이 눈치 빠르게 다가와 손을 잡아 부축을 해주었다. 그 덕에 나는 허리를 굽히지 않고도 스스로 신을 신었다.

"아가씨…."

용수댁은 내가 예전의 소희로 돌아왔다고 여겼는지 퍽 감동하는 표정을 지었다.

그리고… 나는 마루 위에 아직 남아 있는 원근에게 눈을 돌렸다.

그는 방긋 웃는 나와 눈이 마주치자 당황하는 낯빛을 가린 채 나를 향해 고개를 숙였다.

이 순간 나는 황나래가 아니었다. 안동 김씨 병조판서 김조순의 딸, 김소희였다.

어의동 본궁에 들어온 지 한 달하고도 보름 남짓.

"웃전들을 뵈오실 때는 이렇듯 큰절을 올리셔야 하옵니다."

"그럼 밖에서 뵐 때는요?"

"허리를 여기까지, 반쯤 숙이셔서 '고개를 들거라.'라는 하명이 있으실 때까지는 고개를 계속 숙이고 계셔야 하옵니다."

장담하건대 이렇게까지 열심히 공부한 역대 왕비나 세자빈은 없었을 거라고 확신한다.

난 붓펜 사이즈나 될까 싶은 가는 붓으로 열심히 상궁들이 가르치는 것을 필기했다.

"상중에도 마찬가지인가요?"

"예?"

"상중에는 인사를 어떻게 해야 하느냐고요."

한 차원 더 높여 응용도 해볼까?

물론 처음에는 대충대충 하려고 했다. 그러면 국혼이 미뤄질 것이라고 생각했으니까. 그러나 지금은 목표가 달라졌다. 난 누구보다도 빠르게 궁궐 생활에 적응할 생각이었다. 다가올 내 미래에 대한 철저한 대비와 준비, 공부밖에 방법이 없었다.

"궁중에서는 그러한 말투를 사용하지 않사옵니다."

"알아요. 지금 상궁마마님이 쓰고 있는 그런 말투를 말하는 거죠?"

"'그런 말투'라고 칭하셔도 아니 되옵니다."

하나씩, 하나씩 제대로 가르쳐줘요. 한 가지도 빠뜨리지 말고요. 알았죠?"

영조의 계비인 정순왕후(대왕대비)의 거처에서 질문이 울렸다.

"참말이냐?"

"예. 그러하옵니다. 대왕대비마마."

오랜만에 입궐한 문 상궁의 목소리에는 힘이 없었다. 그녀는 상당히 지친 듯한 표정이었다. 그러나 대왕대비는 자못 기분이 좋아 보였다.

"국모의 자리는 보통 인내로는 감당할 수가 없는 자리이지. 헌데 중전이 될 병판의 여식이 그리도 열의 있게 예법에 매진한다 하니 기쁘기 그지없구나."

"예. 또한 영특하시기는 이루 말할 데가 없사옵니다. 한번 가르쳐 드린 것은 잊지 않고 반드시 기억하시니, 이미 사흘 만에 종친록을 모두 외워버리셨사옵니다."

대왕대비가 깜짝 놀란 표정을 지었다.

"무어라? 종친록에 적힌 그 많은 종친들을 모두 외웠단 말이냐?"

"예에."

"놀랍구나. 이제 중궁의 입궐이 기대된다. 궐에 새로운 사람이 들어온다는 것은 늘 즐거운 일이기도 하지. 그나저나 문 상궁."

"예. 대왕대비마마."

문 상궁이 고개를 숙였다.

"자네가 판단하기에 중궁의 입궐 시기는 언제가 적절하겠는가? 나는 내년 봄을 생각하였으나, 자네의 말대로라면 올 가을에 국혼을 치러도 될 듯한데."

"소인은 대왕대비마마의 뜻에 따르겠사옵니다."

평소의 문 상궁이라면 이런저런 핑계를 들어 대왕대비를 제외한 모든 이들의 꼬투리를 잡았을 것이다. 그러나 이번에는 달랐다. 아무리 생각해도 병판의 여식에게서 흠을 찾아낼 수가 없었다. 하나를 가르치면 둘, 셋을 알려고 달려드니 오히려 빨리 입궐시켜 거리를 두고 지켜보고 싶은 마음이 컸다.

"그나저나 주상은 아직 남녀 간의 일을 알지 못하니, 국혼 전 합궁 나인을 들이는 일에 대하여 혜경궁과 논하라."

"예, 대왕대비마마."

시험이 없는 공부는 끝이 없다. 다시 말해 끝이 보이지 않으니 평소보다 무리하게 된다. 공부는 역시 계획적이어야 한다는 생각을 하지 않을 수 없다.

　"아함."

　하품을 길게 하는데, 아니나 다를까. 귀신처럼 문 밖에 있던 장 상궁의 목소리가 들려왔다.

　"궁중에서는 복이 달아난다 하여…."

　나는 기다렸다는 듯 외운 말을 줄줄 읊었다.

　"하품을 하더라도 입을 가리고 그 소리가 절대 문밖에 있는 나인들의 귀에 들리지 않게 하라 하였지. 맞소?"

　"예. 바로 맞히셨사옵니다."

　대답은 대답인데 무언가 불만을 가득 품은 대답 같았다. 역시 바로 이어지는 장 상궁의 목소리.

　"비록 아랫사람이라 하여도 시작한 말이 모두 끝날 때까지 기다리는 것이…."

　"미덕이라 하나, 윗사람은 언제든 아랫사람의 말을 막을 수 있다는 말을 하려는 것이오? 맞소?"

　"이번에도 바로 맞히셨사옵니다."

　칭찬하는 말인데도 어쩐지 고깝게 들렸다.

난 그러려니 하고 웃었다. 결국 난 중전이 될 것이다. 그들은 중전이 될 내게 함부로 말할 수가 없을 것이다. 나도 알고 그들도 아는 것. 이것이 신분의 차이겠지. 왠지 점점 내가 오르게 될 자리에 대해서 즐거움이 커져간다.

"문 상궁이옵니다."

대왕대비전에 가본다며 입궐했던 문 상궁의 목소리가 들려왔다.

"들어오시게."

"예."

문이 열리며 문 상궁이 들어왔다. 그녀는 내게 인사를 올린 후 자리에 앉았다.

"대왕대비전에는 잘 다녀오셨는가?"

"그러하옵니다."

"대왕대비마마의 안부는 어떠하시던가?"

"무탈하시었사옵니다."

이건 정말 대왕대비의 안부가 궁금해서 묻는 것이 아니다. 궁중 예법에 따르면 웃전을 모시는 상궁이 왔을 때는 무조건 웃전의 안부부터 묻는 것이 순서라고 배웠기 때문이다. 난 이렇게 오늘도 공부와 실습을 병행한다.

이젠 거의 다 배운 것 같긴 한데.

"곧 국혼 날짜가 잡히실 것이옵니다."

"벌써?"

이제 어의동 본궁에 들어온 지 한 달 조금 지난 것 같은데? 몇 달은 더 어의동 본궁에서 머물며 교육받을 줄 알았는데, 갑자기 아쉬워지는 기분은 뭘까?

"대왕대비마마의 하명이 있으셨사옵니다. 이미 어의동 본궁에 들어오셨을 때부터 국혼 준비는 진행되어 왔사옵니다. 오로지 아가씨께서 언제 준비를 마치시느냐가 관건이었지요. 헌데 아가씨께서 매우 영특하시어, 생각보다 국혼이 빠르게 진행될 듯하옵니다."

곧 내가 이 나라의 왕비가 된다.

설레는 일이 아닐 수 없었다.

"고맙네. 모두 문 상궁 덕분이네. 또 장 상궁도."

밖에 있을 장 상궁까지 세심하게 살피는 나. 이런 나 자신에게 뿌듯함까지 느끼던 바로 그때였다.

"하여 대왕대비마마께서 하명하시길 오늘부터 합궁에 관한 교육도 병행하라 이르셨사옵니다. 이는 궁궐 안에 계시는 전하께는 혜경궁마마와 제조상궁이. 궁궐 밖 어의동 본궁에 계시는 아가씨께는 바로 저 문 상궁이 맡을 것이옵니다."

"에? 합궁?"

어디선가 들어본 것 같지만 왠지 가물가물하게 들리는 '합궁'이라는 단어.

"동뢰연에서 가장 마지막에 치르는 것. 주상전하와 중전마마가 되실 아가씨의 합방에 관한 교육이옵니다."

"아…."

그 생각을 미처 못 했다.

왕비가 되는 것만 문제가 아니다. 왕비는 왕과 합방을 하고 왕자를 생산해야 한다. 그것을 다른 말로 '합궁'이라 한다지.

다른 것에서는 모두 똑똑한 척 굴었던 나도 '합궁'이라는 단어 한마디에 얼굴이 순식간에 뜨거워졌다.

문 상궁은 이를 예상했다는 듯 나를 보며 슬쩍 미소를 흘렸다. 나는 그게 싫어서 다시 근엄한 표정을 지어보려 했지만, 잘 되지 않았다.

"아가씨께서는 남녀 간의 일에 대해 알지 못하실 터이니, 이 문 상궁이 차근차근 세세하게 알려 드리겠사옵니다."

난 빨개진 얼굴로 고개를 가로저었다.

"괜찮네. 난 이미 다 아네."

"아신다고요?"

"뭐, 나의 경우에는 다양하게 접할 기회가 많아서… 그리고 요즘 청소년과 과거 청소년의 성교육이 같을 리가 있나. 나는… 크흠! 다 아네. 그러니 굳이 가르쳐줄 필요는 없을 것 같은데…."

"청소년?"

눈을 어디에 두어야 할지 몰라서 문 상궁을 서둘러 쫓아버리려고 내뱉은 말인데 오히려 의심스러운 눈길만 더 받게 되었다.

"그러니까… 어쨌든 다 아네! 난 그런 교육은 받지 않아도 되네."

"어림없는 말씀이시옵니다!"

문 상궁이 화를 내며 목소리를 높였다.

"어?"

"이미 아신다고 하셔도 마찬가지이옵니다. 어찌 반가의 합궁과 왕실의 합궁이 같을 수가 있겠사옵니까? 이미 배우셨다 하셔도 다시 배우셔야 할 것이옵니다."

난 속으로 깊은 한숨을 내쉬었다.

"그럼 줘보게. 열심히 읽어서 공부할 테니."

"예?"

"어차피 합궁도 '교육'이니 책이 있을 것 아닌가?"

문 상궁의 저 부리부리한 눈을 쳐다보며 '합궁'에 대해 배우느니, 차라리 지루하고 재미없게 적힌 '합궁 책'을 보며 배우는 것이 훨씬 낫다고 생각했다.

"책이라뇨? 왕실의 합궁에 대해서는 함부로 기록으로 남겨 가르칠 수 없는 것이옵니다."

"책이 없다고? 허면 어찌 가르치려는가?"

의심의 눈초리를 보내는 나를 바라보며 문 상궁이 씩 웃어 보였다.

"평소에도 아가씨께서는 필기를 좋아하지 않사옵니까? 소인이 '합궁'에 관하여 모두 입으로 읊어 드릴 것이니 이제부터 잘 적어두셔서 모두 외우시옵소서."

"에구구…."

몇 시간 동안 여고생이 듣기에 낯 뜨거운 이야기를 잘도 읊어대던 문 상궁. 그녀는 내게 선포했다. 내일 왕실 예법 첫 시험을 치르겠다고. 시험의 주제는 바로 '합궁'.

사실상 왕비를 아들 낳는 기계로 취급하는 거지, 뭐.

난 붓 끝을 입에 물고는 열심히 필기한 것들을 읽어 내려갔다.

"왕과 왕비의 합궁 날짜는 제조상궁이 정한다. 제조상궁이 정한 날 이외에 합궁은 절대 불가능하고 예외적으로 합방하더라도 합궁은 절대 안 된다…."

여기까지는 그러려니.

"합궁 날짜는 왕비의 달거리가 끝난 닷새 이후에 정하고… 매달 첫날, 보름날, 마지막 날은 불가. 달의 기운과 관련 있는 날은 모두 불가. 일식, 월식이 있는 날도 불가. 뱀 사(蛇)와 호랑이 인(寅)이 들어간 날짜도 불가. 비바람, 천둥 치는 날도 불가. 날씨가 갑자기 나빠져도 예정된 합궁은 취소. 나라의 제삿날, 국가 행사 날은 모두 불가. 상중, 삼년상 중에도 불가. 또 왕이나 왕비가 아프거나 아픈 낌새가 보여도 불가. 왕실 어른들 중 누군가 한 명이라도 아파도 불가… 이거 뭐냐?"

왕비를 아들 낳는 기계로 취급하면서 정작 기계를 작동시킬 생각도 없다는 건가?

"헐…"

정점은 왕과 왕비의 실제 합궁 시에 일어난다. 왕에게는 없지만 왕비에게는 반드시 지켜야 할 일곱 가지 금기 사항이 있었으니까.

이 부분들은 듣기에도 민망해서 그냥 그림으로 그려버렸다. 어차피 글로 적는다고 하더라도 저절로 상상이 되어 영화처럼 머릿속에서 펼쳐지는 걸 어떻게 막는단 말인가?

첫째. 합궁 시 반드시 모든 불을 꺼서 왕비가 왕의 벗은 몸은 보지 못하도록 해야 한다.

둘째. 왕비는 왕의 왼쪽에 누워야 한다.

셋째. 왕비는 절대 눈을 떠서 왕을 바라보면 안 된다.

넷째. 왕비는 신음과 같은 소리를 절대 내서는 안 된다.

다섯 번째. 왕비는 임금의 몸에 절대 손을 대서는 안 된다.

여섯 번째. 왕비는 흥분해 몸을 떨거나 흔들어서는 안 된다.

일곱 번째. 왕비는 절대 임금의 몸 위에 올라가면 안 된다.

난 들으며 열심히 그려놓았던 이 일곱 가지를 문 쪽으로 내던졌다.

"왕은 나보다 한 살이나 어리다며? 이걸 왕도 똑같이 배우고 있단 말이야?"

소년 왕은 따분하고 지루한 표정으로 제조상궁이 읊은 내용을 듣고 있었다. 평소 웃전들 앞에서 순진한 눈빛을 반짝이며 공손하게 구는 것과는 정반대되는 모습이었다.

"이론은 여기까지 익히신 것으로 충분하옵니다."

마침내 모든 교육이 끝났다. 소년 왕은 기다렸다는 듯이 자리에서 일어섰다.

오늘 이 '합궁' 교육을 위해서 경연도 취소가 되었다. 그런데도 왕은 바로 갈 곳이 있는 것처럼 행동했다.

제조상궁은 나란히 서 있던 상선내관과 모종의 눈빛을 교환했다. 그리고 왕에게 고개를 숙이며 아뢰었다.

"아직 다 끝난 것이 아니옵니다."

왕은 속으로 한숨을 내쉬며 다시 자리에 앉았다.

"또 무엇이 남아 있는가?"

왕의 물음이 끝나자마자 문이 열리더니 앳된 얼굴의 두 나인이 안으로 들어왔다. 고개를 푹 숙이고 있는 나인들은 왕보다 두 살 많은 열일곱이었다. 오늘 왕을 모시기 위해 합궁 나인으로 선발된 그녀들은 목욕재계와 더불어 손톱과 발톱까지 모두 깎은 준비된 상태였다.

"이들 중 한 나인이 오늘 전하를 모실 것이옵니다."

왕의 눈동자가 두 나인의 얼굴을 빠르게 오갔다. 그러나 고개를 너무 푹 숙이고 있어서 얼굴이 제대로 보이지 않았다.

"오늘 밤에 말인가?"

왕의 물음에 상선내관이 입꼬리를 당겨 웃으며 대답했다.

"지금이라도 가능하옵니다, 전하."

제조상궁도 옆에서 상선내관을 거들었다.

"마음에 드시는 나인이 있으신지요? 혜경궁마마께서 특별히 뽑아 보내신 나인들이옵니다만."

말없이 제조상궁과 상선내관의 표정을 살피던 왕이 자리에서 일어섰다. 왕은 그대로 나인들을 스쳐 지나가며 바로 자신과 가까이 서 있던 나인을 보지도 않고 손가락으로 가리키며 말했다.

"이 아이로 하겠다."

왕이 그대로 밖으로 나가버리자 제조상궁은 왕의 선택을
받은 나인을 향해 말했다.

"어찌해야 할지는 잘 알고 있겠지?"

나인이 떨리는 목소리로 대답했다.

"예에… 마마님."

"그럼 되었다."

제조상궁이 상선내관을 돌아보며 말했다.

"준비시켜주시지요."

"그리하겠사옵니다."

"그나저나 왕비가 되려면 합궁은 피할 수 없을 텐데… 어찌
하지?"

예상하지 못했던 일은 아니지만, 생각보다 일찍 찾아왔다.
그리고 내가 원하는 바를 달성하기 위해서는 피할 수 없는
일이기도 했다.

나보다 한 살 어리다는 왕의 얼굴은 본 적이 없으니 잘 모
르겠고… 더군다나 순조라면 재위 초반에는 경주 김씨에게
휘둘리고 중반에는 안동 김씨에게 휘둘리는 나약함의 결정
판! 조선에서 손꼽히는 무능한 왕이 아니던가?

물론 후반부에는 풍양 조씨 며느리를 들여 아들 효명세자를 통해 안동 김씨를 조정에서 몰아내려 시도하기도 했다. 그러나 실패. 처절한 실패였다.

"그게 내 남편이 될 사람이라니…."

순원왕후가 되어 위대한 조선을 이뤄보겠다는 결심 앞에, 이러한 복병이 기다리고 있을 줄은 몰랐다. 아니, 복병을 애써 무시하고 있었다.

오늘 문 상궁에게 배운 바에 의하면 합궁은 거의 일 년에 한두 번 있으면 많이 있을 정도. 그러니 예쁜 후궁들을 곁에 두게 해서 나한테서 관심을 멀어지게 만들 생각이다. 순조는 나약한 왕이니까 후궁들 틈에서 놀게 하고, 그 후에 내가 조정을 휘어잡을 생각.

문제는 그렇게 하면… 효명세자도 태어나지 않을 거고 효명세자의 아들인 헌종은? 이거 역사가 점점 심각하게 꼬이기 시작한다.

"흐음…."

난 종이를 펼치고 다시 펜을 들었다. 내가 아는 조선의 왕실 가계도를 태조부터 다시 쓰기 시작했다. 아는 대로 적다 보면 무슨 해답이 나오지 않을까 싶어서 한 일이었다.

결국 오늘 밤도 밤새도록 공부를 하게 될 상황이었다. 그때, 저녁이 되어 조용해진 밖이 갑자기 소란스러워졌다.

"아니 되옵니다!"

이 목소리는 장 상궁? 오늘 당직인가?

"이쪽인가?"

이어 들려오는 목소리는 상궁이나 나인들의 목소리가 아니었다. 남자애의 목소리. 나는 내가 잘못 들었나 싶어 고개를 갸웃거렸다.

그때, 이어서 들려오는 문 상궁의 목소리.

"전하!"

전하?

나는 내가 잘못 들었나 싶어 귀를 쫑긋 세웠다. 잠시 후 내가 있는 방의 문 앞으로 사람의 발소리가 가까워졌다. 뒤이어 우르르 그 뒤를 쫓는 발소리까지.

난 고개를 들어 방문을 내다보았다. 방문 밖으로 갓을 쓴 남자의 그림자가 얼핏 비치는가 싶더니, 조금 전 들었던 남자애의 목소리가 문 하나를 사이에 두고 분명하고 똑똑하게 들려왔다.

"여기군."

드르륵. 순식간에 벌어진 일이었다. 닫혀 있던 문이 아무 예고도 없이 열리더니 내 앞에 갓을 쓴 내 또래 남자아이의 모습이 나타났다.

놀라 눈만 깜빡이며 쳐다보는 나를 향해 그 아이는 아주 당당히 방 안으로 걸어 들어왔다. 왠지 나를 아는 것 같은 눈빛. 그런데 난 정말 이 아이를 오늘 처음 보았다.

"오랜만이오."

"에?"

그는 이렇게 말하며 내게 걸어오다가, 조금 전에 내가 던져 놓은 '합궁'에 관해 그린 종이 뭉치를 집어 들었다. 뒤늦게 그 종이에 그려진 장면들이 떠오른 나는 얼굴을 붉히며 손을 휘 휘 내저었다.

"만지지 마! 그거 내 거란 말이야!"

그러자 녀석은 그 종이에 그려진 장면들을 아주 유심히, 살 펴보기 시작한다. 처음에는 그 그림이 무슨 뜻인지 모르는 표 정인 듯 보였으나, 곧 알아챘는지 흥미로운 표정을 지으며 뚫 어져라 쳐다보았다.

"내 거야! 보지 말라구!"

녀석은 웃으며 종이를 들고 내게 다가오더니 바로 내 눈앞 에서 그 종이를 돌려주었다. 이미 다 봐버린 후였지만, 난 치 부를 감추듯이 그에게서 종이를 빼앗았다. 그러나 늦어도 너 무 늦었다.

"너 누구야? 누군데 여기에 함부로 들어온 거야? 내가 누군 지는 알고 온 거겠지? 내가 누군지 알면 감히 이렇게는 행동 하지 못할걸?"

나의 앙칼진 태도에 그가 소리 내어 웃었다.

"과인을 기억하지 못하는 건가? 그럴 수도 있겠네. 몇 달 사이에 과인은 그때보다도 한 척이나 키가 자랐으니까."

"과인?"

그가 내 앞에서 허리를 세웠다. 자연히 그의 얼굴을 좇던 나는 고개를 하늘 높이 들어 올리게 되었다. 얼핏 보더라도 180센티미터는 되어 보이는 키였다.

"아직도 과인이 누구인지 모르는 건가?"

"설마…."

그때 문 상궁과 정 상궁이 안으로 들어와 그의 앞에 고개를 숙였다.

"전하!"

"주상전하!"

난 놀란 눈을 크게 뜨고 그의 얼굴을 바라보았다. 그는 바로 나의 남편이 될 순조 이공이었던 것이다.

"전하?"

국혼도 전에 이렇게 빨리 마주하게 될 줄은 상상조차 하지 못했다.

"여기에 계시면 아니 되옵니다."

"어서 환궁하시옵소서."

고맙게도 내 당황스러움을 커버해주는 것은 두 밉상 상궁이었다. 하지만 상궁들이 어서 궁궐로 돌아가라고 말하는 순간에도 왕의 시선은 내 얼굴을 떠나지 않는다.

게다가 웃어? 얘 대체 뭐야?

상궁들의 닦달이 모두 끝날 때까지 여유로운 미소만 짓던 그가 내게서 눈을 떼지 않은 채 말한다.

"물러가라."

"전…!"

"과인은 두 번 말하지 않을 것이다."

물러가라는 말에 나도 당황했지만, 상궁들이 더 크게 놀란 듯했다. 두 상궁은 서로 눈치만 살피더니 조용히 뒷걸음쳐 문을 닫고 나갔다.

잠깐?! 이 상황에서 날 두고 나가겠다고?

상궁들이 나가며 문을 닫는 소리가 들리자 그는 아주 당당하게 나를 쳐다보았지만 자리에 앉지는 않았다. 내게 뭔가 묵언의 지시를 내리는 것 같기는 한데, 그게 뭔지는 알 수 없었다.

결국 내가 눈살을 찌푸리며 그를 쳐다보았을 때였다. 그가 어이없다는 듯 어깨를 들썩이더니 내 앞자리에 앉았다. 앉는 순간에도 왕은 왕인지 자세와 각도가 아주 예술이었다.

키만 큰 데다가 삐쩍 마른 주제에….

자리에 앉은 그는 스스로 옷매무새를 다듬고는 심지어 갓에 매달린 구슬을 얄밉게 매만졌다.

나는 그가 다음에 무슨 짓을 할지 전혀 감이 잡히지 않아 멀뚱히 쳐다만 보고 있었다. 그가 내 시선을 의식했는지 고개를 들어 나를 쳐다보았다.

그리고 씨익, 또 웃었어?

"소문으로 듣자 하니 궁중 예법이 일취월장이라 상당히 예에 밝다 하던데… 과인이 보기에는 아직도 먼 것 같구나."

"그게 무슨 말인데요?"

마음 같아서는 한 살 어리다는 왕에게 바로 말을 놓고 싶었지만, 명색이 왕은 왕인 데다가 아직 잘 알 수 없는 상황이라 참기로 했다.

"거기."

그가 웃음을 띤 얼굴로 내가 앉은 자리를 가리켰다.

"거기?"

난 영문도 모른 채 내가 앉아 있는 주변을 둘러보았다. 그러자 그가 말했다.

"과인의 자리다. 웃전의 자리. 위아래도 아직 배우지 않고 무슨 궁궐 예법에 밝다 하는지… 널 가르치는 상궁들이 죄다 엉망인 듯하다."

"뭐라고요?"

비꼬는 듯한 그의 말투에 난 눈살부터 찌푸렸지만, 곧 그가 왕이라는 사실을 재차 확인하며 분노로 입술만 달싹댔다.

"과인의 말이 틀렸느냐?"

난 무섭게 그를 노려만 보았고 그는 한 손을 휘휘 내저으며 말했다.

"좋다. 못 배운 것은 죄가 아니지. 또한 백성의 무지는 군주의 책임. 아량 넓은 과인이 참고 넘어가마."

더 말이 길어졌다가는 내가 먼저 그에게 손찌검을 할 것 같다. 난 이를 악물었다.

"전하. 전하께서는 소녀보다 예법에 상당히 밝으신 듯하옵니다만, 하오나 전하께서 이런 곳에 오셔서 아직 혼인도 치르지 않은 처자와 한 방에 계심이 남녀칠세부동석의 법도를 잊으신 것이 아닌가 하옵니다."

"하하하!"

내 말이 끝나기가 무섭게 그가 큰 소리로 웃었다. 동시에 닫힌 문 너머에서 상궁들이 움찔하는 게 느껴지는 것은 나의 착각이려나?

그가 내게 돌려준 '합궁 시 왕비가 지켜야 할 일곱 가지 그림'이 적힌 종이를 손으로 가리키며 말했다.

"그걸 가르쳐준 상궁들이 말하지 않더냐? 국혼을 앞둔 처자는 물론이고 과인도 그것에 대해 배운다."

"그, 그래서요…."

애는… 얼굴이 화끈거리게 대놓고 말하냐?

"과인은 국혼 전 그것을 반드시 실습해야 한다. 중요한 합궁 날에 실수를 하지 않기 위해서지. 그 때문에 지금쯤 침전에는 합궁 나인이 들어 과인을 기다리고 있을 것이다."

"합궁 나인?"

이건 또 처음 듣는다. 문 상궁도 내게 이런 말을 해준 적은 없었으니까. 다만 내가 합궁에 대해 배운 것을 왕도 똑같이 배운다고만 말했을 뿐이다.

"과인만 실습하면 중전이 될 처자는 억울하지 않겠느냐?"

여기서 말하는 처자는 나인 것 같은데?

"그래서요?"

왠지 모를 불안감이 엄습해온 바로 그때였다! 그가 허리를 곧추세우더니 곧장 내 어깨를 눌러 뒤로 넘어뜨렸다. 순식간에 벌어진 일에 난 눈만 깜빡거린 채 코 닿을 거리로 가까워진 그의 눈동자를 올려다보았다.

그는 바닥에 넘어뜨린 내 위에서 자랑스럽게 말했다.

"오늘 밤 과인이 중전이 될 처자의 합궁 실습을 해주러 왔느니라."

"합궁… 실습?"

그가 하는 말을 쭉 따라오며 들은 것은 전부 이해했다. 전부 이해했는데… 이것만은 이해를 하지 못하겠다. 아니, 이해를 하지 않겠다!

멍청하고 바보 같은 왕, 순조. 내가 왕비가 된다면 후궁들에게 둘러싸여 내 근처에는 얼씬도 못 하게 만들 거야! 그리고 난 막후 세력이 되어서 조정을 뒤흔들어야지. 그것이 나의 장대한 포부.

하지만 그 어느 역사책에도 순조의 성격이 어떤지에 대해서는 전혀 적혀 있지 않았다. 자주 아프고 나약한 왕이라고만 했다. 그 말을 역사책을 읽은 모두가 믿고 있다고!

그때 그의 손이 내 저고리 고름을 잡아당겼다.

얘 지금 뭐하는 거야? 정말 여기서? 아무도 나 안 도와주는 거야? 문밖에 정말 아무도 없어?!

고요함이 찾아온 방 안에서 일어나는 일을 어느 정도 짐작하는 사람이 분명 있는 모양이다. 딱 이 타이밍에 맞추어서 문밖 상궁들의 다급한 목소리가 들려왔다.

"전하! 이곳에서 이러시면 아니 되옵니다!"

"아직 국혼도 치르지 않았사옵니다!"

그게 아니잖아! 당장 문 열고 뛰어 들어와서 이 성폭행범을 잡아가 달라고!

내 앞에서 그렇게 기고만장하던 상궁들 그 누구도 문을 열고 안으로 들어오려고 하지 않았다. 나아가 녀석은 자신이 하는 행동에 잔뜩 굳어버린 내 얼굴을 여유롭게 바라보며 제

할 일을 다할 작정인 듯했다.

하지만 이래 봬도 당하고만 있을 황나래가 아니지!

쿵! 나는 자랑스러울 만큼 충분히 단단한 내 마빡을 그의 마빡에 쿵! 소리가 나도록 부딪쳤다.

"아앗…!"

여유롭게 웃던 그의 얼굴이 일그러지더니, 바로 몸을 떼굴떼굴 구르며 내 옆으로 물러났다. 난 그가 풀어버린 저고리 고름을 움켜잡은 채 자리에서 벌떡 일어섰다.

"아으윽…."

여전히 나랑 부딪친 자신의 이마를 매만지며 눈도 제대로 못 뜨고 있는 그를 향해서 난 버럭 화를 냈다.

"너 왕 맞아? 가짜지!"

"뭐라고?"

"왕이 이런 행동을 할 리가 없어!"

"으…."

"너 같은 왕이랑 혼인해야 한다면… 차라리 이 시대에서 평생 노처녀로 살다 죽고 말지!"

난 그대로 문을 박차고 나갔다. 바로 문 앞에서 안을 향해 귀만 가져다 대고 있었던 상궁들이 뒤로 나자빠졌다. 나는 놀라 거칠어진 숨을 가다듬으며 나자빠진 상궁들을 향해 소리쳤다.

"당장 집에 가겠어요! 가마든 마차든 말이든 다 불러줘요! 난 국혼이고 뭐고 때려치우고 당장 집으로 갈 거니까!"

타고 갈 운송 수단이 없으면 걸어서라도 갈 작정으로 전각을 내려가려고 했다.

그때 누군가 나의 오른쪽 팔목을 세게 움켜잡았다. 내 양옆으로 나자빠진 상궁들의 짓이 아니었다. 고개를 돌리자 왕이 서 있었다. 난 그와 눈을 마주하자마자 그에게 잡힌 손목을 빼내려고 시도했다.

하지만 키가 큰 것 빼고는 힘 약한 뼈다귀일 줄 알았는데, 꼴에 남자는 남자라고 아귀힘이 상당했다. 결국 난 내 힘으로는 절대 그의 손에서 벗어날 수 없음을 알고 포기했다.

"왜요? 이 자리에서 그 잘난 실습이라도 하시게요, 전하?"

그러자 아까까지만 해도 사람 무시하는 웃음을 질리게 지어대던 그가 웃지 않는다. 조금은 미안한 듯 보이는 표정.

하지만 저것도 연기라면 난 절대 호락호락 넘어갈 생각이 없었다.

말없이 불꽃 터지는 기 싸움이 벌어진 가운데 상궁들이 재차 나섰다.

"전하…."

"오늘은 이만 환궁하심이…."

그러나 이번에도 왕은 그녀들에게 눈길조차 주지 않은 채

손짓했다. 그에게서 장난스러움이 모두 사라지자 근엄함만
남았다. 결국 상궁들은 우리를 두고 완전히 물러나 사라져버
린다. 이 상황이 다시 나를 당황시켰다.

　그도 이런 내 마음을 알았는지 굳게 붙들고 있던 손을 놓아
주었다.

　"조금 전 일은 사과하리다."

　"사과로 끝날 정도의 일은 아닌 것 같았는데요."

　미성년자라고 봐줄 줄 알아?

　"그대를 처음 보았을 때는 상당히 순종적인 여인인 듯 보여
서… 그게 참모습인지 궁금했소. 그런데 오늘의 그대를 보아
하니 그것은 그대의 참모습이 아니었군."

　그러고 보니 조금 전 말도 그렇고… 왕은 나를 만난 적이
있는 것 같다. 원근도 그런 말을 한 적은 없어서 모르겠다. 왕
과 소희는 도대체 어디서 처음 보았을까?

　"임금님 앞이면 순종적으로 보였을 수도 있겠죠."

　어느 상황인지 모르는 첫 만남에 대해서 묻는다면 두루뭉
술하게 답할 수밖에.

　"그럴 수도 있겠군."

　그가 다시 웃었다. 웃는 모습만 보면 천진무구한, 딱 내 나
이 또래 같아 보여서 조금 전 그의 행동도 가벼운 장난으로
취급하게 될 것 같았다. 난 그의 웃는 모습이 보기 싫어 고개

를 돌려버렸다.

"아무리 그래도! 제가 첫 만남에서 순종적으로 보였다고 이런 식으로 막 대하시는 건 아니죠. 엄연히 국혼 전인데요."

"과인의 실수라 명백히 밝혔으니 재차 사과하라면 사과하리다. 원한다면 일평생이라도."

일평생. 이 상황에서는 절대 가볍게 볼 수 없는 말이었다.

난 다시 그를 돌아보았다. 마주 선 그가 나보다 키가 커서 난 결국 그를 올려다볼 수밖에 없었다. 그는 다시 나와 눈을 마주한 것이 좋은지 더욱 크게 웃었다.

"웃음이 나올 상황은 아닐 텐데요, 전하."

"그게 아니라⋯."

그가 내 이마를 빤히 바라보며 말했다.

"푸른 멍이 보이는 것이 곧 혹이라도 날 것 같소."

"저요?"

난 서둘러 한 손을 이마에 가져다 대었다. 그가 본 것은 멍뿐인 듯하지만, 손에는 혹이 약간 올라온 것 같은 느낌이 있었다.

그러고 보니 아프기도 아프네. 괜히 이 멍과 혹을 준 그가 원망스러워 흘겨보는데, 그가 망건으로 가린 자신의 이마를 내 앞에 내보이며 물었다.

"나는 이미 혹이 생긴 듯하오. 한번 봐주시오."

혹이 아니라 피라도 줄줄 흐르라지!

마음은 이러했지만 난 연신 아픈 내 이마를 만지작거리며 대답했다.

"전하의 키가 너무 커서 잘 안 보여요."

애초부터 그의 이마 따위는 들여다볼 생각이 없어서 한 말이었는데, 내 말이 끝나자마자 그가 허리를 굽히며 내 앞으로 얼굴을 쑥 드밀었다.

"이제 보이오?"

당황한 내가 눈을 크게 뜨자, 그가 아이처럼 웃으며 자신의 망건을 쑥 올려 보였다. 결국 피할 수 없어, 난 대충 그의 이마를 살펴보았다. 멍이 들긴 들었고 약간 볼록해 보이는 부분도 있었다. 내가 그곳에 손을 가져다 대자 그가 신음을 냈다.

"앗…."

"아파요?"

아프냐는 내 물음에 그가 고개를 끄덕였다.

정말 혹인가?

"혹이 난 것 같소?"

"그런 것 같네요…."

"그럼 이제 공평하겠군!"

갑자기 그가 크게 기뻐하며 말한다.

"공평하다고요?"

"과인이 그대에게 한 결례. 그리고 그 결례에 대해 그대가 과인에게 한 복수. 서로 혹이 생겼으니 공평하지 않겠소?"

"아…. 네…."

마음대로 생각해라. 한 살 많은 이 누나가 봐준다, 봐줘.

"이제 우린 '혹부리 부부'요."

조금 틈을 주었더니 다시 장난을 치려 한다.

난 그의 앞에서 조금씩 풀리던 긴장의 고삐를 잡아 쥐며 통명스럽게 물었다.

"환궁 안 하세요, 전하?"

상궁들이 차가운 물을 적신 천을 가져왔다. 분명 혹이 생긴 것은 우리 두 사람 모두인데도 그는 상궁들 앞에서는 멀쩡한 척, 부어오른 혹을 망건과 갓으로 가린 채 앉아 있었다.

"대왕대비마마께는 말씀드리지 않을 것이옵니다. 허나 또다시 이런 일이 일어날 시에는…."

"문 상궁은 여전히 엄하군."

문 상궁이 내 옆에서 찬 수건을 내 이마에 가져다 대었다.

"아…."

단지 차가운 기운이 이마에 닿았을 뿐인데도 신음이 나도록 아팠다. 나와 마주 앉은 그는 내가 아픈 소리를 내는 것을 보고는 마치 곧 자신에게도 닥칠 일인 양 입술을 깨물며 아픈 표정을 지었다.

그 표정이 왜 이렇게 익살스러운지 나도 모르게 웃음이 픽, 하고 터져 나왔다. 이 기세를 몰아 그도 나를 보며 소리 내어 웃었다. 이런 우리를 바라보던 문 상궁과 장 상궁이 조용히 자리에서 일어나더니 말했다.

"곧 환궁하셔야 하옵니다."

"알고 있다."

문 상궁은 짧막한 경고를 남긴 채 밖으로 나갔다. 그녀들이 멀어지는 소리를 듣고 나서야 그는 기다렸다는 듯이 갓을 벗고는 내 앞으로 다가왔다. 난 조금 전 내 이마에 가져다 대었던 수건을 그에게 내주었다.

"여기요, 전하."

그가 내가 내민 수건을 이마에 가져다 대자, 바로 아픈지 신음을 냈다.

"아웃…!"

그러자 거짓말처럼 멀어졌던 발소리들이 가까워지더니 문 상궁의 목소리가 들렸다.

"전하? 무슨 일이 있으시옵니까?"

왕이 한 손가락을 자신의 입가에 가져다 대며 '쉿' 소리를 내더니 밖을 향해 대답한다.

"아무것도 아니다."

왕의 한마디에 다시 상궁들이 조용해졌다. 하지만 발소리가 멀어지는 것 같진 않았다. 결국 그는 물수건을 챙긴 채 내게 눈짓을 보내며 자리에서 일어섰다.

영문도 모르는 내가 미적거리자 그가 앉아 있는 내 옷자락을 살짝 잡아당겼다. 그제야 나는 일어나라는 말임을 알고 조용히 따라 일어섰다.

그는 병풍 옆에 놓인 벽장의 문을 잡아당겼다. 문이 열리자 그 안으로 고개를 숙이더니, 이곳저곳을 만지작거렸다. 무언가를 찾는 것처럼 보였는데 잠시 후 '달칵' 하는 소리와 함께, 평범한 벽으로만 보이던 벽장 내벽이 옆으로 밀리며 또 다른 문이 나타났다.

내가 놀란 듯 쳐다보자 그는 씩 웃더니 나를 보며 고개를 한 번 끄덕였다. 아마도 이곳을 통해 나가자는 말 같았다.

벽장 속에 숨겨진 문을 통해 우리는 아무에게도 들키지 않고 밖으로 빠져나왔다. 그런 그가 나를 데려간 곳은 어의동 본궁 후원의 정자였다. 정자에 올라간 그는 두 팔을 벌려 밤 공기를 크게 들이마시더니 자리에 앉았다.

"이리 오시오, 어서."

난 못 이기는 척 그의 옆으로 다가가 어느 정도 거리를 두고 앉으며 말했다.

"뭐 거창한 비밀 통로라도 나오는 줄 알았더니….'

"허면 무엇을 기대하였소?"

"이 궁을 빠져나가는 비밀 통로 같은 거요."

그가 기겁하며 고개를 저었다.

"그건 절대 안 되지."

"왜죠? 있으면 좋은데… 마음대로 궁을 나가고 싶을 때 나
갔다가 다시 들어오고 하면 좋을 텐데."

"조금 전 그곳은 그대의 처소가 아니오."

"그렇죠. 임시긴 하지만….'

"그 처소에다 바로 밖으로 나갈 수 있는 비밀 문을 만든다
고? 허면 밖에서도 누군가 그 비밀 문을 안다면 그대의 처소
를 드나들려 하지 않겠소? 그대의 신변이 위험해질 것이니
절대 안 되오."

"지금 임금님이 일개 아녀자를 걱정하시는 거예요?"

그가 방긋 미소를 지으며 말했다.

"그대는 일개 아녀자가 아니오. 이 나라의 국모이자 과인의
비가 될 여인이지."

사실이었다. 모두가 알고 나도 아는 사실인데 가슴이 뛰
었다.

모두가 다 아는 뻔한 사실을 당사자에게 들었을 뿐인데….

"아니오?"

"맞긴 맞죠."

난 길게 한숨을 내쉬었다.

"어찌 한숨을 쉬시오?"

그가 가지고 나온 천을 자신의 이마에 가져다 대며 물었다.

"제가 왜 국모가 된다고 나섰을까요."

이런 왕의 왕비가 된다는 생각은 못 하고 말이지….

"그게 어찌 그대의 뜻이오? 선왕께서 정하신 것이었지."

"선왕? 아…."

정조대왕. 순조와 순원왕후의 국혼은 정조가 정한 것이었으니까. 하지만 내가 이미 죽어버린 소녀 소희를 대신해서 왕비가 되기로 결심한 것은 원대한 목표가 있어서였다.

하지만 어쩌면 순조는 소희를 보자마자 첫눈에 반했던 것이 아닐까? 이렇게 밤에 찾아온 것을 보면 그런 생각이 든다.

"혹시… 첫눈에 저한테 반했어요?"

왕을 향한 겁 없는 여인의 발언에 그가 잠시 당황한다.

그럼 정말 왕은 첫눈에 소희에게 반한 걸까? 그럼 소희는 나와 얼굴부터 목소리까지 똑 닮은 여자애일 테니까, 내 얼굴에 첫눈에 반했다고도 볼 수 있겠네?

내가 던진 물음에 스스로에게 뿌듯함이 느껴지는 순간이었다. 나를 바라보며 입이 떡 벌어진 왕이 말했다.

"정녕 그대는 스스로가 그리 첫눈에 사내의 마음을 흔들 만큼 미인이라 여기시오? 이 나라의 국왕인 과인이 첫눈에 반했을 만큼?"

뭐라고?!

"미안한 말이지만 궁궐 안에는 삼천궁녀는 없어도 삼백 나인은 있소. 아마도 그들 중에 그대보다 어여쁜 이를 찾는 건 그리 어렵지는 않을 것 같은데…."

"지금 그걸 말이라고 해요?"

"화났소?"

"됐거든요."

분명 서로 우리말로 대화하고 있는데도 이 왕이라는 녀석의 말을 따라가다 보면 뭐가 질문이고 뭐가 답인지 알 수 없게 되어버린다. 도대체 말의 주제라는 게 어디에 박혀 있는 녀석인지도 도통 모르겠다.

"과인은…."

그가 삐친 나를 놔두고 정자 위에 팔베개를 하며 누워버린다. 그의 시선은 하늘을 가득 채운 별을 향해 있었다.

"아직 남녀 간의 사랑이라는 감정이 무엇인지 잘 모르오."

"왕이 사랑을 모른다고요?"

그가 누운 채 잠시 나를 향해 눈동자를 굴린다.

"왕이라면 모두 다 알 것 같소?"

"그건 아니지만…"

조금은 진지해진 그의 물음에 난 오히려 그의 시선을 피했다. 그는 이런 나를 물끄러미 바라보더니 다시 하늘 위의 별들로 눈을 돌리며 말한다.

"사랑하는 감정이 아름다운 대상을 바라볼 때 생기는 마음이라면… 과인은 사랑에 헤픈 사내일 것이오. 과인은 모든 아름다운 꽃을 좋아하고 그 꽃을 쫓는 형형색색 나비들을 모두 사랑하니까. 이처럼 아름다운 것을 사랑하는 것은 남녀 모두 다르지 않다 여기는데."

무슨 말을 하는 거야?

"허나 국왕은 달라야겠지. 작은 마음이라도 그것을 아무에게나 함부로 내어주어서는 안 되는 것이겠지. 아름다운 꽃들을 모두 찾아다니며 머무는 나비 같은 사내가 되어서는 안 되겠지."

정자를 밝히기 위해 둘러싼 등불 근처로 나비인지 나방인지 모를 곤충이 아른거린다. 자연히 내 시선이 그곳으로 쏠려서일까? 내 시선을 쫓던 그의 시선도 등불 쪽을 향한다.

잠시 후 그가 기지개를 펴듯 허리를 일으켜 세워 앉더니 나를 바라보았다. 그제야 나도 등불에서 눈을 떼고 그를 쳐다보았다. 그는 웃음기 하나 없는 얼굴로 나를 보며 말했다.

"과인은 그대 이외에는 단 한 명의 후궁도 두지 않을 생각이오."

그의 말은 나를 크게 당혹시켰다.

"어째서요?"

내 계획과도 상충되는 말이었으니까.

"어째서라니? 보통 여인들은 사내가 삼처사첩을 거느리지 않는다 하면 다들 기뻐한다 하던데."

"아니, 그게 아니라 왕이잖아요. 삼백 나인들 중에서 잘 찾아보면 저보다 예쁜 궁녀들이 있을 거라면서요?"

"그건 농이오. 상심했소?"

"상심이 아니라…!"

후궁을 전혀 두지 않겠다는 말에 상심했지!

"뭐, 그대가 과인보다도 일찍 죽는다면 어쩔 수 없이 계비를 들이긴 하겠지만…."

"그럴 일은 절대 없어요."

"절대 없다고? 그것을 어찌 장담하오?"

순원왕후가 순조보다 오래 사는 걸 내가 아니까 말이지!

하지만 이 말을 설명할 순 없었다. 그는 결코 믿지도 받아들이지도 못할 미래의 일이니까.

"그, 그러니까… 보통은 여인이 사내보다 오래 사니까요. 그래서…."

"그건 맞소. 사내는 여인보다 일을 많이 하니까."

이 말은 내 심기를 건드렸다.

나는 발끈하며 그에게 말했다.

"여인은 사내보다 일을 적게 한다는 식으로 말하지 말아요. 여인도 전교 1등 할 수 있고…."

"전교 1등?"

"그러니까 사내보다 뛰어난 여인들도 많다는 말이에요."

난 쏘아붙이며 기분 나쁘게 말했는데 오히려 듣는 그는 활짝 웃었다.

"그대는 과인의 생각보다도 더 재미있는 사람이군."

재미있는 사람. 하지만 사랑의 감정은 아니다. 적어도 그는 소희와의 첫 만남에서 그녀에게 반하진 않았다. 그녀는 상당히 순종적인 모습을 보였을 뿐이고, 그는 그것이 소희의 참모습인지 아닌지 알고 싶어서 오늘 밤 나를 찾아온 것뿐이다.

"어쨌든 후궁은 두시고 싶은 대로 두세요. 삼백 나인들이 불쌍하지도 않아요? 평생 임금님만 보고 수절하며 살아야 하는데…."

"그래서 매달 봉급을 지급하잖소. 나이가 들면 퇴궐해 호의호식하며 사는 나인들도 많고."

"그거랑 다르잖아요! 평생 혼인도 못 하고…."

"곧 이 나라의 가장 높은 자리에 있는 임금과 혼인할 그대가 할 말은 아닌 것 같은데?"

"자꾸 내 말에 딴지 걸래요?"

"딴지? 딴지는 또 무엇이오?"

난 이를 갈며 말했다.

"지, 금, 그, 거, 요."

"하하!"

그가 또 소리 내어 웃었다.

답답한 나만 가슴을 칠 뿐이었다.

"왜 후궁을 두지 않을 건데요?"

"그대는 왜 과인이 후궁을 두어야 한다고 여기시오? 아, 많은 후손을 두기 위해서? 그것이 왕비의 가장 큰 덕목이라 문상궁이 그리 가르쳤소? 투기는 절대 금해야 한다면서?"

내가 할 말 안 할 말을 모두 앞서서 해버리는 왕. 역시 왕이라서 그런지 보통내기가 아닌 것 같았다.

"왜 후궁을 두, 지, 않을 거냐고 물었어요."

어쨌든 그가 내뱉은 말에는 내가 원하는 답이 없었다. 그렇다면 난 같은 말을 반복, 끝없이 반복할 생각이었다.

"과인은 궁궐 안의 모든 여인을 소유할 수 있는 유일한 사내이자 임금이지. 그렇다고 해서 과인의 여인들이 모두 눈물짓게 하고 싶지는 않소."

단순히 자기 때문에 다른 여자들이 우는 꼴을 보기 싫어서 후궁을 두지 않겠다고? 그 말을 지금 나보고 믿으라는 거야?

"아직 생기지도 않은 후궁들 때문에 그 후궁들이 흘리는 눈물부터 걱정하시는 거예요?"

"아니, 난 보았소."

"보았다고요?"

벌써 후궁이 있어?

"과인의 어머님."

"어머님?"

그가 옛 기억을 떠올리듯 눈동자를 힘없이 흐렸다.

"과인의 선왕께서는 죽은 의빈궁을 후궁들 중 가장 총애하셨소. 허나 의빈궁은 과인의 어머니께서 입궐하기 한 해 전에 병환으로 목숨을 잃었지. 선왕의 뒤를 이을 원자가 단 한 명도 없는 상황에서 어머니는 간택 후궁으로 입궐해 승은을 입고 과인을 낳으셨소. 허나… 선왕의 눈은 언제나 죽은 의빈궁이 머무르던 거처만을 향했지. 그 뒤에 서서 선왕을 바라보는 과인의 어머니의 눈길은 철저히 외면하신 채 말이오. 그것은 나의 양모이신 대비마마도 마찬가지셨소."

어머니의 눈물을 보고 자란 아들이라서 후궁은 두지 않겠다? 설득력이 있는 말이었지만 내 마음에 와 닿을 정도는 아니었다.

"전 그분들과 달라요. 전 울지 않을 거예요. 그러니 후궁을 많이 두셔도 돼요. 어차피 왕비의 자리란 그런 거잖아요. 게

다가 전 병조판서 대감의 여식이라고요. 다시 말해서 상당히 정치적인 왕비가 될 위험성이 산재하죠."

"지금 스스로 과인에게 위험한 존재라고 말하는 것이오?"

너무 나갔나?

"음…. 보통 유력한 집안의 여인들이 왕비가 되면 그 집안이 조정에 득세하는 건 당연한 일 아닌가요?"

아직 정치 공부가 많이 필요한 것 같다. 적어도 현실 정치와 조선 시대 정치는 많이 다르겠지?

"그대는 아주 무서운 왕비님이 되겠군."

농담처럼 진담 같은 말을 그가 던지며 자리에서 일어섰다.

하지만 난 웃을 수가 없었다. 난 잠시 내가 아는 역사 속 순원왕후의 이미지를 되새겼다. 그사이 정자를 내려간 그가 아직 정자 위에 앉아 있는 나를 돌아보며 말했다.

"오늘 그대를 만나러 별궁에 온 이유도 바로 그것이오. 과인은 후궁을 단 한 명도 두지 않을 생각이오."

"그 말을 전하러 여기까지 오셨다고요?"

그는 진지한 얼굴로 고개를 끄덕였다.

"아마도 지금쯤 혜경궁께서 배려하신 합궁 나인이 과인의 침전에서 기다리고 있겠지만 그 나인은 과인의 그림자도 보지 못한 채 아침을 맞게 될 것이오."

난 자리에서 일어서서 그에게 다가갔다. 하지만 아직 정자에서 내려가진 않았다. 정자에 선 채로 아래에 서 있는 그를 바라보자 내가 그보다는 조금 더 키가 컸다. 그 덕에 나는 그를 내려다보며 말할 수 있었다.

"제가 아이를 못 낳으면요? 안 낳겠다면요? 후궁에게 자녀를 보셔야 할 텐데요."

너무 구체적인 내 주장에도 그는 대수롭지 않다는 듯이 듣는다.

"한 번도 아이를 낳아보지 않은 여인은 어머니의 마음을 알 수 없다고 했소. 마찬가지로 사랑에 빠져보지 않은 여인은 사랑을 알지 못할 것이오. 그대도 다른 여인들처럼 지아비인 과인을 사랑하게 되면 과인의 소생을 낳고 싶어질 것이오."

내가 부끄러워할 말을 그는 태연스럽게도 했다. 결국 얼굴을 붉힌 것은 나 혼자뿐이었다. 난 따뜻한 열이 오르는 뺨에 손등을 가져다 대며 말했다.

"제가 누군가를 사랑해본 적이 없다고 생각하세요?"

"있소?"

거짓으로라도 사랑해본 적이 있다고 말할 참이었는데 뒤이어 이어진 그의 말이 가관이었다.

"감히 과인의 비가 될 여인의 마음을 훔친 사내라… 과인은 그 사내를 죽여야겠군."

이번 말은 조금 무섭게 들려서 난 오히려 목소리를 높였다.

"멀쩡한 얼굴로 그렇게 무서운 말을 하지 마세요!"

"있소?"

원하는 답이 나올 때까지 전후 답변 다 무시하고 같은 질문을 다시 하는 건 내가 사용한 방법이다. 그는 벌써 그 방법을 체득한 것이다. 그가 재차 묻는 말에 난 결국 소리 지르며 대답했다.

"없어요! 없다고요!"

"참말이오?"

그가 능글맞게 웃으며 묻는다. 난 웃음 속에 드러난 그의 집요한 시선을 피해 고개를 숙이며 대답했다.

"전 아직까지 누군가를 좋아해본 적도 사랑해본 적도 없어요. 하지만!"

난 고개를 들어 그를 향해 말했다.

"그래서 그런 감정이 무엇인지는 아직 잘 몰라요."

"그것은 당연한 것이오. 혼인도 아직인 반가의 여인이, 그보다도 국혼을 앞둔 왕비가 될 여인이 다른 사내에게 그런 마음을 품었다면 과인이 어찌 가만히 있을 수가 있겠소?"

"거기까진 말하지 말아요. 없다고 말했으니까."

내가 이 부분에 대해서는 더는 말하고 싶지 않아 하는 듯 말하자, 그가 침묵으로 내 다음 말을 기다렸다. 나는 달아오른 얼굴을 식히려 깊은 한숨을 그의 앞에서 내쉬었다.

"제가 왕비가 되고 싶은 이유가 있다면… 살면서 한 번쯤 아주 특별해지고 싶어서예요. 전 늘 사랑 같은 사람 사이의 감정보다는 저 자신이 만족할 만한 특별한 인생에 끌렸어요. 그 특별함이 바로 제 인생에서 무엇보다 중요한 것이고요."

"그럼 이뤘군."

"이뤘다고요?"

"그렇소. 그대는 이제 과인의 왕비가 될 것이고, 왕비의 자리는 이 조선의 모든 여인들 중 단 한 명만이 가질 수 있는 매우 특별한 자리요. 그대가 그 자리를 소유하게 될 것이오. 그대는 과인과의 혼인으로 그대가 바라던 그 특별함을 이루게 되겠군. 또한 과인도 마찬가지요. 과인은 단 한 명의 특별한 왕비만을 원하니. 이 혼인은 우리 모두에게 완벽한 혼인이 될 것이오."

그가 품은 생각의 끝을 알 수가 없었다. 웃으며 모든 생각을 다 털어놓는 듯 보이지만 그는 여전히 내게 속을 알 수 없는 사람일 뿐이었다. 더군다나 내가 왕비가 되려는 이유는 그의 왕비가 되길 원해서가 아니었다. 다만 나는 이 나라에서 여성이 오를 수 있는 가장 높은 자리를 원했던 것이다.

또한 얼마 안 있어 수렴청정을 하게 될 대비의 자리에 오르기 위해서이기도 했다. 그러기 위해서 그는 조만간 그리고 반드시 죽어야 할 것이다. 내가 가슴속에 품은 진짜로 특별한 바람을 위해서.

"전하는 이 혼인이 완벽한 결합이 되리라고 보세요?"

내 질문이 그의 숨어 있던 장난기에 불이라도 붙인 것일까? 그가 씩 웃으며 내게 한 손을 내민다.

"지금부터 하나씩 알아봅시다."

얼떨결에 난 그의 손을 잡았다. 내 손을 잡은 그가 나를 자신 쪽으로 끌어당겼다. 난 정자에서 내려와 그와 마주 섰다. 이제는 그가 나를 올려다보는 것이 아니라 내가 다시 그를 올려다보게 되었다.

나는 그를 올려다보며 생각했다. 소년 왕 순조는 어떤 모습이었을까? 긴 재위 기간에도 잘 드러나지 않았던 그의 진짜 모습이 궁금해졌다.

"왕과 왕비의 합궁례에 대해서는 문 상궁에게 자세히 배웠을 것이고… 왕과 왕비의 일상적인 삶에 대해서도 배웠소?"

"열심히 배우고 있지요."

난 그의 숨은 속뜻을 모른 채 가볍게 답했다. 그가 짧게 웃으며 물었다.

"허면 과인이 알려줄까?"

"무엇을요?"

"합궁례에서는 온통 왕비가 하지 말아야 할 것들만 있지. 헌데 일상에서 왕이 절대 왕비에게 해서는 안 될 금기들이 있소."

"전하도 그런 게 있어요?"

이건 아직 문 상궁에게 배우지 않은 것이다. 적어도 합궁
례에 대해 배우느라 정신이 팔려서 그 외에 무엇을 가르쳤든
생각이 잘 안 나는 것인지도 모르지만. 어쨌든 왕이 지켜야
할 것이니 난 들어도 따로 외울 필요는 없을 것 같았다.

"그래서 과인이 알려주려 하는데… 배워보겠소?"

밤새 시험공부를 하며 별밤지기의 목소리를 듣는 것보다도
더 매력적인 목소리를 별밤에 듣게 될 줄은 몰랐다. 난 마치
무언가에 이끌린 듯 얼떨결에 고개를 끄덕이고 말았다.

"좋소. 그럼… 첫 번째."

그가 한 손만 잡았던 내 손을 두 손으로 맞잡았다.

"왕은 왕비의 손을 이처럼 아무도 없는 곳에서만 잡을 수
있소. 이렇게."

갑작스러운 그의 행동에 당황해 심장이 뛰긴 했지만, 이 정
도쯤이야 크게 놀랄 일은 아니었다. 난 겨우 이거였느냐는 식
으로 그를 쳐다보며 짧은 한숨을 내쉬었다. 그러나 여전히 그
는 내 얼굴을 보며 방긋 웃고 있었다.

"또요?"

그가 웃더니 날 잡았던 두 손 중 한 손으로 내 뺨을 감쌌다.

"두 번째. 왕은 왕비의 뺨을 아무도 없는 곳에서만 이렇게

감쌀 수 있소."

난 여전히 영문을 모른 채 그의 눈만 뚫어져라 쳐다보며 전교 1등 황나래 모드가 되어 있었다. 뭔가 배울 때만큼은 다른 생각을 하나도 못 하는 것이 나의 장점이자 단점이었으니까.

"세 번째…."

왕이 내 뺨을 감쌌던 손으로 내 아랫입술을 부드럽게 쓸어내렸다.

"왕은 아무도 없는 곳에서만 왕비의 입술을 만져볼 수 있소."

무언가 조금은 이상하다는 생각이 슬그머니 들었을 때였다. 나도 모르는 사이에 그의 얼굴이 조금 내 쪽으로 숙여졌다는 것을 알게 되었다. 게다가 그의 시선은인더 이상 내 눈이 아닌, 내 시선에 꽂혀 있었다.

이것을 본 내 심장이 다시 쿵쾅거리기 시작했다. 설마….

"네 번째는 바로 이것이오."

말이 끝나기가 무섭게 그의 입술이 내 입술을 향해 돌진해왔다. 난 그의 손에 붙들려 있지 않은 한 손으로 그의 가슴을 밀어냈다. 그가 이런 나를 바라보며 고개를 갸웃거렸다.

"며, 몇 가지가 있는데요? 그것부터 말해주세요!"

무슨 죄를 지은 것도 아닌데 말까지 더듬게 된다. 이런 나를 보며 그가 웃으며 말했다.

"다섯 가지요."

"아…. 다섯 가지구나. 하하… 아휴….."

난 안심하며 한숨을 내쉬느라 입술을 열었다. 그때, 그가
먹이를 낚아채려는 독수리처럼 내 입술에 자신의 입술을 가
져다 대며 깊게 파고들었다.

"…!"

아무런 대비도 못 한 채 입술을 빼앗긴 나는 그대로 얼어붙
었다.

하지만 그의 입술이 내 입술에 오래도록 머물자 나는 한 손
으로 그를 밀어내려 했다.

하지만 이를 알아챈 그가 자신을 밀어내는 내 손을 잡더니
자신의 허리로 옮겨놓으며 그 위에 자신의 손을 포개 꼼짝도
하지 못하게 만들었다. 그 후에 그의 입맞춤은 더욱 깊고 진
해졌다.

밀어내는 데 실패한 나는 손으로 그의 허리를 감싸 안은 채
거의 매달리다시피 하고 있어야 했다. 한참 후 그가 내게서
입술을 떼어내며 잡았던 손을 풀어주었다. 그제야 나는 그에
게서 떨어질 수 있었다.

그는 나 때문에 젖어든 자신의 입가를 손등으로 쓸면서 물
었다.

"과인의 접문 실력이 어떠하오?"

부끄러워 어쩔 줄 모르는 내 귀에 그의 말이 제대로 들릴 리가 없다. 난 분에 겨워 소리쳤다.

"다섯 가지라면서요!"

"안 그래도 한 가지가 더 남았소. 그것도 뭔지 알고 싶소?"

난 잠시 고민하다가 두 팔로 엑스 자를 그리며 그에게서 물러섰다.

"더는, 죽어도, 안 돼요."

그가 나를 보며 피식 웃었다. 여전히 당했다는 생각에 난 톡 쏘아붙였다.

"후궁은 단 한 명도 두지 않으시겠다는 분이 이런 입맞춤은 여인들과 수도 없이 하셨나 보죠?"

처음이 아니다. 이 정도의 키스 실력이 처음일 리가 없어! 그렇다면 이건 사기캐라고!

그가 한 손으로 자신의 귓가 주변을 긁어대며 고민하는 얼굴로 말했다.

"처음인데? 그나저나 어떠시오? 과인이 많이 서툰 것 같소? 아니면 능숙하게 잘하는 것 같소?"

"으으…!"

거짓말이다! 어떻게 저런 뻔뻔한 거짓말을 자연스럽게 할 수 있는 거지? 왕이라면서?

"나도 처음인데 서툰지 능숙한지 어떻게 알아요! 하지만

113

저는 처음이 아니죠? 이미 궁궐에 후궁이 열댓 명은 있을 솜씨더구먼!"

내 말에 그가 크게 웃으며 말했다.

"서책으로만 배웠소이다."

지금 그 말을 나보고 믿으라고…!

"전하!"

그때 사라진 우리를 찾아 상궁들이 후원으로 달려오는 것이 보였다. 그가 상궁들 쪽을 한번 돌아보더니 내게 말했다.

"책으로 배우는 것과 실제는 분명한 차이가 있더이다."

난 그를 향해 앙칼지게 되물었다.

"무슨 차이요?"

적어도 책과 다르다 하니 그게 무슨 차이인지 궁금해지는 건, 전교 1등의 순수한 호기심이랄까?

"이다음 단계가 있다면 조금 더 나가보고 싶을 정도로 중독성이 있군그래."

"뭐라고요?"

내 한쪽 눈썹이 치켜 올라가는 것을 보고도 그는 끝까지 웃는 얼굴로 말했다.

"아니지…. 아니오. 무슨 느낌이었는지 금세 가물가물해지는군. 나중에 기회가 된다면 재차 한 번 더 해봅시다."

나는 '재차' 두 팔로 엑스 자를 그리며 분명한 어조로 그에게 경고했다.

"더는, 죽어도, 안돼요."

조선의 왕비가 되다

낙엽이 떨어지는 계절, 가을.

"불편하신 것은 없으신지요?"

까딱했다가는 목이 부러질 만한 무게의 대수머리를 올린 나를 앞에 두고 문 상궁이 물었다.

몇 킬로그램인지 감이 안 잡힐 정도의 가발에 여러 개의 떨잠과 쇳덩이만큼이나 무거운 비녀가 꽂혔으니 웃기는커녕 말하는 것도 노동인 상황이다.

다시 말해 이 대수머리는 왕비의 위엄을 나타내기 위한 것이 아니라, 혼례가 끝날 때까지 입 다물고 가만히 있으라는 협박용에 가까운 것 같다. 여기에 나를 위해 맞춤 제작된 열댓 겹이 넘는 적의는… 마음에 드니까 봐준다.

"전하께서는?"

"새벽부터 창덕궁을 출발하셨다고 들었사옵니다."

새벽? 날 밝은 지가 언제인데 아직도 안 와? 나도 새벽부터 일어나 이 옷을 입는 데만 두 시간도 넘게 걸렸다고!

"알겠네."

공손하게 대답한 것처럼 들리겠지만, 실상은 가체 무게 때문에 입 벌리기가 힘들어서 그런 거였다.

그나저나 궁궐에 들어가서도 이런 무거운 가체를 하진 않겠지? 내가 알기로 가체 금지법은 영조 때 만들어졌는데… 완전히 근절된 것은 순조 때라고 기억한다.

여하튼 난 궁궐에 들어가서도 절대 이런 가체를 쓰진 않을 거다! 그러니 당당히 왕에게 건의해야지! 아니, 내가 그 법을 없애버리겠어!

방 안에 앉아 다소곳이 왕이 오기만을 기다리며 분노의 가체 타도를 속으로 외치고 있을 때였다.

"마마님."

밖에서 들어온 나인이 문 상궁에게 다가와 말한다. 둘이 뭐라고 속닥속닥거리는데 은근 크게 말하는 것 같지만 잘 들리지 않았다. 그러고 보니 궁중에서는 평소에 쓰는 말보다도 더작게 말해야 한다고 배웠다. 또한 흥분은 절대 금지.

내 목소리가 그렇게 큰 편은 아니지만 앞으로 조심할 일이 많아지겠다 싶은 그때, 문 상궁이 내게 고개를 숙이더니 방 안에 앉아 있던 나인들과 함께 주르륵 나가버렸다.

"엥?"

어디 가?

묻기도 전에 문은 닫혀버리고 난 홀로 남은 상황.

뭐지? 뭐지?

그렇게 눈동자를 이리저리 굴리고 있는데 내 앞에 놓인 경대 속 거울에 문이 열리는 모습이 비쳤다. 그리고 등장한 관리의 조복. 남자인 건 알겠는데 딱 허리까지만 보인다.

"게 뉘신가?"

난 정중하게 궁중 어투로 말을 걸었다. 그러자 안으로 들어온 남자가 문을 닫으며 내게 말했다.

"이제는 완벽한 중전마마가 되셨군."

김원근. 나를 대신해 진짜 이 자리에 앉아서 적의를 입고 있었어야 할 소녀 김소희의 둘째오라버니였다.

난 국혼을 위한 대례복이라는 짐을 머리부터 발끝까지 진 채로 그를 돌아볼 수가 없었다. 그저 앞만 보고 그가 왜 이곳에 있는지를 물을 수밖에 없었다.

"여긴 무슨 일이죠?"

몸을 짓누른 대례복의 무게 때문인지 의도치 않게 점잖은 왕비님의 목소리가 나와버렸다.

"누이가 오늘 혼사를 치르는데 오라버니가 어찌 오지 않을 수가 있겠소?"

그러더니 그는 내 옆으로 다가와 몸을 숙였다. 그제야 내 앞에 놓인 경대 안에 정면을 바라보는 나와 나의 얼굴을 바라보고 있는 원근의 모습이 동시에 비쳤다.

"다시 말하지만 내가 이 자리에 있는 것은 모두 당신 때문이라고요. 당신이…."

"잘 들으시오."

내 말을 끊어버린 그의 목소리가 무겁게 변했다.

"오늘 국혼을 치르면 그대는 명실상부한 이 조선의 국모가 되는 것이오. 그러니 내가 그랬든 그대가 선택했든 더는 돌이킬 수 없소."

난 침을 삼켰다.

"알고 있어요. 나도 알고 있다고요."

하지만 진짜 왕비가 되었어야 할 김소희는 죽었다.

어차피 내가 아니면 그녀의 대타를 할 수 있는 사람이 또 있을 리가 없잖아? 게다가 난 어의동 본궁에서 지내며 왕비가 될 교육까지 모두 마쳤다. 타고난 머리로 내가 김소희라는 것을 이곳에 있던 모든 사람들에게 증명해 보였으니까…. 왕인 순조에게까지도.

모두가 나를 김소희로 알고 있어. 단 한 사람. 그녀의 친오라버니인 김원근을 제외하고는.

"정말로 왕비가 될 생각이오?"

나는 머리를 짓누르는 무게를 참아가며, 내 옆에 있는 그의 얼굴을 돌아보았다.

"이제부터 자의든 타의든 난 이 나라의 왕비가 될 거예요. 그리고 당신은 내 오라버니입니다. 그러니 가문의 미래를 생각한다면, 부귀영화를 누리며 장수하고 싶다면 내 편이 되어 줘요."

안동 김씨는 이제 나의 친정이자 든든한 외척이 되어야 할 이들이다.

또한 그들이 조정에서 세력을 얻기 위해서는 왕비인 나의 존재가 필수 불가결이다. 난 미래를 알고 있기 때문에….

"그래 줄… 건가요?"

난 원근에게 약속을 얻어야 했다. 현재는 이 사람만이 내가 진짜 김소희가 아니라는 걸 아는 유일한 인간이었기 때문이다.

나를 빤히 바라보던 그가 숙였던 허리를 똑바로 펴면서 말했다.

"그대는 소희와 같은 얼굴로 같은 목소리로 말하지만… 소희와는 전혀 다른 성품을 가졌군. 이제야 그대에게서 소희의 모습을 찾아볼 수가 없게 되었소."

대수머리 때문에 고개를 들 수 없는 나는 다시 경대로 눈을 돌렸다. 거울을 통해서는 원근의 허리밖에 보이지 않았다. 난 얼굴이 보이지 않아 표정을 전혀 알 수 없는 원근을 향해 말했다.

"애초부터 난 김소희가 아니었으니까요."

"어쨌든 많은 이들을 속이려면 나의 도움은 필요하겠지."

"그래서 내 편이 되어줄 건지 묻잖아요."

"그대가 나의 누이이자 이 나라의 국모로 살겠다면 나는 계속 그대의 편일 것이오."

말을 마친 그는 나를 놔둔 채 문을 열고 밖으로 나갔다.

자, 여기서 드는 의문 한 가지. 왕비가 될 김소희라는 여자애는 왜 죽은 걸까? 그리고 왜 그러한 사실을 가족 중 김원근을 제외한 사람은 모르는 것일까. 그 사실을 알고 있는 김원근은 왜 숨기고 있는 것일까?

하지만 소희라는 여자애가 왕비로 내정된 상태였던 만큼, 이해가 안 가는 것도 아니었다. 왕비로 정해진 여자애가 죽었다면 안동 김씨 집안은 풍비박산이 날 수도 있겠지. 잠깐! 차라리 그렇게 되는 거야말로 조선 후기 안동 김씨의 세도정치를 막는 또 다른 방법이지 않을까? 하지만 그렇게 된다면 내가 직접 순원왕후가 되는 길은 막힌다.

복잡한 머릿속에 왕과 나눈 대화가 떠올랐다.

'제가 왕비가 되고 싶은 이유가 있다면… 살면서 한 번쯤 아주 특별해지고 싶어서예요. 난 늘 사랑 같은 사람 사이의 감정보다는 저 자신이 만족할 만한 특별한 인생에 끌렸어요. 그 특별함이 바로 제 인생에서 그 무엇보다도 중요한 것이고요.'

'그럼 이뤘군.'

'이뤘다고요?'

'그렇소. 그대는 이제 과인의 왕비가 될 것이고, 왕비의 자리는 이 조선의 모든 여인들 중 단 한 명만이 가질 수 있는 매우 특별한 자리요. 그대가 그 자리를 소유하게 될 것이오. 그대는 과인과의 혼인으로 그대가 바라던 그 특별함을 이루게 되겠군. 또한 과인도 마찬가지요. 과인은 단 한 명의 특별한 왕비만을 원하니. 이 혼인은 우리 모두에게 완벽한 혼인이 될 것이오.'

특별한 삶….

밖에서 문 상궁의 목소리가 들렸다.

"중전마마. 전하께서 별궁에 당도하셨사옵니다."

국혼은 크게 여섯 단계로 나뉜다.

첫 번째가 납채례(納采禮). 최종적으로 삼간택에서 뽑힌 처자는 별궁에 입궐해 왕비가 될 예법을 배운다. 이 시기에 왕실에서는 왕비가 될 처자가 지내는 별궁에 신하를 보내 정식으로 청혼한다. 민가에서는 중매쟁이를 보내고 혼인을 결정한 후 사주단자를 나눠 갖는다.

두 번째는 납징례(納徵禮). 혼인하기로 결정한 후 처음으로 예물을 나눠 갖는데 국혼에서는 일방적으로 왕실에서 별궁에 머무는 왕비와 그 집안에 신하를 통해 예물을 보낸다.

세 번째는 고기례(告期禮). 혼인을 올릴 날짜를 정해 별궁에 알려주는 것이다. 마찬가지로 왕은 앞선 납채례, 납징례, 고기례까지 모두 종묘에 신하를 보내 조상들에게도 알리는 의식을 치른다.

네 번째는 책비례(冊妃禮). 왕비가 될 처자를 왕비에 임명한다는 내용의 문서를 신하를 통해 별궁으로 내려보내는 것이다. 이때부터 왕비가 될 처자는 공식적으로 '왕비'의 칭호로 불린다. 주변 나인들에게 '중전마마'라는 호칭을 처음 듣게 되는 것도 이 시기.

다섯 번째는 친영례(親迎禮). 왕이 왕비가 될 신부를 맞이하기 위해 궁궐을 나와 직접 별궁에 있는 왕비를 맞이하는 의식이다. 이날이 정확히 공식적인 혼롓날이 된다.

여섯 번째는 동뢰연(同牢宴). 신부를 데리고 환궁한 왕은 성대한 연회를 궁중에서 베푼다. 이 자리에서 왕과 왕비는 서로를 마주한 채 절하고 술을 나눠 마시며 부부가 되었음을 하늘과 땅, 그리고 조상과 왕실 어른, 동석한 관리들에게 알리는 것이다. 이것으로 예식은 마친다.

첫날밤도 바로 이 동뢰연에 포함되는 것으로 가장 마지막에 치르는 예식 중 하나이다.

왕이 대들보처럼 키만 큰 뼈다귀인 줄 알았는데 막상 구장복에 면류관을 씌워놓고 보니, 오늘 친영례에 온 사람들 중에서 단연 돋보였다. 첫 만남에서 볼 수 없었던 근엄함까지 더해지니 바라보는 이들로 하여금 저절로 고개를 숙이게 만들었다.

왕이란 저런 것이겠지.

"이쪽에 서시옵소서."

왕이 다가오는 정방향 앞쪽으로 오라며 내게 정중히 요청하는 듯한 문 상궁의 말투. 하지만 대수머리에 적의까지 입고는 절대 혼자 못 움직인다. 다시 말해서 형식적인 말일 뿐, 상궁 두 명이 내 옆에 붙어 서서 나를 그가 오는 길목에 세우는 것이었다. 붉은 천이 길게 깔린 길 위에 나와 그가 마주 섰다.

나는 무거운 대수머리를 하고서도 그의 표정이 궁금해 쳐다보았는데, 그의 시선은 내가 아닌 먼 곳 어딘가를 향해 있었다. 이렇게 무겁고 화려한 옷을 입었으니 구경이라도 마음껏 해주길 바란 건 나의 쓸데없는 생각이었는지 모르겠다.

난 상궁들의 부축을 받아 왕에게 큰절을 올렸다. 절 올리는 것이 끝나자 우리 옆에 서 있던 한 관리가 왕비를 맞이하러 왔다는 왕의 '의사'가 담긴 교명문을 읽어 내려갔다. 엄청나게 길었다. 모두 끝날 때까지 난 고개를 숙인 채 그의 앞에 서 있어야 했다. 머리와 옷의 무게 때문인지 마치 벌을 서는 듯한 기분. 언제 끝나나… 못 견디게 되었을 때쯤 교명문 읽기가 끝나고 우리는 왕의 장인이 되는 김조순 부부의 앞에 마주 설 수 있었다.

그리고 다시 읽히는 교명문. 이번에는 왕이 나를 왕비로 맞이하기 위해 데려가겠다는 내용을 처가에 알리는 내용이다. 이번에는 고개를 숙이고 있을 필요는 없었지만 여전히 내용은 길었고 읽는 관리의 목소리는 느리기 그지없었다.

터져 나오는 한숨을 여러 차례 삼키고 나서야 모든 친영례의 절차가 끝났다. 이제 대기하고 있던 연에 오를 차례. 그런데 내가 탈 연에 문제가 생긴 모양이었다. 잠시 연을 살펴본다고 환궁이 늦어졌다.

나인들이 재빨리 왕과 내가 앉아서 기다릴 수 있도록 그늘을 만들고 의자 두 개를 나란히 놓았다. 왕이 먼저 그곳에 자리를 잡고 앉고 나서, 난 상궁들의 도움을 받아 의자에 앉았다. 혹시라도 잘못 앉아 옷이 구겨질까 자칫 대수머리가 앞으로 쏟아질까, 난 허리도 마음대로 굽히지 못하고 불편하게 연을 살피는 사람들을 물끄러미 쳐다보고 있었다.

그때 몇 겹으로 뒤덮여 보이지도 않는 내 손 쪽 옷자락이 스멀스멀 올라오더니 누군가의 손이 내 손을 불쑥 잡았다. 깜짝 놀랐는데도 불구하고 무거운 머리 탓에 고개는 돌려보지도 못하고 눈동자를 굴려 손을 쳐다보니, 내 손이 있는 옷깃 위로 검은 구장복의 옷깃이 덮고 있는 것이 보였다.

그제야 느릿느릿 고개를 돌려 옆을 바라보았다. 그랬더니만 왕이 나를 보며 씩 웃고 있다. 내 옷 속을 파고들어 손을 잡은 정체는 바로 왕의 손이었던 것이다. 난 뒤늦게 내게 눈길을 준 그를 무심히 쳐다보며 속삭였다.

"전하."

"응?"

"저 좋아하시죠."

그는 꼭 이런 반응을 기대라도 한 것처럼 큭큭 웃었다. 그러자 우리 양옆에 서 있는 내관과 상궁이 움찔했다. 하지만 그들은 왕의 지시가 있기 전에는 따로 고개를 들 수가 없는지 허리를 숙이고만 있을 뿐 나서진 않았다. 왕도 이를 아는지 그들이 듣든 말든 능청스럽게 말했다.

"허면 그대를 좋아하지 말까?"

그는 장난을 걸고 싶어 하는 것 같았으나 도리어 나는 진지했다.

"네. 좋아하지 마세요."

돌아온 대답이 의외였는지 그의 눈동자가 조금 커졌을 때였다. 난 무거운 머리와 옷에 눌려 그만 들을 수 있는 작은 목소리로 말을 이었다.

"저는 전하를 안 좋아할 거니까."

그가 나를 빤히 쳐다보았다. 지금 내가 한 말이 진심인지 아니면 자신처럼 장난인지 알고 싶어 하는 표정이었다.

물론 나는 진심이었다. 연애 놀이나 하자고 왕비가 될 결심을 한 것은 아니었으니까. 더더욱 키만 컸지 철도 덜 든 왕과 연애가 하고 싶어서 왕비가 된 것은 더더욱 아니다. 나에게는 나름대로 원대한 포부가 있었다.

공부하는 데 연애가 방해된다는 어른들의 말은 괜한 소리가 아니다. 앞으로 내가 할 일에서 다른 사람도 아닌 왕과의 사적인 감정은 배제되어야 한다.

왕비의 자리란 원래 그런 것이 아닌가? 아주아주 정치적인 자리.

"전하. 이제 궁으로 출발하셔도 되옵니다."

때마침 연이 출발할 준비가 되었다는 소리가 들리자, 그는 속으로 짧은 한숨을 내쉬고는 아쉬운 듯 내 손 위에 겹쳐두었던 자신의 손을 거두고는 자리에서 먼저 일어섰다.

왕이 친영을 위해 출궁한 후 왕비가 될 규수를 데리고 환궁했다. 궁궐에서는 성대한 동뢰연이 펼쳐지고 이 자리에는 대왕대비와 왕대비 격인 혜경궁, 대비인 김씨와 수빈 박씨도 모두 참석했다.

해가 지고 연회가 무르익어가자 왕비는 곧 있을 합방을 준비하기 위해 먼저 중궁전으로 돌아갔고, 그러자 왕실 여인들도 하나둘씩 자신의 처소로 돌아갔다. 이제 남은 연회는 왕과 신하들의 자리였다.

왕의 양어머니이자, 정조의 비였던 대비 김씨의 처소는 창경궁 자경전. 밖이 어둑어둑할 무렵 자신의 처소로 돌아온 그녀는 예복을 갈아입은 뒤 오랜만에 착용했던 무거운 가체도 벗었다. 그사이 나인들이 분주히 이부자리를 마련했다. 이를 가만히 지켜보던 대비가 입을 열었다.

"지금 시각이 어찌 되느냐?"

"곧 해시인 줄 아뢰옵니다."

"허면 곧 합궁례겠구나. 중궁전의 준비는 어찌 되어간다고 하더냐?"

"아침부터 중궁전 동온돌의 모든 가구를 치웠으며, 동뢰연 시작 전부터 대왕대비마마께서 보내신 아홉 명의 숙직 상궁이 중궁전에서 대기 중이옵고, 혜경궁마마께서 보내신 금침과 물수건, 초와 요강을 준비하였으며, 마마께서 보내신 백화주를 중궁전으로 보내 합궁례의 주안상에 올리도록 하였사옵니다."

오늘 합궁례를 위해 왕실의 여인들이 총동원된 것이다.

대왕대비는 왕과 왕비의 합궁이 치러지는 동온돌을 둘러싼 협방에 밤새 숙직을 시킬 아홉 명의 상궁을 보냈다. 이들은 합궁 시 왕이 당황하거나 다음 순서를 잊을 경우 큰 도움이 되어줄 사람들이었다.

왕대비 격인 혜경궁은 특별한 소품들을 챙겼다. 왕과 왕비의 합궁이 치러지는 곳은 중궁전 동온돌. 합궁이 치러지는 날에는 방 안에 있는 모든 가구를 치운다. 왕과 왕비가 오로지 합궁에만 집중할 수 있도록 환경을 조성하는 것이다.

대비인 김씨는 합궁례에 들이는 주안상의 술을 챙겼다. 마지막으로 안주는 왕의 친모인 수빈(가순궁)이 준비하기로 되어 있었다.

"허면 주안상도 준비가 끝난 것이냐?"

"실은…."

상궁이 눈치를 보며 아뢰었다.

"알아보라 박 나인을 창덕궁으로 보냈사온데 아직 돌아오지 않는 것을 보아하니…."

박 나인은 대비전 나인인 박희순을 가리키는 말이다. 그녀는 대비의 특별한 총애를 받고 있는 나인이기도 했다.

"곧 주상이 중궁전에 도착할 터인데 어찌 준비에 소홀함이 있을 수 있느냐?"

"송구하옵니다, 대비마마…."

대비가 한숨을 내쉬었다.

"서둘러 희순이를 찾아오고 수빈에게도 사람을 보내 주안상 준비가 어찌 되었는지 알아오너라. 어서."

"예, 대비마마."

왕의 생모인 수빈(가순궁)의 거처에서는 실랑이가 벌어지고 있었다.

"옹주…. 이러시면 안 됩니다."

"히힛."

수빈 소생의 열 살 먹은 숙선옹주가 수빈의 거처인 보경당

아궁이 앞에서 열심히 두 손을 놀리고 있었다. 날씨가 꽤 추워진 가을밤인데도 어린 옹주의 이마에는 땀방울이 여럿 달려 있었다.

"서두르셔야 하옵니다. 조금 전 전하께서 중궁전으로 출발하셨다 하옵니다."

나인의 재촉에 수빈은 옹주의 옆에 서 있는 대비전 나인 박희순에게 말했다.

"희순아. 네가 좀 어찌 해보거라."

"예에…."

수빈의 눈치에 희순은 옹주에게 가까이 다가갔다. 옹주의 옆에는 중궁전으로 보내야 하는 주안상이 놓여 있었다. 옹주가 오늘 그 주안상에 오를 안주를 직접 만들겠다며 나선 상황이었던 것이다.

치지직. 돼지비계를 솥뚜껑에 바르고 서툴게나마 달걀 물을 묻힌 고기를 그 위에 올리니 지글지글 잘만 익는다. 그런데 여기서 그치지 않았다. 옹주는 그 달걀물에 배춧잎을 담갔다가 이 역시 돼지비계를 바른 솥뚜껑 위에 놓고 이리저리 구웠다.

문제는 배춧잎을 굽는다고 고기를 뒤집는 때를 놓쳐 그만 살짝 태우고 만 것이다. 그런데도 공주는 그것을 접시 위에 곱게 쌓아 주안상에 놓는 것이 아닌가?

"이 주안상이 얼마나 중요한 상인 줄 알고 계십니까?"

수빈의 애원에도 옹주는 듣는 둥 마는 둥 하는 상황.

"옹주마마. 이 요리는 내일 아침에 전하의 수라상에 올리시
지요."

희순의 말에 옹주는 제 오라버니를 꼭 닮은 얼굴로 웃으며
고개를 단호히 내저었다.

"싫다. 그리고 전하 오라버니도 주안상 요리를 나보고 하라
하셨는걸."

"참말이시옵니까?"

악의 없는 공주의 거짓말이 어디 한두 번이어야지.

그러니 희순도 믿을 수 없다는 표정으로 옹주를 쳐다보았
다. 옹주는 아주 자랑스럽게 고개를 끄덕인다. 반대로 희순과
수빈은 전혀 믿지 못하는 표정이었다.

"허면 조금만 뺍시다."

수빈도 안 되겠다 싶었는지 공주가 만든 고기전, 배추전,
파전 등 다양한 전들 중에서 그나마 눈으로 보기에 탄 자국
이 심한 음식들을 골라내기 시작했다. 하지만 하나둘씩 골라
내기 시작한 게 한두 조각만 남겨둔 채 모두 골라내게 되어
버리자, 옹주가 울음을 터뜨렸다.

"엉엉! 아니 되어요! 이건 아니 되어요!"

옹주가 울음을 터뜨리며 주안상에 달려들어 그것을 붙잡고

놓으려 하지 않자, 희순이 난감한 표정을 지었다.

"수빈마마. 혹시 따로 준비하신 안주는 없사옵니까?"

"있지. 있었지."

"어디에 있사옵니까?"

수빈이 엉엉 울고 있는 옹주의 얼굴을 쳐다보면서 한숨을 지었다.

"이미 오래전에 옹주의 배 속으로 들어갔지. 옹주가 맛을 보아야만 새 음식을 만들 수 있다면서….'

"하오면 마마. 지금이라도 수라간에 일러 새 안주를 만들게 하심이….'

희순의 말이 끝나기도 전이었다. 대비전에서 보낸 나인이 도착했다.

"박 나인! 대비마마께서 급히 찾으셔."

"지금?"

"응. 어서 가봐."

대비전 나인의 말에 수빈도 희순을 보며 고개를 끄덕였다.

"안 되겠구나. 대비마마께서 급히 찾으신다니 창경궁으로 돌아가 보거라. 여기는 내가 어떻게든 할 터이니."

"예, 마마."

희순이 자리를 떠난 뒤에도 옹주는 울음을 그치지 않고 있었다. 그때 희순을 보내고도 돌아가지 않은 대비전 나인이 수빈에게 아뢰었다.

"수빈마마. 아직도 합궁례에 들일 주안상이 준비되지 않았
사옵니까? 대비마마께서 심려가 크시옵니다."

"그게…."

수빈이 우는 옹주를 가리켰다.

"옹주께서 실수로 만들어놓은 안주를 다 드시어…."

"허면 지금 그 주안상에 놓인 안주들은 무엇인지요?"

"옹주께서 만드신 것일세."

전후 사정을 잘 모르는 대비전 나인은 겉으로 보기에 큰 문
제가 없어 보이는 안주들을 보며 말했다.

"허면 이것이라도 중궁전에 올리시지요. 더 지체되었다가
는 안주 없는 술상만 들이게 될 것이옵니다."

"허나 옹주의 음식 솜씨가 미흡하니…."

수빈의 걱정에 수빈을 모시는 양 상궁이 나섰다.

"그 점이라면 너무 심려치 마시옵소서. 합궁례가 아니옵니
까? 아마도 오늘 밤 전하께서는 안주가 입으로 들어가는지
코로 들어가는지 잘 모르실 것이옵니다."

위로의 말이었지만 은연중에 오늘 밤 일어나는 일을 장난
스레 놀리는 것이었다.

이를 모르지 않는 수빈이 양 상궁을 흘겨보자, 뒤늦게 양
상궁이 고개를 숙이며 뒤로 물러섰다. 수빈은 깊은 한숨을 내

쉬며 우는 옹주를 돌아보았다.

"좋습니다. 지금 그 안주를 전하께 올리도록 하지요."

"정말요?"

옹주가 순식간에 울음을 그치고 수빈을 바라보자 수빈이 고개를 끄덕였다.

그제야 옹주는 붙들고 있던 주안상을 놓았다. 그사이 재빨리 대비전 나인이 와서 주안상을 들고 중궁전으로 가버렸다. 수빈은 대비전 나인의 손에 들려 중궁전으로 가는 나인을 보며 헤벌쭉 입이 벌어진 옹주의 뺨에 묻은 눈물을 닦아주며 말했다.

"전하께서 아량이 넓으시니 옹주의 미흡한 음식을 맛이라도 봐주시는 것입니다. 헌데 오늘 입궐하신 중전마마는 무슨 죄랍니까?"

그러자 옹주가 신이 난 목소리로 말했다.

"그게 어찌 죄라 할 수 있사옵니까? 오히려 궐에 소녀의 음식을 맛보아줄 사람이 한 사람 더 생겼으니, 소녀는 기쁘기 그지없사옵니다!"

"어휴."

수빈은 천진난만한 옹주의 얼굴을 바라보며 또다시 깊은 한숨을 내쉬었다.

친영례가 끝나고 입궐한 뒤 본 예식을 치른 뒤에야 앞으로 내가 살게 될 중궁전에 처음으로 잠시 들렀다. 연회를 시작하기 전에 짧게 휴식을 취하기 위한 것이었다.

잠시 후 연회가 시작한다고 해서 중궁전 서온돌을 나서는데, 맞은편 동온돌에서 가구들을 모두 빼는 것을 목격했다.

이미 별궁에서의 교육을 통해 왕과 왕비의 합궁이 치러지는 날마다 동온돌을 깨끗이 치운다는 설명을 들어 알고 있었다. 하지만 막상 가구들이 모두 밖으로 나오는 것을 보고 있자니 착잡한 심정이었다.

정말 그 애와 합궁을 해야 해?

부모의 동의가 없는 미성년자의 혼인은 엄연한 불법이다. 물론 그건 먼 미래의 일. 하지만 조선 시대도 부모의 동의하에 혼인을 했으니, 미래나 지금이나 같은 건가?

왕비가 된다는 것만 우선으로 생각했었지, 합궁에 대해 배우면서도 나오는 전혀 관련 없는 이야기처럼 들었다. 물론 내가 아는 역사 속 순조는 병약한 왕이고….

아니지, 병약하다면서 수십 년을 재위에 있었으니 말이 안되는 건가? 도대체 순조가 병약하다고 누가 말했지? 그저 안동 김씨에 눌려 지낸 기간이라 병약하다고 본 건가?

그건 그렇다 치더라도 아리따운 궁녀들이나 후궁들을 왕의 주변에 깔아놓으면, 난 합궁 같은 것을 안 하고도 내 마음대로 왕비 생활을 즐길 수 있을 줄 알았다. 그런데… 아홉 명의 할머니들에게 둘러싸여서 합궁을 하라고?

"에구구…."

나의 이러한 고민을 아는지 모르는지 왕인 그는 연회장에서 내내 싱글벙글이었다. 복잡한 항렬로 꼬여버린 대비들에게 둘러싸인 나는 한마디도 못 한 채 입을 굳게 다물고 있었는데도 말이다.

그래, 궁궐은 네 집이다 이거지?

물론 대비들이 이런 내게도 말을 걸긴 했다. 그때마다 고민과 고민을 거듭하며 조심스럽게 대답을 할라치면 다른 대비가 나서서 "아직 중궁이 어색하고 쑥스러운 듯하다."라며 내 대답을 가로막아버리니, 난 그대로 꿀 먹은 벙어리.

여기에 그는 이런 나를 보며 능글맞은 미소만 지었다. 표정으로는 절대 내게는 지지 않겠다는 결연한 의지가 엿보이는 미소랄까?

그리고 마침내 합궁례의 밤이 막을 올렸다.

왕이 도착하기 전, 서온돌에서 잠옷으로 갈아입은 내가 먼저 동온돌에 들었다. 정말 그 넓은 방 안에는 가구라고 할 만한 것이 아무것도 없었다.

이처럼 방이 텅텅 비어 있어서 작은 소리라도 냈다가는 방 안을 쩌렁쩌렁 울릴 판. 이런 동온돌 한가운데는 금침이 깔려 있고 나란히 두 개의 베개가 자리하고 있었다.

금침의 오른편. 왕이 눕게 될 자리 옆에는 정체불명의 작은 물그릇과 곱게 접은 수건이 놓여 있고, 금침을 가운데로 양 옆면에는 각각 하나씩, 총 두 개의 요강이 반짝반짝 윤을 내며 존재감을 과시하고 있었다.

정말… 아무리 급하다고 하더라도 난 절대 저 요강은 쓰지 않을 생각이었다. 미쳤다고 아홉 명이나 되는 상궁이 벽에 귀를 대고 있는데 모기 날아다니는 소리까지도 쩌렁쩌렁 울릴 고요한 방 안에서 요강을 쓰라고? 그건 미친 짓이지. 암, 미친 짓이고말고!

"중전마마?"

"…"

"중전마마?"

"아…!"

맞다. 내가 중전이지. 난 이제부터 중전, 중전이다.

중전….

"전하께서 침전에서 출발하셨다 하옵니다."

단지 왕이 이리로 오고 있다는데 숨 막히는 긴장감이 내 몸을 흘렀다.

아니야, 절대 아니야. 오늘 밤에는 절대! 아무 일도 없을 거라고!

끝없이 되새겨보지만 이미 주변의 시선은 '흠, 드디어 오늘 밤에 거사를 치르시겠군.' 하는 눈빛. 이봐요, 거기 상궁! 거기 나인들! 죄다 내 시선을 피해서 모두 그런 생각을 하고 있는 거지? 그렇지?

으으…! 노이로제에 걸릴 것 같아!

창경궁 대비전.

"대비마마. 희순이옵니다."

"들어오너라."

"예."

대비전의 문이 열리며 보경당 수빈에게 갔었던 희순이 안으로 들어왔다. 마침 대비는 이부자리에 앉아 머리를 매만지고 있었다.

"부르셨사옵니까?"

"가순궁에게 간 일은 어찌 되었느냐?"

"소인이 가보니 옹주마마께서 합궁례 주안상에 올릴 안주를 모두 드시고 새로이 만들고 계셨사옵니다."

"이 늦은 시각에? 어린 옹주가 지치지도 않는 모양이로구나. 가순궁이 고생이 많겠다."

여기까지 말한 대비가 갑자기 무슨 생각이었는지 한숨을 내쉬며 희순을 돌아보았다.

"희순아."

"예, 대비마마."

희순이 고개를 숙인 채 대비에게 대답했다. 그러자 대비가 희순을 안쓰럽게 쳐다보며 말했다.

"주상이 너를 내게 소개하던 날을 아직도 기억한다. '대비마마께서는 이 궐에서 가장 아름다우신 분이니, 가장 예쁜 나인을 곁에 두어야 한다.'라고 했지. 주상의 국혼으로 인해 네가… 괴롭겠구나."

"아니옵니다. 그것은 절대로 아니옵니다."

"정녕 내가 너의 마음을 모를 것이라 여기느냐?"

열여섯 살. 희순은 궁궐에서도 손꼽히도록 예쁜 나인이었다. 게다가 심성도 무척이나 고왔다. 그녀는 어린 시절 입궐해 가순궁의 나인으로 있으면서 왕과 옹주의 어린 시절을 함께했다.

"주상은 생모인 가순궁을 주변 눈치에 자주 찾아가지 못하지. 그걸 아신 혜경궁께서도 가순궁의 처소를 창경궁이 아닌 창덕궁 보경당으로 하신 것이다. 오며 가며 자주 주상과 마주칠 수 있게 말이다. 그보다 주상은 나의 양자이니 내게 자주 문안을 드려야 하지. 그래서인지 주상이 너를 내 나인으로 주면서 한 말이 있다."

희순이 고개를 들어 대비를 바라보았다. 그러자 대비가 웃는 얼굴로 말했다.

"'앞으로 너를 자주 볼 수 있겠다.'라고. 이것이 너를 향한 주상의 마음을 뜻하는 것이 아니고 무엇이겠느냐?"

희순이 당황하며 고개를 가로저었다.

"정녕 아니옵니다! 주상전하께서는 그저 소인을 친누이처럼 살뜰히 살펴주셨을 뿐, 결코 소인에게 다른 마음을 품으신 적이 없사옵니다!"

"그럴까?"

대비는 남녀 사이에는 오누이와 같은 감정이 존재할 수 없다고 확신하는 듯했다.

"그렇사옵니다! 참으로 주상전하와 소인 사이에는 아무 일도 없었사옵니다. 소인 역시도 전하를 모시며 다른 마음을 품은 적이 결단코 없사옵니다! 그러니 대비마마, 소인의 말을 믿어주시옵소서!"

"허나 주상도 언젠가는 후궁을 들이지 않겠느냐? 간택 후궁이라면 웃전이 두 분이나 계시니 내가 관여하기는 어려울 것이다. 허나 승은 후궁이라면 다르겠지. 나는 주상의 승은을

141

가장 먼저 받는 나인이 너라면 좋겠구나."

"대비마마…."

희순은 당혹스러운 표정을 감추지 못했다. 그러나 대비는 그런 희순을 바라보며 미소를 지었다.

"그래서 너를 중궁전 지밀나인으로 보낼 생각이다."

"예?"

대비의 말에 놀란 희순이 눈을 동그랗게 떴다.

"그리고 적당한 때에 주상이 네게 승은을 내리도록 하마. 그리 되면 혹여 중전이 너를 투기하더라도 절대 드러내놓고 투기하진 못할 것이다."

그 누구보다도 중전과 가까운 지밀나인이 승은을 입어 후궁이 된다. 이를 중전이 투기하게 된다면, 중전 스스로 주변 나인을 잘 관리하지 못했다는 것을 드러내는 것이나 마찬가지였다. 그러니 중전은 분하더라도 결코 희순을 투기하지 못할 것이다.

"나는 희순이 너를 제2의 의빈으로 만들 생각이니."

의빈은 정조의 가장 큰 총애를 받았던 후궁이다. 어린 시절 입궐해 혜경궁이 가까이 두고 길렀고 이 때문에 정조와 어린 시절부터 가깝게 지냈다. 어찌 보면 정조가 일평생 그녀를 사랑하게 된 것은 당연한 일이었다.

그런데 당시 세손빈이었던 대비는 이러한 사실을 전혀 알지 못한 채 세손의 사랑을 자신이 받지 못하는 연유가 모두 자신 탓이라고만 여겨왔다. 나중에 의빈이 승은을 입고 후궁이 되자 왕비였던 대비는 자신이 혜경궁과 정조의 손에 놀아났음을 깨닫고 분노했지만 이 감정을 일평생 드러내지 못했었다. 그것은 그녀에게 큰 고통이었다.

"주상전하 납시오!"

내관의 말과 함께 난 서둘러 자리에서 일어섰다. 곧 동온돌의 문이 열리고 야장의를 입은 왕이 안으로 걸어 들어왔다.

난 그의 얼굴을 흘깃 바라보았다. 아니나 다를까, 나와 눈이 마주친 그는 무언가 신이 난 얼굴로 활짝 웃고 있었다. 그것을 본 내 얼굴이 저절로 굳어졌을 때였다.

"중전은 과인이 온 것이 반갑지 않은 모양이오?"

"네?"

동시에 그를 따라 함께 들어온 상궁과 나인들, 그리고 내 주변을 에워싸고 있던 상궁과 나인들이 동시에 얼굴이 굳어져버렸다. 마치 내가 그의 말에 얼굴이 딱딱하게 굳어버릴 걸 미리 알고 굳어져준 건지….

"아니오?"

재차 묻는 그를 보며 꿀밤이라도 한 대 주고 싶은 마음이 간절하건만, 내 뒤에 있던 상궁이 나서서 먼저 대답을 한다.

"어서 아니라고 대답하시옵소서."

어쭈? 여봐라? 이제는 왕비의 생각까지 휘두르려고 하네? 너 대체 어디 소속이야? 중궁전 소속이야? 그럼 당장 해고일 줄 알아!

뒤에 서서 얼굴도 안 보이는 상궁을 노려보고 싶었지만, 왕의 웃음 섞인 말 한마디에도 대답 않는 왕비 때문에 무겁게 깔린 분위기에 난 어쩔 수 없이 어색한 웃음을 흘리며 대답했다.

"설마요…."

아니라고는 죽어도 말을 못 하겠고… 백번 양보해서 '설마'에서 그쳤다.

왕은 이런 나를 보며 피식 웃더니 그대로 안으로 들어가 금침 위에 딱, 자리를 잡고 앉았다. 이것을 본 주변 나인들이 기겁했다.

"전하. 아직은 그 차례가 아니옵니다…."

그를 따라온 대전 상궁이 나서서 기어 들어가는 목소리로 왕에게 조심스럽게 아뢰자, 왕은 아주 쿨하게 금침 위에서 내려와 바닥에 앉으며 말했다.

"과인의 마음이 아주 급한가 보다."

그러면서 아직 서 있는 나를 보며 '씩' 웃었다.

도대체 왕은 타고난 웃는 상인 거야? 아니면 일부러 놀리려고 나만 보면 저렇게 웃는 거야?

"자, 자중하시옵소서."

이 자리에서 왕을 제외한 모든 사람들이 당황하고 있었다. 그런데도 왕은 태연스러운 얼굴로 상궁을 향해 말했다.

"합궁례의 다음 차례는 무엇인가? 어서 행하라."

왕의 말에 나인들이 분주해졌다. 나인이 주안상을 들고 들어와 왕의 앞에 내려놓자, 상궁이 반강제로 나를 밀어 왕의 옆에 앉혔다. 그사이 상궁이 왕의 술잔에 술을 따르려는지 술병을 들었다. 그러자 왕이 술잔을 들어 상궁이 따르려는 술을 거부했다.

"전하?"

상궁이 당황하자 왕은 웃으며 옆에 앉은 나를 돌아보았다.

"오늘만큼은 과인은 중전이 따르는 술을 받고 싶다."

"허나 중전마마는 술을 따르실 수 없사옵니다."

이 역시 궁중 예법이라고 배웠다. 왕과 왕비의 생활은 여염집 부부와는 분명 달라야 한다. 마음을 나누는 사이가 아니라 정치적인 동반자. 대를 이을 왕자 생산을 위한 작위적인 관계. 뭐 이런 건가? 하지만 지금 왕이 바라는 건….

"뭐 하시오?"

그는 무슨 자신감인지 상궁의 말을 그대로 무시해버리며 나를 쳐다보았다. 나는 눈만 껌뻑이며 우리를 둘러싼 나인들의 시선만 살폈다. 누가 누구의 눈치를 보아야 하는지 모르겠다. 어쨌든 하면 안 된다고 배웠는데 그걸 왕이 하라고 시키고 있으니 안 할 수는 없고….

"따르시옵소서."

"제조상궁 마마님!"

그때 제조상궁이 나섰다. 이번에도 약간 명령조라 마음에는 안 들지만, 그녀가 상황을 모두 정리하자 술병을 들고 있던 상궁이 그 술병을 내게 내밀었다. 나는 얼떨결에 술병을 받아들었지만, 그렇다고 그에게 바로 술을 따를 생각도 하지 못했다. 그사이 제조상궁이 작은 목소리로 왕에게 아뢰었다.

"대신 딱 한 잔만이옵니다."

"엄하군."

왕이 눈살을 찌푸렸지만 기분이 나빠 보이지는 않았다.

하지만 난 태어나서 술을 한 번도 마시지 않은 대표적인 모범생이다 보니 술을 따르는 법도 알지 못했다. 별궁에서 궁중 예법을 배울 때도 술을 따르는 것은 배우지 않았다. 왕비가 술을 따를 일은 없다. 상궁과 나인들이 대신 해주는 일이었기 때문이다.

결국 나는 술병을 들어 그가 내민 술잔에 조심스럽게 술을 따르기 시작했다. 그저 술잔만 채우면 되는 줄 알고 술을 넘치기 직전까지 가득 채워 넣었다.

"응?"

아슬아슬하게 그러나 정확하게 딱 술잔을 가득 채워놓고 만족스러운 웃음을 지었는데, 정작 술잔을 들고 있던 왕은 좀 어이가 없는 표정이랄까?

뭐지? 내가 무슨 실수라도 했나? 정확히 따랐잖아, 딱 술잔 끝에 맞춰서 정, 확, 히!

난 이유도 모른 채 왕의 얼굴을 빤히 쳐다보았다. 그때 왕이 나를 보며 묻는다.

"혹 막일하다 왔소?"

"에?"

왕의 말을 이해하지 못하는 것은 나뿐일까?

수많은 사람으로 가득 찬 동온돌 안이 갑자기 침묵으로 물들었다. 그것도 아주 잠시.

"풋!"

나인들 중 한 명이 웃음을 터뜨렸다. 그 순간 상궁들의 매서운 시선이 그 나인을 쏘아보았고, 그녀는 그대로 다른 나인들에 의해 밖으로 끌려 나갔다.

여전히 무슨 말인지 모르겠다는 천진무구한 얼굴로 쳐다보는 나를 보며 그가 넌지시 묻는다.

"중전은 혹 과인의 말을 이해하지 못하는 건가?"

"아뇨…. 무슨 말씀인지는 알겠는데… 막일이면… 노가다? 제가 노가다를 하다 왔냐고요?"

잠깐, 노가다는 일본 말인데. 그리고 난 조금 전까지 왕이랑 국혼 연회에 있다 왔잖아? 그런데 웬 뜬금없이 노가다? 내가 언제 노가다를 했다고?!

"풋!"

뒤이어 또 터진 어떤 나인의 웃음소리. 그녀도 곧바로 다른 나인들에게 이끌려 밖으로 조용히 사라졌다. 원래가 이쯤 되면 이렇게 나인들이 하나둘씩 나가야 하는 건가 싶던 그때였다.

무표정으로 계속 내게 '막일' 하다 왔느냐는 추궁만 하던 왕이 소리 없이 빙그레 웃었다. 좀 전에 왕이 한 말이 농담인지 농담이라면 왜 그런 농담을 한 것인지 나만 이해를 못 하고 있는 상황. 내가 결국 이 어색한 분위기를 탈피해보고자 나도 따라 빙그레 웃어야 하나 심각하게 고민하던 그때였다.

왕이 나를 똑바로 바라보며 그대로 술잔을 비워냈다. 탁.

"와아."

술은 분명 독하다고 들었는데… 그 술을 단번에 비워내는 10대 소년 왕을 보며 감탄만. 나도 모르게 잠시 존경 어린 눈빛으로 그를 쳐다보았다. 그러나 그것도 잠시.

"받으시옵소서."

"네?"

상궁이 내 손에도 그가 비워낸 크기의 술잔과 똑같은 술잔을 쥐여주었다. 그리고 재빠르게 채워지는 술잔. 하지만 아까 내가 채웠던 왕의 술잔과는 달리 딱 반만 채웠다. 반만.

"드시옵소서."

"마시라고요?"

"합환주이옵니다. 그러니 드셔야지요."

"아…. 합환주."

합환주든 뭐든 '이유'에 '이름'까지 붙였으니 무조건 따르라는 소리다. 나는 깊은 심호흡을 했다. 태어나 처음 마시는 술이 합환주라니. 어처구니가 없긴 하지만 선택의 여지는 없었다.

적어도 나보다 한 살 어린 녀석에게 질 수는 없지!

"너무 적은 것 같은데요. 더 주세요. 가득요."

"예?"

"전하와 똑같은 양을 마셔야 '공평한 합환주'가 되겠지요. 안 그런가요?"

상궁이 당황하자 왕이 웃는 얼굴에 턱을 괴며 말했다.

"중전의 말대로 해주게."

"예에…. 전하."

상궁이 당황하면서도 왕의 명에 따라 내가 든 술잔에 술을 가득 채웠다. 나는 또 한 번 심호흡을 하고는 술잔을 입에 가져다 댔다.

이 순간 왕은 턱을 괸 자세로 내가 다 비워낼 수 있을지 없을지를 구경하고 있었다. 그렇다면 더더욱 약한 모습을 보일 순 없는 법. 원래 공부도 잘하는 애가 공부와 상관없는 것도 다 잘하는 법이니까!

"꿀꺽!"

나는 술잔에 든 술을 원샷했다. 순간 뜨겁고도 쓴맛이 옅은 꽃향기와 함께 내 목을 타고 넘어갔다. 목에 불이 난 것 같은 기분. 눈이 저절로 껌뻑거리고 입술이 달싹거렸다. 가슴 깊은 곳에서 시작된 열이 빠르게 머리끝까지 치솟아 눈앞이 깜깜해졌다.

태어나 술을 마신 것은 처음이지만 이 술은 일반적으로 사람들이 즐기는 낮은 도수의 술은 절대 아니라는 생각이 들었다. 하지만 난 제대로 끝을 보여주기 위해 깔끔히 비운 술잔을 들어 내 머리 위에 대고 털었다. 정확히 TV에서 보던 것처럼 두 번.

"하하!"

이를 본 왕이 크게 웃더니 자신의 허벅다리를 소리가 나도록 크게 내려치며 말했다.

"한 잔 더."

그 말은 상궁에게 한 말 같았는데, 벌써 알싸한 취기가 온몸으로 퍼지기 시작한 나는 손으로 바닥을 소리 나도록 내려치며 외쳤다.

"콜!"

"으… 으…."

단지 술을 몇 잔만 마셨을 뿐인데 왜 앓는 소리가 나는 것일까? 그리고 그와 함께 누웠을지 모를 금침에는 왜 나 혼자만 누워 있는 것일까?

온몸이 열이 나도록 뜨겁고 나른하고 꼼짝도 못 하겠고… 이런 상황에서 두 귀는 제대로 열려 있는 모양이다.

"어찌하올까요, 전하?"

상궁의 걱정스러운 말에 그가 대답한다.

"여기는 이제 과인이 알아서 할 터이니 모두 나가보거라."

"하오면 불을 끄고…."

"그것도 과인이 알아서 하겠다."

"예에…."

문이 열리고 우르르 나인들이 빠져나가는 소리가 들렸다.

왠지 '나도 같이 가!'라는 말이 목구멍까지 올라오는데 몸을
자유롭게 쓰는 것이 어려웠다. 게다가 금침이 얼마나 푹신하
고 좋은지 이대로 잠들고 싶었다. 이 자리에 왕만 없다면.

"으… 으…."

빨리 정신을 되찾아야 하는데… 술에서 언제쯤 깨지?

그런데 방 안이 지나치게 고요했다. 마치 나 혼자만 있는
것 같은 기분. 그럼 아까 나인들을 모두 나가게 하고 왕도 함
께 나간 것일까?

내가 방 안에 혼자 남았는지를 확인해보기 위해 떠질 생각
이 전혀 없는 눈꺼풀을 간신히 들어 올렸다. 제일 먼저 보이
는 것은 천장. 다음으로 눈동자를 굴려 문 쪽을 쳐다보았다.
문 주변에도 아무도 없었다. 다시 눈동자를 굴려 조금 전 주
안상이 놓였던 자리를 쳐다보니, 먹다 만 주안상과 술병만 보
이고 왕은 보이지 않았다.

"갔나…."

안심하며 중얼거리던 바로 그때였다.

"가기는? 과인은 바로 그대의 옆에 있는데."

"히이익! 전하?"

바로 내 옆에서 팔로 머리를 괸 채, 누워서 나를 쳐다보고
있는 왕의 얼굴과 마주친 것이다!

비명을 질렀는데 여전히 몸을 자유자재로 움직이기는 어려

웠다.

그래도 이렇게까지 가까이 있는 상황은 내게 위험하다. 암, 아주아주 위험하지.

난 왕에게서 떨어지려고 몸을 일으키려고 했지만 쉽지 않았다. 결국 난 온 힘을 다해 그가 있는 반대편으로 한 바퀴를 떼굴떼굴 굴렀다. 그제야 몸에 힘이 좀 들어가서 겨우 상체를 들 수 있었다. 그러나 여전히 풀린 다리에는 전혀 힘이 들어가지 않았다.

난 구르면서 헝클어져 흘러내린 머리카락 사이로 여전히 같은 자세인 왕을 바라보았다. 그는 방금 전 내 행동을 보고 또다시 큭큭, 웃고 있었다.

"이게 웃겨요?"

난 심각한데!

"과인이 그렇게 싫소?"

술 때문에 몸은 뜨겁지 그의 말은 이상하게 내 얼굴을 뜨겁게 만들지….

"적어도 오늘 밤은 싫어요."

"그럼 내일 밤에 다시 찾아올까?"

"내일 밤이라뇨?"

"몰랐소? 국혼이 치러지는 당일 이후로 사흘간, 왕과 왕비는 무조건 합궁해야 한다는 것을. 문 상궁이 이것도 알려주지 않았나?"

나보다 어린 게 너무 밝히잖아!

"몰라요. 기억 안 나요."

난 몰려오는 어지럼증에 고개를 휘휘 저었다. 이런 나를 보
며 그가 물었다.

"술이 처음이었소?"

"미성년자가 술을 어떻게 마셔요!"

"의외로군."

"의외라뇨?"

"그대의 타고난 왕성한 호기심과 합궁 시 지켜야 할 왕비의
덕목을 모두 그림으로 그릴 정도로 당돌한 성품이라면 이미
충분히 술맛을 알고도 남을 것이라 여기었는데."

"뭐, 뭐라고요!"

얼굴이 뜨겁다 못 해서 이제는 뜨거워 터져버릴 것 같았다.
내가 그린 그림을 아직도 기억하고 있었다니! 그 요상한 자
세들을 그려본 내가 정신 나간 애지! 흑흑.

"아니었소?"

"잘 들으세요, 전하."

"뭘 말이오?"

"자세부터 바르게 고쳐 앉으시고요! 지금 왕비마마께서…
아니, 사람이 말하고 있잖아요! 전하는 사람의 말을 듣는 태

도가 빵점이에요! 빵점!"

술에 취하니 마구마구 막말이 쏟아져 나왔다. 물론 내 의지가 조금 덜 들어간 막말이었다. 약간 시비조로 들리기도 하지만… 적어도 내가 느끼기에는 선생님이 학생 가르치듯 말하는 것이니까, 왕 정도면 알아듣겠지.

"뭐…."

그가 술 취한 내 기세에 눌렸는지 순순히 금침 위에서 자리를 고쳐 앉으며 심각한 표정으로 팔짱을 끼었다.

"자알! 자알 들으세요, 전하! 전 왕비가 되고 싶어서 왕비가 됐지만…! 합궁은 안 할 거예요. 저얼대! 절대로요! 그러니까, 꿈! 깨세요!"

그가 한 손을 또 턱에 가져다 대고는 심각한 표정으로 물었다.

"과인의 앞에서 지금 그 자세를 하고도 합궁은 안 하겠다고 말하는 것이오?"

그 자세?

그제야 왕이 지적하는 내 자세를 돌아볼 여유가 생겼다. 내 지시대로 반듯하게 앉아 있는 그와는 다르게 배를 깔고 금침 위에 누워서 상체만 겨우 들고 있는 나의 상태는 말 그대로 가관!

떼굴떼굴 구르면서 끈이 풀어져 활짝 벌어진 속옷 저고리

하며, 무릎 위까지 올라온 훤히 드러난 두 다리하며! 풀어진 머리카락에 얼굴은 분명 벌겋게 변해버려서 말할 때마다 헉헉거리며 숨만 잔뜩 거칠었다. 누가 보더라도… 요염하게 임금님을 유혹하는 자세.

난 재빨리 치마를 잡아 드러난 다리부터 가렸다. 하지만 이상하게 손을 뻗는 속도가 느렸다. 내 머릿속에서 내리는 지시를 미적미적 받아들이는 손. 덕분에 슬며시, 아주 유혹적으로 치마를 다리로 내리고… 내리고….

꿀꺽!

난 치마를 다 내리기도 전에 왕을 향해 쏘아붙였다.

"지금 침 삼켰죠?! 나보고 침 삼켰죠?!"

나의 추궁에 그가 당황한 얼굴로 웃었다. 어라? 이 사람 좀 보래? 이제 보니 그냥 웃기만 하는 게 아니라 '당황해'하면서도 웃네?

그러고는 급히 변명거리를 내뱉는다.

"사람이 침을 안 삼키고 어찌 살겠소? 침은 삼키라고 있는 것이고 맛보라고 있는 것인데…."

그렇게 말하며 한 손으로 입가를 쓰윽, 닦는다. 순간 잊고 있던 달밤의 키스 사건이 떠오르며 내 얼굴은 다시 타오르는 활화산이 되었다.

"그, 그거 하지 마세요!"

"무엇을 말이오?"

"그 손으로 입술 만지지 말라고요! 하지 마요!"

그가 어이없다는 듯 웃는다.

"이제는 과인이 하는 행동 하나하나까지 통제하겠다는 것이오?"

"싫으면 제 곁에 오지 않으시면 되잖아요."

여기까지 투덜거린 나는 금침 위를 무릎으로 기었다. 목표는 나란히 놓인 두 개의 베개. 난 두 개의 베개를 아이처럼 소중히 끌어안고는 그와 나 사이에 하나씩, 하나씩 금침의 한가운데를 가르며 줄지어 놓았다.

"여기, 이 선. 넘으시면 안 돼요. 알았죠?"

딱히 거대한 장벽도 아닌데 이렇게 베개를 놓고 나니 마음이 놓였다. 내 의지를 드러낸 것만으로 안심이 되는 걸까?

화끈거리는 얼굴에 손을 가져다 댄 채 만족스러운 얼굴로 베개를 내려다보고 있던 순간이었다.

왕이 아주 가볍게 베개를 밀쳐버리더니, 건너편에 앉아 있는 내게 한 팔을 쑥 뻗었다.

"…!"

놀라는 것도 잠시, 내 팔을 잡은 왕이 그대로 나를 자신의 품 안으로 끌어안았다. 그 순간 내 눈앞의 세상이 아주 느리게 돌기 시작한다.

웃는 얼굴로 나를 끌어당겨 안는 왕의 모습. 마침내 그는 나를 자신의 품 안에 눕혔다. 정말 난 아무런 힘도 쓰지 못하고 그대로 끌려가고 말았던 것이다.

"난…!"

당황한 내가 그의 품에서 벗어나려고 할 때였다.

"자자, 흥분을 가라앉히시오. 그대는 취했소."

"분명 내가 베개를…!"

그래도 포기하지 않고 그의 품에서 일어나려는 나를 아주 가볍게 제압하는 왕. 그러더니 내 이마 위에 차가운 물수건을 올려놓았다.

"합궁례를 치르기 전에 그대의 열부터 식힙시다."

"합궁은 절대 없다고 했어요…!"

바득바득 우기는데, 이상하게도 이마에 물수건이 닿자 거짓말처럼 내 얼굴의 열기가 그곳으로 모두 빨려 들어가면서 몸이 다시 잊었던 나른함을 되찾았다.

이어 빠르게 졸음이 밀려들었다. 내 이마에 올려진 젖은 수건이 나를 기분 좋게 했다. 나 하나를 품에 안고도 남을 그의 넓은 품도 포근한 금침 같아서….

"하암… 흡!"

무의식중에 하품이 나온 나는 서둘러 입을 가렸지만, 이미 그가 본 상황이었다.

"하하…."

그는 작게 웃으며 말했다.

"그대가 오늘 많이 피곤했던 모양이군."

"당연히… 옷도 무겁고 행사도 많았으니까…."

말이 점점 늘어지는 게 나도 모르게 잠 속으로 빨려 들어가고 있는 것 같았다.

"그래서?"

이 와중에 왕이 너무나도 다정하게 말을 걸어주니 자장가가 따로 없었다. 절대 긴장을 풀어서는 안 되는 상황인데… 난 정말 많이 피곤했던 걸까?

"그래서… 그래서…."

느리게 눈을 깜빡이는 사이 그가 내 이마에 두었던 수건에 다시 물을 적셔 올려놔준다. 나른함이 더욱 깊어졌다.

"그나저나… 웬 수건이죠?"

"아주 특별한 곳에 사용하는 수건이지. 헌데 오늘은 그대의 열을 식히는 데 썼구려. 이 역시 문 상궁이 알려주지 않았소?"

"문 상궁은… 자신에게 불리한 건 안 알려주나 봐요…."

"그대의 말이 맞소. 상궁들은 모두 그러하지."

그때 벽 너머에서 상궁의 목소리가 들려왔다.

"전하. 시각이 다 되었사옵니다."

슬슬 멀어지려던 의식이 갑작스러운 상궁의 목소리에 잠시 되돌아왔다.

"무슨 시각이… 다 되었다는… 거죠?"

이제 난, 왠지 내게는 모두 솔직할 것 같은 왕에게 묻고 있었다. 그러자 다시 의식이 멀어져가는 가운데 왕이 매혹적인 목소리로 내 귓가에 속삭였다.

"그대가 잠에 들 시간."

그러면서 그가 나를 깊게 끌어안는가 싶더니, 나를 안은 채로 금침 주변을 밝히고 있던 다섯 개의 촛불을 하나씩, 하나씩 조심스럽게 끄기 시작한다. 그리고 동온돌이 어두워지면서 내 첫날밤의 기억도 거기서 끝이 났다.

불이 모두 꺼진 중궁전 동온돌 안.

쿠쿠쿠쿠… 쿠쿠쿠쿠… 쿠쿡!

울퉁불퉁한 작은 알갱이가 굴러가는 듯한 코 고는 소리.

쿠쿠… 쿠쿠쿠….

조용한 동온돌을 울리는 이 소리에 길고 매끄러운 두 눈이 천천히 떴다. 그리고 살짝 부드러운 곡선을 그리며 솟아나는 미소. 곧이어 탄탄한 허리 위로 길고 반듯한 나신이 어둠

속에서 몸을 일으켜 세웠다. 바로 왕이었다.

"풋."

왕은 자신의 옆에서 코를 골며 자고 있는 나래를 내려다보며 작게 중얼거렸다.

"아직은… 다듬어지지 않은 원석인가?"

왕은 혹시라도 나래가 깰까 조심스럽게 몸을 일으켜 세우더니 닫혀 있던 동온돌의 문을 열고 나왔다.

"전하."

문 앞에서 숙직하고 있던 네 명의 상궁이 자리에서 일어나 왕에게 예를 올렸다. 그사이 다른 상궁들이 뒤에서 다가와 왕의 어깨 위에 발목까지 내려오는 긴 겉옷을 걸쳐주었다.

"중전은 지금 쉬고 있으니 과인은 이만 침전으로 돌아갈 것이다."

상궁들이 고개를 숙이며 왕의 길을 터주기 위해 물러섰을 때였다. 가장 뒤에 있던 상궁이 앞으로 나섰다. 그녀는 대왕대비전 문 상궁이었다.

"웃전께는 어찌 아뢰옵니까?"

"무엇을 말이냐?"

"오늘 밤… 동온돌에서 있었던 모든 일들에 대해서 말이옵니다."

왕은 별로 대수롭지 않다는 듯 답했다.

"오늘 밤 일은… 새어 나가지 않도록 상궁이 알아서 조처하도록 하라."

왕이 그대로 지나가려 하였으나 문 상궁은 아직 길을 비켜서지 않았다.

"하오나 전하. 날이 밝으면 합궁이 성사되지 않은 것을 궐 안의 모든 이들이 알게 될 것이옵니다. 이는 어찌하오리까?"

왕이 부드럽게 웃으며 말했다.

"오늘만 날이더냐. 아직도 이틀 밤이나 더 남았거늘."

그제야 문 상궁이 조용히 옆으로 물러섰다.

왕이 중궁전을 나서자 밖에서 기다리고 있던 열댓 명의 나인이 고개를 숙였다. 그 앞에는 왕이 침전으로 돌아가기 위해 타고 갈 옥여가 준비되어 있었다. 신을 신고 옥여로 걸어가려던 왕이 잠시 멈칫하며 옆을 돌아보았다. 중궁전 앞에서 숙직을 선 나인들 중에 누군가를 발견한 것이다. 그녀를 본 왕이 다가가 웃으며 말을 걸었다.

"희순이가 아니냐?"

"전하…."

희순은 많은 이들이 있는 자리에서 받는 왕의 관심이 부담스러운 듯 고개를 푹 숙였다.

"침전으로 돌아가는 길이었다. 헌데 대비전 나인인 네가 어찌 중궁전에 있느냐?"

희순은 왕과 눈도 마주치지 않은 채 공손히 답했다.

"대비마마의 명이 계셨사옵니다. 소인은 이제부터 중전마마를 모시게 될 것이옵니다."

"그래? 참으로 잘되었구나."

왕은 진심으로 기뻐했다. 하지만 희순이 계속 그와 일정한 거리를 두고 어려워하는 모습을 보이자, 그 이유를 알아차리고는 말했다.

"중전은 잠들었으니… 과인과 잠시 걷자꾸나."

"네? 하오나?"

희순이 놀라 고개를 들어 왕을 바라보았다. 왕은 그런 희순을 내려다보며 웃는 얼굴로 고개를 끄덕였다.

왕은 별을 보며 걸었고 희순은 그 뒤를 등을 든 채로 따랐다. 이들의 주변에서 멀지 않은 곳에는 내관과 상궁, 여러 명의 나인이 서서 왕을 기다리고 있었다. 왕은 그들의 시야에서 멀어지지는 않되, 희순과 대화하는 내용이 그들의 귀에 들리지 않을 만한 거리를 잘 알고 있었다.

별을 보며 걷던 왕이 걸음을 멈추자 희순의 걸음도 따라 멈췄다. 왕이 별을 바라보며 말했다.

"희순아. 과인이 늘 말했지. 과인은 단 한 명의 왕비를 원한다고."

희순은 다른 나인들이 왕을 대하듯 공손하게 허리를 숙인 채 답했다.

"그래서 소인은 말씀 올렸지요. 어떤 왕비님이냐에 따라서 전하의 바람이 이뤄질 수도 있고 이뤄질 수 없을지도 모른다고 말이옵니다."

그러자 왕이 희순을 돌아보았다.

"그런데… 이뤄진 것 같구나."

희순이 놀란 얼굴로 고개를 들어 왕을 바라보았다.

"처음 중전을 대왕대비전에서 보았을 때는 참으로 얌전한 고양이 같아 보였다. 이 구중궁궐 모진 풍파에도 눈물 한 방울 흘리지 않을 여인처럼 보였다. 과인보다도 웃전들에게 더 순종적으로 보였다. 아마도 대왕대비마마께서는 많은 이들의 반대에도 불구하고 중전의 이러한 면모가 마음에 들어 허혼하셨다고 여기었다. 그것은 과인이 원하는 여인이 아니었다."

늘 자신이 마음을 터놓고 지내는 이들에게는 수시로 미소를 내보이는 왕이었지만, 오늘 이 말의 끝에서는 미소가 사라지고 없었다.

"아바마마께서는 늘 과인에게 그러셨다. 왕에게는 마음을 나눌 여인이 한 명이면 족하다고. 과인은 그러한 여인이 왕비이길 바랐다. 허나… 그것은 불가능한 일이었지. 아바마마께서도 과인의 물음에 불가하다고 하셨으니. 그래서…."

속을 알 수 없는 왕의 시선이 희순의 눈동자를 향했다.

"국혼이 끝나면 대비마마께 너를 후궁으로 달라고 할 참이었다."

"전하…!"

희순이 당황하는 기색을 보이자 왕이 다시 웃었다.

"그런데 네가… 별궁에 있는 중전을 만나러 가보라고 청했지. 입궐 후에는 수많은 나인들에게 둘러싸인 채 중전을 만나야 한다면서. 처음이자 마지막이라 여기고 나인들이 없는 곳에서 중전을 만나보라 하였다. 그리고 네 말이 맞았다."

"중전마마께서는 전하께서… 바라시는 그런 여인이셨사옵니까?"

왕의 시선이 불이 모두 꺼진 중궁전 쪽을 향했다.

"과인은 그저 마음을 나눌 단 하나의 여인이 필요하였을 뿐인데… 중전은 과인과 마음을 나눌 뿐만이 아니라, 그 마음을… 가져갈 것 같다."

왕은 태어나 처음으로 느끼는 감정에 설레고 있었다.

"경하드리옵니다, 전하."

왕이 바랐던 것. 왕이 소망하였던 것. 평생을 지고 갈 왕의 굴레는 벗어던지지 못하더라도… 적어도 자신은 왕비와 함께 평범한 여염집 부부처럼 정을 나누며 사는 것이었다.

그것은 왕의 부친인 선왕은 이룰 수 없었던 바람이다. 어린 왕은 부왕의 곁에서 부왕이 이루지 못했던 바람을 제 소망으로 품고 자랐다.

"앞으로 과인의 궁궐 생활이 재미있어질 것 같구나."

왕비의 아침은 참으로 힘들다. 아주 많이.

"기침하셨사옵니까?"

문밖에서 상궁의 물음이 들리면 아무도 보지 않는 방 안에서 홀로 기지개를 켜고….

"으, 으!"

다리를 쭉쭉 뻗고… 조선의 여자들은 절대 모를 '스트레칭'을 한다.

"으으…."

"중전마마?"

"아, 아무것도 아닐세…!"

"기침하셨사옵니까?"

"자, 잠시 기다리시게, 아직 기침하지 아니하였네!"

"예?"

아침마다 하는 이 스트레칭은 나의 오랜 습관이었다. 아침 일찍 일어나서 '개운'한 스트레칭을 하지 않으면, 그날 하루 내내 몸이 눌리고 피곤한 느낌이다. 그러면 하루 일과가 망가지고 학습 효과도 떨어진다. 과학적으로 증명된 것은 아니지만, 전교 1등 황나래가 스스로 증명하고 있는 일종의 '아침 생활 습관 공식'이랄까?

하지만 별궁 시절 내가 스트레칭을 하는 걸 보고 기겁하는 나인들을 본 뒤로 이렇듯 몰래몰래 할 수밖에 없었다.

"준비되었네!"

"예?"

"아, 아니… 흠흠. 기침하였네!"

"예이."

바로 은은하고 작은 종소리가 들렸다. 데엥.

지난밤 사라지지 못하고 중궁전을 떠도는 '혹시라도 모를' 악귀를 쫓는 의식이란다. 우습게도 조선은 후기로 갈수록 점점 궁중에서 숭상하는 미신도 다양해진다. 이것은 하나의 비공식적인 의식으로 자리 잡은 것 같았다. 왜 이런 내용은 일반적인 역사책에서는 찾아볼 수가 없을까?

잠시 후 문이 열리더니 상궁을 필두로 나인들이 우르르 쏟아져 들어왔다. 그녀들은 지난밤 이부자리를 치우고 나를 세수시키며, 단장시키고 또 옷을 갈아입혔다.

왕비라는 건… 스스로 세수조차 할 수 없는 존재. 애 낳는 것 빼고는 할 수 있는 게 대체 뭐가 있는지 궁금할 정도다. 작은 습관부터 어려운 공부까지 모든 것을 스스로 해왔던 내게는 익숙해지려고 해도 익숙해지기 어려운 아침 풍경.

"자, 다 되었사옵니다."

머리를 매만지는 데 삼십 분 정도 걸린 건가?

아무리 인상을 찡그리고 있어도 우리 손녀가 세상에서 제일 예쁘다고 말해주신 할머니도 감탄할 5:5 가르마. 그 정중앙에 금으로 만든 봉잠이 자리한다. 그나마 무거운 가체를 안 하니 다행이라면 다행!

문제는 벽에 구멍도 낼 만큼 크고 두꺼운 용비녀다. 눈대중으로 보아도 30센티미터 이상이다. 거울을 들여다보고 있자니, 상궁이 그 비녀를 정확히 한 번에 꽂아 넣는 것을 보고 감탄, 또 감탄했다.

그러나! 아직 웨딩드레스도 못 입어본 소녀에게 비녀를 꽂다니….

나 조선에서 아줌마 됐어…. 흑흑.

눈물을 거두고 상궁들이 펼쳐놓은 장신구들을 살펴보니, 그중에는 비녀나 봉잠 외에도 금과 옥으로 세공한 화려한 꽃 모양의 장신구도 눈에 띄었다. 그걸 비녀 주변에 좀 꽂아보면 '아줌마' 이미지는 조금 벗지 않을까 고민하는 찰나, 내 시선이 장신구들에 꽂힌 것을 본 상궁이 말한다.

"석 달 동안은 봉잠과 비녀를 제외한 장신구들은 착용하셔서는 아니 되옵니다."

"어찌 그러한가?"

"민가에서는 새 신부가 꽃단장을 하면 악귀가 이를 투기하여 잡아간다는 말이 있지요. 왕실에서는 이를 믿진 않사오나, 웃전들이 많이 계시지 않사옵니까? 왕비마마가 되시자마자 화려한 장신구를 착용하시면 검소하지 못하다고 꾸지람을 들으실 것이옵니다."

결국 있어도 착용할 수 없으니, 말 그대로 '장식품'으로 보기만 하고 만족하라는 건가? 일단 다 좋다 이거예요. 하지만 세 달 뒤에는 정말 착용해도 되는 거죠? 네?

"서두르셔야 하옵니다. 대왕대비전에 혜경궁마마와 대비마마, 가순궁마마께서 기다리고 계시옵니다."

"알겠다."

중전이 한 명 움직이면 나인 십여 명은 기본으로 따라붙는다. 대왕대비전으로 가기 위해 중궁전을 나서자 내 뒤로 상궁 두 명, 내관 두 명, 나인 열두 명이 따라붙었다. 왜 이렇게 많은 나인들이 붙어야 하는지는 모르겠지만, 문 상궁은 별궁에 있을 때 이 많은 나인들을 두고 딱 한마디로 정리했다.

'왕비의 위엄.'

왕비의 위엄이란 정말로 사람 수로만 판단되는 것일까?

게다가 이들은 '왕비의 위엄'을 지키기 위해서라면 무슨 짓이든 할 기세다. 신을 신는 순간에도 마루를 내려오는 순간에도 계단을 오르는 순간에도 그들은 '자신'들을 통하지 않고는 내가 아무것도 하지 못하도록 만들려는 것 같다. 숨 쉬는 것만 빼고?

나보다도 앞서서 걷는 나인 두 명은 길을 터주는 나인이라 그런지 계속 허리를 숙이고 걷는다. 그런 나인의 뒤를 따라 걷는 내 옆에는 가을인 데다 아침이라 그다지 햇볕이 뜨겁지도 않은데 그늘막을 들고 두 명의 젊은 내관이 뒤따른다.

바로 뒤에는 상궁 두 명이, 그 뒤를 따르는 나인들은 모두 허리를 꼿꼿이 세우고, 이들이 지나가면 모든 나인들이 걸음을 멈추고 고개를 숙인다. 내게 고개를 숙이는 것이겠지만, 사실상 그 덕에 나를 모시는 나인들도 함께 그 대우를 받는 것이다. 그 때문인지 이들의 자부심도 상당히 대단해 보였다.

하, 지, 만.

내게는 그저 걸리적거리고 불편하고 부담스러운 존재들일 뿐. 별궁에서 지낼 때부터 상궁들과 나인들이 계속 내 주변에 있었지만, 그때는 숫자가 적었다. 틈도 있었고. 적어도 숙직서는 나인은 단 하나였다.

하지만 그건 어디까지나 왕비가 될 '규수'에 대한 '예(例)'였고, 지금은 '왕비'에 대한 '예'이니 달라도 많이 달라야 할 것이다. 그리고 이 모든 사람이 바뀔 수는 없으니, 결국 바뀌어야 하는 것은 나 혼자뿐. 나는 어쩌면… 왕비라는 자리를 너무 단순하게 생각했던 건 아닐까?

"끙…."

멀쩡히 걷다가 혼자 생각에 빠져 소리를 냈을 뿐인데, 앞서 가던 길잡이 나인이 멈칫하며 선다. 뒤이어 뒤에서 따라오던 나인들도 서더니 상궁이 내 옆에 와서 다급히 묻는다.

"어디가 불편하시옵니까?"

기다렸다는 듯 다른 상궁도 말한다.

"혹 매화틀을 준비하올까요?"

매화틀이면 변기잖아. 지금 여기서? 여긴 노천인데!

"아, 아니, 아니다!"

별궁에서 지낼 때 배웠다. 궁궐에는 왕과 왕비를 비롯한 왕족을 위한 측간(화장실) 따위는 없다고. 그저 생활하다가 급할 때 말하면 된다. 그것도 미리 말해야 한다. 복이처에서 매화틀을 담당하는 복이나인이 올 때까지 기다려야 하기 때문에.

그러고 보니 슬슬 배가 아픈 것 같기도…. 아직 아침도 안 먹었는데 이상하네? 대비들을 만나러 간다고 생각하니까 긴장해서 그런가?

"흠…."

복이나인이 올 때까지는 시간이 얼마나 걸릴지 모르니까 미리 말해놓아야 하나?

골똘하게 고민하던 그때, 통통한 열 살 남짓의 여자아이가 내 쪽으로 걸어오는 것이 보였다. 연두색 저고리에 붉은 치마. 나인이 아닌데 저런 색의 옷을 입는다면 필시 공주나 옹주다.

저 나이 또래의 공주나 옹주가 누가 있었더라…. 분명 배웠는데….

"숙선옹주이시옵니다."

내 옆에 있던 상궁이 속닥거리며 알려준다. 곧 내 앞에 선 옹주가 공손히 두 손을 모으며 고개를 숙였다.

"중전마마."

"옹주."

인사하고 고개를 든 옹주는 뽀얀 속살이 통통하게 오른 귀여운 얼굴이었다.

기본적으로 웃는 상이 누가 남매 아니랄까 봐 그 점은 확실히 닮았다. 다만 살집이 있는데도 불구하고 저렇게 눈동자가 크다니. 그나저나 어쩌다가 저렇게 살이 쪘을까? 궁궐에서 너무 잘 먹나?

"소녀, 중전마마께 여쭙고 싶은 것이 있사옵니다."

대뜸 질문부터 하는 옹주를 보며 난 궁금하다는 표정을 지었다.

"무엇을요?"

"지난밤 주안상에 오른 안주의 맛이 어떠하였사옵니까?"

"에?"

당황한 나를 보며 옹주와 함께 있는 나인이 말한다.

"옹주마마. 그런 질문을 하시면 중전마마께서 난처해하시옵니다."

"무엇이 말이냐? 난 단지 안주 맛을 여쭈어본 것인데?"

옹주가 울상을 지으며 나인을 흘겨보자 난 지난밤을 떠올렸다. 아침에 전해 듣기로 내가 잠들자마자 왕은 침전으로 돌아갔다고 했다.

주안상은… 술 마실 때 잠깐 보긴 했는데…. 안주는… 안 먹어서 기억이 없는데…. 왜 안주에 대해 묻는 거지?

난 초롱초롱한 눈빛으로 내 얼굴을 쳐다보는 옹주를 가만히 내려다보며 고심했다. 그런데 정작 이런 질문에 대해서는 주변에 있는 상궁과 나인들도 나서서 나를 도와주려 하지 않는다.

대체….

"나는 그러니까….'

주안상에 뭐가 올라왔더라?

그런데 주안상을 떠올리자니, 지금 내 앞에 있는 옹주와 같은 웃음을 짓고 있던 왕의 얼굴이 떠오른다.

난 왕에게 술을 따랐고 왕은 그 술잔을 비웠지. 그다음에는 내가 술을 마셨다. 나도 술을 마셨고… 그 후 우리는 베개를 두었네 마네 하다가… 난 그대로 왕의 품에 안겨서….

잠깐?! 이 기억이 왜 이제야 나는 거야!!

"중전마마의 얼굴이 빨개졌사옵니다."

옹주의 정확한 지적에 모든 나인들의 시선이 내 얼굴을 향한다. 난 어색한 웃음을 흘리며 어떻게든 이 사태를 무마해보기로 결정했다.

"저… 옹주."

난 최대한 친근하게 옹주를 부르며 말했다.

"사실 지난밤 난 안주를 먹지 않았어요. 그래서 맛을 보지 못했고요. 그래도 옹주께서 안주 맛이 궁금하시다면…."

난 옆에 서 있는 상궁을 돌아보며 말했다.

"지난밤 주안상에 오른 안주들과 똑같은 안주들을 만들어 옹주께 보내라고 할까요?"

그 순간 옹주가 두 손을 힘껏 오므리더니 부르르 떨기 시작한다. 곧이어 눈물이 통통한 뺨을 타고 흘러내린다.

"그거… 흐규흐규… 소, 소녀가… 전하 오라버니와 중전마마를 위해서 흐규흐규… 만든 건데…."

아차차! 그건 그 누구도 내게 말해주지 않았다고!

"저…."

"으앙!"

옹주는 내가 안주에 손도 대지 않았다는 사실을 알고는 큰 소리로 엉엉 울음을 쏟아냈다.

"옹주마마. 여기서 우시면 아니 되옵니다."

옹주의 나인이 옹주를 달래도 소용이 없었다. 그사이 상궁이 내게 말했다.

"더 지체하셨다가는 웃전마마들께서 기다리시게 되옵니다. 여기는 옹주마마의 나인에게 맡기시고 서둘러 경복전으로 가시옵소서."

그칠 기미가 없는 옹주를 달래자고 넷이나 되는 시댁 어른들을 기다리게 할 수도 없는 노릇이긴 했다. 난 어쩔 수 없이 나인들에게 둘러싸여 옹주에게서 돌아섰다.

그때 옹주가 내가 그냥 가버리려고 한다는 것을 알아차렸는지 바닥에 주저앉아 더 큰 소리로 울기 시작한다. 이대로 그냥 가버리기에도 난감한 상황. 난 다시 옹주를 향해 돌아섰다.

"옹주."

그리고 울고 있는 옹주와 눈을 맞추려고 바닥에 몸을 굽히고 앉았다. 그러자 중궁전 상궁과 나인들이 기겁했다.

"중전마마!"

"여기서 이러시면 아니 되시옵니다!"

"잠깐이면 되네."

난 그녀들에게 정중히 말한 후 우는 옹주의 뺨에 두 손을 찰떡처럼 살짝 붙였다. 그러자 울던 옹주가 눈을 들어 나를 바라보았다.

"어제 주안상의 안주… 그거 옹주가 만든 거예요?"

옹주가 잠시 눈물을 그치고 고개를 한번 끄덕였다.

"아아, 그렇구나. 그래서 그렇게 맛있는 냄새가 났구나."

옹주가 눈을 깜빡이며 영문을 모르겠다는 표정으로 나를 응시했다.

"그런데 어쩌지? 그 맛있는 걸 저엉말 먹고 싶었는데… 저기 저 상궁이."

난 내 뒤로 서 있는 상궁을 가리키며 옹주의 귀에 대고 속닥거렸다.

"중전마마가 혼자 다 먹어버리면 다른 나인들이 그 맛있는 걸 못 먹어봐서 밤새 엉엉 울 거라고 말해서 먹을 수가 없었어요."

"정말이옵니까?"

왕과 왕비가 남긴 음식은 무조건 퇴선간에서 나인들이 먹는다고 들었다. 그러니 어차피 어제 내가 못 먹은 안주들은 모두 나인들이 먹었겠지. 거짓말은 아닌 셈이다.

"응."

난 웃으며 고개를 끄덕이고는 말했다.

"그런데 옹주. 그 맛있는 냄새 나는 안주를 모두 옹주가 만든 거예요?"

"네…."

이번에도 옹주가 고개를 끄덕인다.

"와, 대단한데. 옹주가 음식도 만들 줄 알고. 그럼 이따가 한번 보여줄래요? 이번에는 꼭 먹어보고 싶은데."

"참말이옵니까?"

난 옹주를 향해 고개를 끄덕였다. 그러자 옹주의 얼굴이 다시 밝아졌다. 이것을 본 나는 옹주의 손을 잡고 함께 자리에서 일어섰다. 마음이 조급한 상궁이 다시 나섰다.

"더 늦어지시면 정말로 큰일이…."

"어차피 늦었네. 사정을 잘 설명드리면 다들 넓은 아량으로 이해해주시겠지."

바로 그때였다.

멀지 않은 곳에서 익숙한 목소리가 들려왔다.

"허면 중전이 오기만을 기다리고 있던 과인의 아량은? 과인의 아량은 그리 넓지 못하오만."

내 손을 잡았던 옹주가 그 손을 놓으며 어딘가로 뛰어간다.

"전하 오라버니!"

옹주가 뛰어간 방향으로 고개를 돌리자 붉은색 곤룡포에 익선관을 쓴 왕이 나를 바라보며 서 있었다.

나를 몰래 만나러 올 때 갓을 쓴 모습도 보았고. 국혼 날 대례복인 구장복을 입고 친영례와 동뢰연을 치른 그를 보았고. 어젯밤 동온돌에 찾아온 그의 야장의를 입은 모습도 보았지만….

정작 왕을 상징하는 가장 흔한 옷인 곤룡포를 입은 모습은 이번에 처음 보았다. 지금까지 중에서 이 옷이 가장 왕답게 보였다. 한마디로… 의외로 그는 옷발이 잘 받는 왕인 것 같다는 생각이 든다.

"전하 오라버니!"

"옹주야."

왕이 여동생의 머리를 쓰다듬어주며 말한다.

"중전이 어찌 안 오나 했더니… 네게 붙들려 있었구나."

"히힛."

왕이 웃는 얼굴로 옹주를 대해서인지 아니면 원래 왕이 옹주에게 화를 낸 적이 없었는지, 옹주는 그와 똑같은 미소를 짓기만 할 뿐이다.

"이제 그만 돌아가거라."

왕이 옹주를 나인이 있는 곳으로 떠밀었다. 그러자 나인에게 다가간 옹주는 나를 돌아보며 공손히 인사를 올리고는 자리를 떠났다.

이제… 내가 왕에게 인사를 올릴 차례. 왕은 나를 보고 서 있었는데, 인사를 기다리는 것 같았다. 난 심호흡을 한 뒤에 배운 대로 두 손을 모으고 왕의 앞까지 다가갔다. 그리고 고개를 숙이며 왕에게 인사를 올렸다.

"전하."

"중전."

혹시 몰라 이 상황을 설명하자면… 우리 두 사람은 분명 가깝게 마주 보고 서 있지만, 그런 우리의 주변으로 각각 스무 명이 넘는 나인들이 고개를 숙인 채 우리를 지켜보고 있다는 것이다. 도합 쉰 명쯤? 이런 인사도… 어쩌면 서로를 위한 게 아니라 남들이 보기 때문에 어쩔 수 없이 해야 하는 것처럼 느껴질 정도다.

"과인은 그대가 잠투정이 길어 늦은 줄 알았소."

"신첩을 기다리셨습니까?"

"그대가 와야 과인도 웃전들을 뵈러 갈 수 있으니. 우린 이제 부부가 아니오?"

'부부가 아니오.'라는 왕의 말에 묘한 뉘앙스가 섞인다.

그러고 보니 잠깐! 어젯밤 기억은 왕이 술에 취한 나를 끌어안고 불을 끄고… 없다! 상궁들이야 그 이후에 왕이 침전으로 돌아갔다고 했지만… 글쎄? 그 말을 곧이곧대로 믿기에

179

는… 지금 왕이 하는 말이 영 의심스러운걸?

"부부… 하하. 부부는 맞지요."

하지만 우린 평범한 부부와 같아서는 안 된다고! 절대! 왕은 여색을 밝혀서 후궁들에게 둘러싸인 인생을 살아야 하고… 난! 조정을 내 편으로 만들어서 위대한 역사를 이룩… 이룩….

"자."

나의 복잡한 생각을 단번에 끊어버리게 만든 것. 왕이 내게 한 손을 내밀었다.

잡으라고? 설마 여기서?

동그랗게 눈을 뜬 나를 보며 왕은 늘 똑같은 미소를 지어 보일 뿐이다.

"전하?"

"어서."

물론 나인들은 우리를 감히 똑바로 쳐다보지 못하니, 따로 부름이 있을 때까지는 곁에 있어도 고개를 들지 못한다. 그러니 지금 왕이 말없이 내민 손동작을 보진 못했을 것이다. 보았다면 놀라 기겁하겠지. 분명 이러한 행동은 공개적으로 이루어져서는 안 된다고 배웠…!

내 생각이 정리되기도 전에 왕이 덥석 내 손을 잡았다. 난 놀라서 비명 지르는 것도 잊어버렸다.

"손이 매우 따뜻하군. 잘 잤소?"

원래 왕과 왕비의 아침이 이런 것이었나? 지난밤 서로의 안부를 묻는 거? 이런 건 별궁에서 지낼 때 배운 궁중 예법에는 없었는데….

고민하던 내가 어렵게 입을 열었다.

"네에…. 잘 잤사옵니다."

"다행이군."

그러더니 그가 잡았던 내 손을 놓으며 친절하게 물었다.

"자, 이제는 그대가 과인에게 물을 차례요."

정말 이런 대화를 나눠야 한다는 걸 별궁에 있을 때 배웠던 가? 지금 내가 당연한 걸 잊어버려서 왕이 가르쳐주는 건가? 그럼 나도 따라 해야 하는 거지? 그렇지?

"전하는… 지난밤에… 잘… 주무셨사옵니까?"

의심의 눈초리가 섞인 시선으로 왕을 쳐다보며 조심스럽게 입을 뗐을 때였다. 왕이 지금 웃는 것보다도 더 환하게 웃으며 말했다.

"잘 잤소. 옆자리에 그대가 없어서 잠을 설치긴 하였지만."

에? 지금 설마… 나 놀린 거?

무언가 어디선가 잘못된 것이 아닌가 싶은 생각이 들 때였다. 왕이 헛기침을 하더니 내 옆을 스쳐 지나가며 말한다.

"갑시다. 늦었으니."

앞장서서 걷는 왕을 따라 그의 지밀나인들이 빠르게 뒤따른다. 중궁전 상궁도 내게 와서는 서둘러 왕의 뒤를 쫓을 것을 종용했다.

그래. 이건 나도 정확하게 아는 것이다. 절대 왕과 왕비는 다시 말해 남자와 여자는 나란히 걸을 수 없는 것이 조선의 예법이다. 이런 것도 배웠다는 걸 세세하게 기억하고 있는데, 왜 손잡고 다정하게 나누는 아침 인사에 대해서는 배운 기억이 없지? 왜?

궁에는 비밀이 없다

대왕대비의 처소인 창덕궁 경복전.

"옹주가?"

"그러하옵니다."

왕과 나는 나란히 서서 대왕대비를 중심으로 앉아 있는 왕실 여인들에게 큰절을 올린 후 아침 문후를 시작했다.

혜경궁과 대비는 원래 창경궁에서 지내고 있기에, 매일 아침 문후를 드리지 않아도 되지만 국혼을 치르고 당분간은(당분간이라고 쓰고 왕실 여인들이 그만하라고 할 때까지라고 읽는다.) 이렇듯 사흘 동안 경복전에서 왕실 여인들을 모두 앉혀놓고 아침 문후를 드려야 한다.

사흘이 지난 이후에는 왕과 왕비의 정식 합궁례 기간도 끝나기 때문에, 이때는 각자 알아서 매일 아침 대왕대비의 창덕궁 경복전, 혜경궁의 창경궁 경춘전, 대비의 창경궁 자경전 그리고 가순궁의 창덕궁 보경당을 돌며 문후를 해야 한다.

참고로 아침 문후를 끝내야만 아침 식사가 가능하다. 자고로 밥을 먹기 위해서는 내 의지와 생각은 깡그리 무시된다. 반드시 그래야만 한다.

문 상궁이 별궁에서 그리 가르쳤지. 암… 흑. 배고파.

"중전이 난처하였겠소."

"아니옵니다…."

대왕대비의 말에 난 무조건 '아니다'와 '송구하다' 중 하나를 택해 대답해야 한다. 이번에 내가 택한 말은 '아니다'. 이 말을 하고 고개를 숙이고 있는데, 경복전에 침묵이 감돌았다.

이유를 몰라 계속 고개를 숙이고 있던 내가 천천히 눈을 들어 앞에 앉은 대왕대비를 쳐다보았다. 그런데 대왕대비의 시선이 내가 아닌, 내 옆에 앉아 있는 왕을 향해 있었다.

이번에는 고개를 돌려 슬그머니 왕을 쳐다보았다. 그런데 왕이 턱을 살짝 숙인 채로 나를 뚫어져라 바라보고 있었다.

왕과 눈이 마주친 내가 모종의 눈빛을 그에게 내보였다.

'왜 날 봐요?'

대왕대비가 다시 입을 열었다.

"주상은 그리 중전이 좋소?"

왕이 다시 대왕대비를 돌아보며 답했다.

"예. 좋습니다."

"중전의 어디가 그리 좋소?"

왕이 잠시 머뭇거리더니 술술 대답했다.

"과인의 눈에 중전은 눈도 예쁘고 코도 예쁘고 입술도 예쁘옵니다. 세 가지가 다 예쁘니 나머지도 다 예쁘옵니다. 이 대답이면 소손의 대답이 만족스러우십니까?"

대왕대비가 웃으며 왕의 말을 듣는가 싶더니 기다렸다는 듯 톡 쏘는 발언을 꺼내놓았다.

"허면 어찌 그런 중전과 합궁을 치르지 못한게요, 주상?"

왕실 여인들이 모인 자리에서 대놓고 내가 예쁘다고 말하는 건, 왕이니까 할 수 있는 장난으로 넘길 수 있다. 하지만.

어떻게 '합궁'에 대해서 당사자들 앞에서 대놓고 이야기를 꺼낼 수 있지?

그것도 물음식으로 말이다. 물음은 꼭 대답해야 하는 거잖아? 문 상궁도 그랬다. 웃전들의 물음에는 '반드시' 대답해야 한다고.

"그건···."

왕도 예상하지 못한 물음이었는지 말끝을 흐렸다.

그 덕에 옆에 앉은 나는 식은땀을 흘리며 쩔쩔맸다. 지난밤에 난생처음 먹은 술 몇 잔 덕분에 기억이 거의 없는 데다가… 왕과 왕비의 '합궁'이란, 어떻게 보면 피할 수 없는 숙제와 같은 것.

"응? 어찌 그리 예쁜 중전을 홀로 잠들게 하고 침전으로 돌아갔느냔 말이오?"

도대체 이 궁궐에는 비밀이라는 게 하나라도 있나 의심스러운 그때, 왕의 입이 열렸다.

"소손이야 혈기 왕성하니 언제든 합궁례를 치를 준비가 되어 있사옵니다. 헌데… 중전은 나약한 여인이 아니옵니까."

"무슨 뜻이오?"

대왕대비가 넌지시 묻자 왕이 웃으며 답한다.

"어제 친영례에 동뢰연까지… 이제 막 왕실에 들어온 중전이 치르기에는 힘든 일이 많았사옵니다. 왕실의 예를 하루 종일 지키느라 지쳤을 가냘픈 여인을… 소손의 욕심을 채우고자 밤새 지치게 할 수는 없는 일이지요."

"어머…."

왕의 발언에 놀란 혜경궁이 한 손으로 입을 가린다. 물론 놀란 건 혜경궁뿐만이 아니다. 대왕대비는 붉어진 얼굴로 헛기침을 했고 다른 여인들의 얼굴도 모두 붉어졌으니.

아니, 왕은 나보다 어린 게 어떻게 저런 말을 여자들이 가득 찬 방 안에서 서슴없이 말하지?

잠시 후 대왕대비가 말했다.

"자고로 군왕이란 후궁을 어여삐 여기면 여길수록 비난을 받지만, 비를 어여삐 여기는 군왕은 칭송받는다 했소. 허나 주상. 아무리 그렇다고 하더라도 혈기를 다스리지 못하면 병이 오는 법이오. 자중 또 자중하시오."

"명심하겠사옵니다."

"그리고 중전."

대왕대비가 나를 불렀다.

"예, 대왕대비마마."

"주상이 이리 웃는 모습을 스스럼없이 드러내는 일도 오랜만이다. 그것이 중전이 주상의 곁에 함께 있기 때문이라 여긴다. 중전은 주상에게 웃음을 주었지. 그러나 이제는 내게도 웃음을 주거라."

"예?"

내가 영문을 모르는 표정으로 대왕대비를 바라보자 옆에 앉은 혜경궁이 나섰다.

"하루속히 왕자를 생산하라는 말씀이시오."

"아⋯."

난 그대로 말문이 막혀버렸다.

동시에 목부터 머리끝까지 치고 올라오는 뜨끈한 열기! 아주 오늘 날을 잡으셨네요, 잡으셨어.

아침 문후 하나를 끝냈을 뿐인데 진이 다 빠져버렸다. 거의 기어가다시피 밖으로 나오니 먼저 나갔던 왕이 아직 가지 않고 서 있었다. 그의 뒤로 그가 탈 옥여가 보이는 게, 그는 옥여를 타지 않고 누군가를 기다리고 있는 것 같았다.

그 누군가가 나겠지? 에구구… 이제 2차로구나.

"전하."

많은 나인들의 시선 속에서 다시 공손하고 고분고분하게 왕에게 다가가 인사를 했다. 마음 같아서는 '왜 아직 안 가고 있냐?'라는 말이 목구멍까지 올라왔지만, 현실에서 왕비는 절대 그래서는 안 된다.

"중전."

웃으며 나를 맞아주는 걸 보니, 역시나… 나를 기다리고 있었어. 확실해!

"어찌… 아직 가지 않으시고?"

"그대에게 물을 것이 있어서."

"무엇을…?"

"아침 문후를 끝내었으니 이제는 무엇을 하시오?"

"저요? 아니… 그러니까 신첩은… 아침상을 받겠죠."

아침 이야기에 입안에 군침이 돌면서 배가 꼬르륵댈 것 같왔다.

"그다음은?"

마음 같아서는 당장 아침상 받으러 중궁전으로 돌아가고 싶은데 '그다음'이라니? 뭐가 그렇게 나에 대해서 궁금한 게 많은데?

"아마… 별다른 일이 없다면 옹주를 만나러 가겠지요. 약속했으니까요."

"흐음…."

식사 후에 옹주를 만나러 간다는 말에 왕의 얼굴에서 미소가 사라졌다. 그가 한 손으로 자신의 매끈한 턱선을 쓸면서 무언가 고민에 빠진 것 같았다.

뭐지? 왜지? 이 침묵은 도대체 무슨 뜻이야?

설마… 아까처럼 자기 안부를 물어봐 달라는 뜻인가? 먼저 나에 대해서 물었으니까? 에구구… 내 팔자야. 조정을 휘어잡으려고 왕비를 했더니, 키만 컸지 나보다 한 살이나 어린데다 철도 없는 웃는 상 임금님 치다꺼리나 하게 생겼네.

"전하…는요?"

설마 하는 마음으로 물었는데 왕의 얼굴이 급 환해지더니 기다렸다는 듯 막힘없이 자신의 일정을 쏟아내었다.

"과인도 수라를 들러 대전으로 갈 것이오. 수라를 든 이후에는 아침 경연이 있지. 아침 경연이 끝나면 삼정승과 면담하는 시간이 있소. 그건 금방 끝날 텐데… 오후 경연 전까지 잠시 시간이 비오."

"아…. 그러세요?"

무심하게 되돌아오는 내 대답에 그가 맥이 빠진 듯한 미소를 지어 보인다.

여보세요, 전하. 지금 그런 미소는 내가 지어야 할 미소라고요!

"그럼 신첩은 먼저 물러가오이다."

내가 지금 무진장 배가 고파지려 하거든.

뜬금없이 먼저 물러가겠다는 내 말에 그가 눈을 크게 뜨고 나를 쳐다보았다. 그러나 나는 유유히 뒷걸음질을 딱, 세 번하고는 바로 돌아서서 경복전 앞을 떠났다.

중궁전에 돌아오니 상다리가 휘어질 정도의… 아침상은커녕 조촐한 반상 하나가 놓여 있었다. 밥과 나물, 간장 종지 하나, 숭늉. 그리고 끝.

지금 장난? 난 왕비인데? 시집와서 처음으로 받는 아침상이 이게 뭐야? 지금 흉년이야? 기근이야?

난 너무 어이가 없어서 말도 하지 못한 채 밥상을 놔두고 옆에 앉아 기다리고 있는 기미 상궁을 쓱, 쳐다보았다. 그런데 이 기미 상궁은 나와 눈도 마주치려 하지 않았다. 결국 내가 앞에 서 있는 중궁전 상궁을 쳐다보며 말했다.

"아침상이… 원래 이리 단출한가?"

단출은 무슨, 초라다. 초라.

"아니옵니다. 원래는 아홉 가지에서 열두 가지 반찬이 올라옵니다."

"헌데… 어찌 이리….'

빈약한 반찬이냐. 고기는 하나도 없고?

상궁이 고개를 조아리며 대답했다.

"합궁례 기간은 물론이고 평상시 합궁이 잡힌 날을 전후로 사흘간은 나물 반찬만을 드셔야 하옵니다."

"어, 어째서 말인가?"

"자고로 태에 아이를 품어야 하는 여인에게 육식은 사악하고 해로운 것이라 하였사옵니다. 또한 사치스러운 반찬은 삼신할미를 노하게 하여 아이를 쉽게 점지받지 못하도록 한다는 말이 있사옵니다."

난 그런 말을 생전 들어본 적이 없는데? 도대체 어느 과학 서적에 나오는 말인가요?

"그럼… 언제까지 이리 먹어야 하는가?"

"합궁례가 끝나는 내일부터 사흘간은 하루 세 끼 모두 나물

찬으로 소식하셔야 하옵니다."

미친다. 내가 미쳐.

나는 울컥하는 마음을 애써 삼키며 상궁에게 물었다.

"허면 전하께서도 이리 나물찬만 드시는가?"

"그건 아니지요."

아주 똑 부러지게 대답하는 상궁.

"아니라고?"

"합궁을 잘 치르기 위해서는 전하의 기력을 돋우는 것이 가장 우선시되옵니다. 그러므로 전하의 기력을 돋우기 위해 수라간에서는 전국 산지에서 올라온 귀한 재료들로 만든 총 예순 가지에 이르는 육류, 어패류, 곡류, 과일류, 채소류 반찬을 매일 만들어 전하께서 골고루 섭취하시도록 하고 있사옵니다."

이 말을 듣는데 숟가락 던질 뻔했다…!

지금 내 머릿속에는 화려하게 치장된 대전 안에서 상다리 휘어지도록 거대한 밥상을 받은 왕의 모습이 그려졌다. 그는 각종 산해진미로 가득한 상 앞에 홀로 앉아서 상궁들이 떠먹여주는 대로 받아먹는다. 반찬은 계속해서 바뀌는데 그 반찬들은 모두 고급 호텔 뷔페에 견주어도 손색이 없는 음식들이었다.

반대로 상상 속의 나는 누더기를 입고 구멍 난 초가집 방 안에 앉아 나물상을 받으며 훌쩍이고 있었다.

"중전마마? 입맛이 없으시옵니까?"

없다마다. 있던 입맛도 다 떨어지는 마당에.

"아니다."

하지만 중전은 자기 관리가 가장 중요했다. 문 상궁도 이를 강조하고 또 강조했다. 어디가 불편해도 속상해도 화나도 울고 싶어도… 웃을 것이 아니라면 아무런 감정도 얼굴에 드러내서는 안 된다고. 그래서 왕이 그렇게 웃고 있는 건가?

그나저나… 난 밥을 푸려던 숟가락을 입에 문 채 고민에 빠졌다.

'오늘 밤은 어찌 넘어간담….'

어제는 하루 종일 이어진 예식에 지쳐 쓰러져 자버리는 바람에 유야무야 넘어갔다.

하지만 오늘 왕실 여인들이 대놓고 왕자를 바란다는 말도 걸리는 데다가… 반찬이 합궁 사흘 전부터 이렇게 올라올 정도면 '왕과 왕비의 합궁'은 남녀 간의 일이 아니라 궁궐 전체가 소란스러워지는 엄청난 '거사' 수준이라는 걸 깨달았으니 말이다.

그래도 난 우선 이 사흘. 딱 합궁례 기간인 사흘만 어떻게든 잘 피해보기로 마음먹었다. 이 기간만 지나면 다시 합궁 날이 잡힐 때까지 왕을 밤에 마주할 일은 없을뿐더러, 저 혈기 왕성하다고 자랑하시는 왕은 그새를 못 참고 예쁜 나인을 찾아 후궁을 많이많이 만들어줄 것 같았으니까.

한낮. 나는 옹주의 처소를 찾았다.

"중전마마."

공손히 인사하며 나를 자신의 처소로 들이는 옹주. 그리고 그 안에 펼쳐진 세상은… 그야말로 놀라움 그 자체였다.

자그마한 처소의 한구석에는 땅을 파서 미니 아궁이를 갖다놓았다. 언제든 불을 땔 수 있게. 아궁이 옆에는 벽이 아닌 창문이 있어서, 요리를 할 때 환기용으로 만들어놓은 것 같았다. 방 곳곳에 쌓여 있는 것은 요리 도구들과 책들. 책들도 모두 요리와 관련된 책 같았다.

이런 방은 나도 처음이라 눈이 휘둥그레져 둘러보느라 정신이 없었다. 그런 내 옆에서 옹주는 일일이 요리 도구들을 들어 보이며 어떻게 쓰는 것이고 어떻게 쓰고 있는지를 설명했다. 마지막에는 직접 아궁이 불을 떼려고 했는데, 나인이 나서서 중전마마가 계실 때는 안 된다고 말했다.

"허면 어제 주안상에 올라간 요리들을 어찌 만들어 드리겠느냐?"

"새로이 만드시는 요리들을 보여주시면 되지 않사옵니까. 불을 쓰지 않는 요리들로요."

"불을 안 쓰는 요리?"

나인의 설득에 고심하던 옹주가 방긋 웃으며 말한다.

"아, 그게 있었지."

옹주가 나인의 귀에 대고 무언가 쏙닥거리자 나인이 고개를 끄덕이더니 밖으로 나갔다. 잠시 후 나인이 들고 들어온 것은 무를 썰어 소금에 절여놓은 것이었다. 여기까지는 어디서 많이 본 것 같은 과정인데….

"소녀가 개발한 것이옵니다."

"이것이?"

옹주가 고개를 젓더니 방구석에서 작은 상자를 들고 나왔다. 그 상자를 열자 코끝이 찡할 정도로 매콤한 향내가 나는 고춧가루가 한가득 들어 있었다.

"보시옵소서."

옹주는 신이 나서는 국자로 상자 안에 든 고춧가루를 퍼서 소금에 절여놓은 썬 무 위에 뿌리고는 열심히 휘저어 뒤섞이도록 만들었다.

얼핏, 색깔만으로는 '깍두기'에 가까워 보였다.

근데 깍두기를 개발했다고? 어린 옹주가?

"이제 드셔도 되옵니다."

"으응…."

그냥 내가 아는 깍두기 맛이겠지?

의심스럽긴 했지만 웃고 있는 옹주의 정성을 무시할 수는 없는 일이었다. 난 젓가락을 쓰려다가 옹주의 나인만 있는 것을 보고는 씩 웃었다. 갓 담은 김치는 종류를 불문하고 손으로 먹는 것이 최고였으니까.

집게손가락으로 깍두기를 하나 집어 먹었다. 짜고 맵고. 익지 않아서 그런지, 아니면 어설퍼서 그런지 내가 아는 깍두기 맛과는 무언가 좀 달랐다. 그래도… 웃어야지.

"호호…."

"맛이 어떻사옵니까?"

난 웃으며 깍두기 하나를 더 집어 먹었다.

"맛있네."

"참말이옵니까?"

그렇다고 맛이 아예 없다고도 할 순 없으니, 거짓말은 아니라 하겠다.

"응."

결국 몇 개를 더 집어 먹었다.

그런데 이상했다. 고춧가루의 신비일까? 궁중 음식은 맵기보다는 느끼하고 기름진 게 많으니까. 한번 집어 먹기 시작하니까 마치 스트레스를 풀기 위해 매운 음식을 찾는 것처럼 계속 입으로 깍두기가 들어갔다.

"중전마마께서 정말 맛있게 드시는구나."

옹주가 신나서 나인에게 자랑했다.

"나쁘지 않네. 그런데 이 깍두기는 조금 익혀야 되겠다."

"깍두기?"

"응?"

내가 무슨 말실수를 했나?

"이것을 깍두기라 부르셨사옵니까?"

옹주의 나인도 내게 물었다.

"깍두기…가 아니냐?"

"옹주께서 엊그제 만드신 것이라 아직까지 이름을 짓지 못한 음식이옵니다."

"깍두기가 무슨 뜻이옵니까?"

옹주도 내게 묻는다. 난 잠시 고민하다가 말했다.

"이렇게 네모반듯하게 썬… 무를 가리키는 말?"

"깍두기…. 깍두기…. 참 마음에 드는 이름이옵니다."

옹주가 무를 칼로 자르는 시늉을 하며 즐거워한다. 요리를 상당히 좋아하는 옹주 같다.

"이것 좀 두었다가 익으면 중궁전으로 보내거라. 잘 두었다가 먹게."

"예, 중전마마."

옹주의 나인이 웃으며 고개를 끄덕이더니 만든 깍두기를 가지고 밖으로 나간다. 이제 옹주가 새로운 요리를 만들어서 보여주려는지 쌀가루 같은 것을 꺼내 물과 섞더니 팔을 걷어붙이고 직접 손으로 반죽하기 시작했다. 대단한 열의였다.

난 어린 옹주가 맨손으로 반죽하는 것을 지켜보며, 나인이 조금 남겨놓고 간 깍두기를 계속 집어 먹었다. 이거, 은근 중독성 강한 맛이다.

"이번에는 또 무엇을 만듭니까?"

"쌀떡이옵니다."

이제 겨우 열두 살이 쌀을 반죽해서 쌀떡을 만들다니. 놀라움과 경외감이 섞인 눈으로 옹주를 빤히 바라보는데, 옹주가 반죽에 물을 조금 더 부어 넣으며 내게 물었다.

"하온데 중전마마. '합궁례' 때 밤에는 무엇을 하는 것이옵니까?"

"어…?"

당황한 나는 그만 먹던 깍두기를 도로 접시 위로 떨어뜨렸다. 옹주는 이를 보지 못했는지 열심히 반죽을 계속했다.

"다들 안 가르쳐주옵니다. 헌데 합궁례는 전하 오라버니와 중전마마가 함께 치르는 것이 맞지요?"

"그거야… 맞지요."

"왜 합궁례는 늦은 밤에 치르는 것이옵니까? 중궁전에서

전하 오라버니와 중전마마만 단둘이서 하는 연회 같은 것이
옵니까?"

"그게…."

소년 왕에게 성교육을 시켰으면 어린 옹주에게도 같이 시
킬 것이지!

나는 할 말을 잃어버린 채 폭풍으로 깍두기를 집어 먹다가
그만 사레에 들리고 말았다.

"켁켁… 케켁…."

"중전마마?"

"아, 매워…. 켁켁."

"여기, 물이옵니다."

옹주가 서둘러 물 잔을 건넸고 물을 마신 후에야 진정할 수
있었다.

"고춧가루를 너무 많이 넣은 것일까요?"

이 와중에도 자신이 만든 요리에 대한 끊임없는 탐구! 옹
주를 칭찬해주고 싶을 정도였다.

"아니에요. 원래 깍두기는 매콤해야 제맛…."

내 말이 끝나기도 전이었다.

밖에서 내관의 목소리가 들렸다.

"주상전하 납시오!"

"켁, 케켁."

진정한 줄 알았던 기침이 결국 다시 시작되고 말았다.

아직 경연 시간, 아니 삼정승과 독대할 시간 아닌가? 그 시간이 원래 이렇게 짧은가?

옹주가 쌀가루를 만지던 손으로 급히 자리에서 일어서고 나도 함께 일어섰다. 곧 문이 열리며 왕이 안으로 들어오더니 제일 먼저 나를 쳐다보고 그다음으로 옹주와 조금 전까지 옹주가 벌여놓은 쌀가루 반죽에 눈을 돌렸다.

"또 무엇을 만드는 게냐?"

왕의 물음에 옹주가 웃으며 고개를 끄덕인다.

"중전마마께 쌀떡을 만들어드리려고 했사옵니다."

"그랬구나."

왕은 웃는 얼굴로 옹주의 말을 받더니 말했다.

"헌데 오면서 듣자 하니 대왕대비마마께서 너를 찾으신다 하는구나."

"지금요?"

"그래."

옹주가 쌀 반죽을 만드느라 엉망이 되어버린 자신의 옷과 손을 쳐다보았다. 그러자 왕이 바깥을 내다보며 옹주의 나인을 불렀다.

"어서 옹주를 데려가 씻기고 옷을 갈아입혀라."

"예, 전하."

나인이 급히 들어와 옹주를 데리고 나갔다. 옹주가 나가자마자 문은 바로 닫혔다. 나는 중궁전으로 돌아가기 위해 재빨리 고개를 숙인 채 왕에게 말했다.

"신첩도 이만 물러가겠사옵니다."

"잠깐."

나가려는 나를 왕이 불러 세웠다. 그러더니 왕이 뒤도 돌아보지 않은 채 일단 자리를 잡고 앉으며 말했다.

"과인은 이곳에 그대를 보러 온 것이오. 헌데도 그냥 가려 하오?"

또 장난치러 온 거야? 아니면….

"콜록, 콜록."

아까는 켁켁이었는데, 이번에는 콜록콜록이다. 그렇다고 일부러 내는 가짜 기침 같은 건 아니다.

"응?"

내 기침 소리에 자리에 앉은 왕이 고개를 들어 나를 쳐다본다. 그러나 내 눈에 들어오는 건, 왕의 앞에 놓인 물 잔. 조금 전 내가 마셨던 바로 그 물 잔이다. 난 왕의 옆에 앉으며 손으로 물 잔을 가리켰다.

"콜록!"

왕이 눈치 빠르게 물 잔을 건네주었고 난 그 물을 마신 후에야 기침을 멈출 수 있었다. 그사이 왕은 물 잔 옆에 놓여 있던 깍두기 접시를 본 모양이다. 맛깔스럽게 보이지만 상당히 매워 보이는 음식.

"혹시 이걸 드시었소?"

"네…."

"옹주가 만든 것이오?"

"네."

왕이 잠시 고민하더니 조금은 걱정스럽게 말했다.

"옹주는 기발한 음식을 종종 만들어내지만, 가끔 옹주가 만든 음식을 잘못 먹으면 탈이 날 수도 있소. 그래서 가려 먹어야 하오."

"깍두기 정도는 괜찮은걸요. 그리고 전 매운 거 잘 먹어요. 그리고 맛있던데요. 전하도 한번 드셔보세요."

매운 것도 맛이라면 맛이긴 하지.

그런데 깍두기를 정중히 권하는 나를 보며 왕이 씩 웃었다. 젓가락이 없어서? 하긴, 왕에게 맨손으로 깍두기를 집어 먹으라고 하는 건 내가 생각해도 좀 아닌 것 같다.

"젓가락… 가져오라고 할까요?"

왕이 말없이 고개를 젓더니 손가락으로 자신의 왼쪽 입가를 가리킨다.

"여기."

"에?"

왕의 말에 그의 얼굴을 빤히 쳐다보는데 그의 입가는 아무렇지도 않다. 내가 고개를 갸웃거리자 왕이 설명한다.

"그대의 입술 옆에. 붉은 가루가 묻었소."

"아…!"

그제야 난 얼굴이 화끈거려 고춧가루를 서둘러 떼어내려고 손을 입가에 가져다 대었다. 그러자 왕이 재빨리 손을 뻗더니 입가에 가져다 댄 내 손을 잡았다. 그것도 잠시뿐. 왕은 다른 손으로 내 목을 감싸더니 그대로 자신의 입술을 내 입술 언저리에 가져다 대었다. 순식간에 벌어진 일에 나는 별다른 대응도 못하고 그와 입을 맞추고 말았다.

말 그대로 너무 순식간에. 그리고 짧은 입맞춤이라 별다른 대응도 못 하고 나는 그와 입을 맞추고 말았다. 바로 떨어진 그가 나를 보며 웃었다. 이제는 내가 부끄러워 어쩔 줄 몰라야 하는 상황인데, 웃는 그의 얼굴을 쳐다보다가 그의 입술로 옮겨 붙은 고춧가루를 발견했다.

"풋."

"응?"

입맞춤에 분개하며 자신을 밀어낼 것이라 여겼던 왕은 갑자기 웃음을 터트린 나를 보며 눈을 크게 떴다.

"여기요."

난 왕이 했던 것처럼 내 입술을 가리키며 그의 입술에 묻은 고춧가루를 알려주려다가 마음을 바꿨다. 그리고 내 손으로 직접 그의 입술에 붙은 고춧가루를 떼어주며 자랑스럽게 말했다.

"보세요. 전하의 입술에 붙어 있던 거."

난 그의 입술에서 떼어낸 고춧가루를 손수건에 옮겨 닦으며 말했다.

"그러니 그런 입술 박치기 따위 장난으로 고춧가루를 떼려는 얄팍한 생각은 하지 마세요. 틈만 주면 그런 장난을 치려고 하시니… 분명히 말하지만 아무리 그러셔도… 제가 전하를 좋아하는 일은 없어요."

키만 큰 연하남에게 순순히 넘어가기에는 이 황나래의 자존심이 허락지 않지.

난 고개를 들어 왕을 쳐다보았다. 그런데 입가는 웃고 있는 왕이 눈은 웃고 있지 않는다. 용기 있는 입맞춤에도 내가 너무 아무렇지도 않게 맞서서 실망한 표정일까? 그는 '실망한' 표정도 웃으면서 짓는 사람인 걸까?

"신첩을 보셨으니까… 신첩은 이제 중궁전으로 돌아가도 되옵니까?"

정중히 그리고 웃으며 묻는 나를 향해 왕이 입을 열렸다.

"친영례에서 그대가 한 말을 기억하고 있소. 과인을 좋아하는 일 따위는 없을 거라는 말."

"틀린 말은 아니에요. 왕과 왕비는 정치적이어야 하니까. 신첩은 전하와 정치적인 관계의 부부가 되고 싶어요."

"과인이 그것을 원하지 않는다면 어찌하겠소?"

"네?"

"과인은… 중전인 그대와 어느 여염집 부부와 다름없는 사이처럼 지내고 싶은데."

예상치 못한 왕의 마음이었다. 하지만 이런 발언을 다른 궁중 사람들이 안다면 왕을 나약하다고 취급할 것이다. 왕은 그런 존재가 아니었다. 적어도 일반적인 왕들은 그래야만 했다.

"요즘 조선이 너무 태평스러운가 보죠? 적어도 신첩이 알기에는 그렇지 않을 텐데요. 임금으로서 무언가 하시려면 중전과 여염집 부부 놀이나 하셔서는 안돼요. 왕이시잖아요. 왕은… 달라야 해요."

"그대의 부모가 그리 가르쳤소? 아니면 문 상궁이 별궁에서 그리 가르쳤소?"

이렇게 묻는 왕의 눈이 조금은 슬퍼 보였다.

"신첩은….."

"아, 그랬지. 그대는 과인에게 아직 누군가를 좋아해본 적도 사랑해본 적도 없다 말했지."

"그건…!"

그가 내 말을 끊었다.

"과인은 이 나라의 국모이자 중전인 그대와 여느 평범한 여염집 부부처럼 서로 존중하며 사랑하며 살고 싶소."

"네?"

또다시 내가 예상하지 못한 말로 연타를 치는 왕.

"그래서 그대가 누군가를 처음으로 사랑하게 된다면… 그 누군가가 과인이길 바라오."

침이 꼴깍, 목을 타고 넘어가는 소리와 느낌이 분명하게 머릿속까지 전달된다. 어젯밤 나를 바라보며 장난스레 침을 삼키던 그와는 다른 상황과 느낌임은 분명하지만.

"이것이 그대에겐 너무 무리한 요구요?"

그의 말이 무엇을 의미하는지는 잘 안다. 하지만 머릿속은 아무런 움직임이 없다. 천천히 뛰던 가슴이 서서히 빠르게 뛰기 시작했지만 말이다. 가슴의 두근거림이 아직 머릿속까지는 전해지지 않는다.

나는 얼음보다도 더 차갑고 그 어느 돌보다도 더 딱딱한 머리를 안고 스스로는 진정하지 못하는 가슴을 내리누르며 말했다.

"왕비가 누군가를 사랑하게 된다면, 그건 당연히 임금님이 되겠지요."

"허면 과인은 그때까지 얼마나 기다려야 하오?"

그걸 내가 어떻게 알아?

마땅한 대답을 찾지 못해 망설이고 있는 내 곁으로 그의 몸이 점점 가까워왔다. 이번에도 그가 노리는 것은 내 입술이었다. 그가 말하진 않았지만 분명히 알 수 있었다.

나는 무의식적으로 상체를 뒤로 뺐지만, 닿는 것은 차가운 벽뿐. 이대로 도망칠 곳은 없었다. 난 두 손을 뻗어 내게로 다가오는 그의 가슴에 손을 얹었다.

"가까이서… 이렇게 가까이서 그런 말 하지 마세요."

그를 밀어내려고 손을 얹은 건데 정작 밀리기는커녕 막 밀고 들어왔다. 더는 피할 곳이 없어진 내가 그의 얼굴을 피하려 고개를 돌리자, 그가 손으로 내 턱을 잡아 자신 쪽으로 돌려세웠다.

으으…! 정말 또 당하는 건가?

난 눈을 질끈 감았다 뜨며 그에게 말했다.

"아직 첫 번째와 두 번째밖에 안 했잖아요. 그러니 세 번째와 네 번째는 안돼요."

나의 마지막 발악에 그가 빙긋 웃더니 자신의 입술을 살짝 벌려 그대로 내 아랫입술을 머금었다. 아니… 먹었다?

놀라 눈을 크게 뜬 나를 남겨둔 채 그는 머금은 내 입술을 부드럽게 한 번 빨아 당기더니, 첫 입맞춤에서 그랬던 것처럼 천천히 내 입술을 자신의 입술로 쓸었다.

그의 가슴을 밀어내보겠다며 당차게 얹었던 내 두 손은 무용지물. 이제 그는 내 입술을 쓸었던 자신의 입술로 네 번째.

왕이 일상에서 절대 왕비에게 해서는 네 가지 중 마지막 네 번째를 내게 시행했다. 숨 막히도록 깊고 뜨거운 입맞춤을….

난 결국 두 눈을 감은 채 그의 입술을 받아들이며, 그가 내 안에서 움직이는 대로 모든 것을 내주었다.

두 번째, 아니, 세 번째 입맞춤이다.

"자."

내게서 입술을 뗀 왕이 웃으며 묻는다.

"지난번에 그대는 답해주지 않았지. 그래서 또 물으려 하오. 중전이 느끼기에 과인의 접문 실력이 어떠하오?"

왕의 키스 실력이 타고난 것이 아니라면, 분명 장난삼아 나를 연습용 대상으로 삼는 것이 틀림없다. 넘치는 혈기로 모든 궁녀들을 희롱하는 왕이 되기 싫으니까…!

"더는, 죽어도, 안 된다고 했잖아요."

나는 얼굴이 붉으락푸르락해져서는 단호하게 맞섰다. 그러자 왕이 실망한 듯 말한다.

"안 되겠군."

"에?"

"그대가 과인이 원하는 답을 줄 때까지 또 하는 수밖에."

다시 다가오려는 그의 입술을 본 나는 크게 놀라 힘껏 그를 밀어냈다. 이번에도 장난이었나? 의외로 그가 쉽게 밀린다.

그는 두 손바닥으로 땅을 짚고는 크게 소리 내어 웃는다.

또 당했어!

난 분한 마음에 자리를 박차고 일어서며 말했다.

"신첩. 물러가도 되죠?"

난 이를 악물고 말하는데 그는 여유로운 표정으로 나를 올려다보며 고개를 한 번 끄덕였다. 허락도 받았겠다 그대로 나가려던 나는 잠시 멈칫하며 왕을 향해 말했다.

"오늘도 신첩은 아주아주 피곤하니, 그냥 중궁전에 오지 말고 침전에서 쉬세요!"

왕이 한숨 섞인 미소를 지으며 말했다.

"그것은 과인의 뜻대로 되는 것이 아니오."

이제는 궁중 법도까지 팔아먹으시겠다?

"그러시겠죠!"

"하하하!"

흥분한 나를 보며 왕은 다시 큰 소리로 웃음을 터트렸다. 그저… 한 살 어린 남자애에게 당했다는 생각뿐. 주먹을 콱, 쥐고 문을 열었는데 그 앞에 대전과 중궁전 상궁들이 서서 나를 놀란 눈으로 쳐다보았다.

감정 자제. 감정 자제. 이 네 글자를 가슴 깊이 새기며 난 억지웃음을 씩, 지어 보이고는 재빨리 그곳을 나왔다.

그날 저녁. 중궁전 서온돌.

아침의 나물 반찬에 점심은 거의 죽과 같은 간단한 음식을 먹은 터라 상당히 배가 고파야 했다. 그런데 또다시 나물 반찬으로 이루어진 저녁상을 받고도 입맛이 돌지 않았다.

게다가 건너편 동온돌에서는 곧 치러질 합궁례 두 번째 밤을 준비하는 분주한 소리가 들렸다.

이런 상황에서는 푸짐한 밥이며 바삭한 치킨을 가져다놓더라도 입맛이 돌지 않을 지경.

중요한 시험을 앞두고도 한 번도 아파온 적 없던 머리가 지근지근 아파온다. 여기에 속에서 꾸르꾸르 소리가 나는 것이, 처음에는 배가 고파 나는 소리라고 생각했는데 그건 아닌 것 같다.

"입맛이 없으시옵니까?"

가장 가까운 곳에 앉아 있던 기미 상궁의 말에 난 또 어색한 웃음부터 지었다.

"그저… 속이 좋지 않은 듯해서….."

그러자 기미 상궁이 기겁하며 말했다.

"내의원 의관을 들라 하올까요?"

"아, 그건 아닐세!"

입궐한 지 만 하루 만에 이것저것 스트레스 받아서 속이 안 좋은 거지 음식이 맛이 없어서 속이 안 좋은 것은 아닌 것 같다. 단지 합궁례만 취소하고 두 다리 뻗고 마음대로 잘 수만 있다면 좋을 텐데. 곧 마주할 장난꾸러기 연하 임금을 상대할 생각에 벌써부터 지치니….

난 여전히 속이 좋지 않았지만, 나를 둘러싼 많은 상궁과 나인들의 시선에 못 이겨 억지로 밥숟갈을 들었다.

그날 밤. 잠옷으로 갈아입은 나는 다시 동온돌행.

중궁전은 고요해진 지 오래되었지만 나는 여전히 쓰린 배를 만지작거리면서도 속 쓰린 내색조차 못 하고 앉아 있어야 했다.

"주상전하 납시오!"

내관의 말과 함께 자리에서 일어서려던 나는 결코 일어나서는 안 되는 일이 일어났음을 깨달았다.

뽕, 뽕뽕, 바로 방귀.

아, 이런….

나를 제외한 그 누구도 알아차릴 수 없을 만큼 아주 작은 소리였다. 하지만 그 구수한 냄새가 순식간에 동온돌로 퍼져 나갔다.

"…?"

활짝 웃는 얼굴로 걸어 들어오던 왕이 잠시 멈칫했다. 그것

211

은 왕과 함께 들어서려던 상궁과 나인들도 마찬가지였다. 그들은 곧 고개를 이리저리 돌리며 냄새의 근원지를 찾기 시작했다. 하필 지금은 동온돌에 나 혼자만 앉아 있던 상황. 결국 왕을 비롯한 나인들의 시선이 모두 나를 향한 그때였다.

"여기, 여기…."

나는 손가락으로 조금 전 들여놓은 주안상 위의 안주들을 가리켰다.

"훗."

왕은 짧게 웃으며 자리에 앉았다.

이 방귀 냄새는 그럭저럭 넘어간 듯싶었다. 안도의 한숨을 돌렸지만, 마음 같아서는 당장 매화틀을 대령하라고 소리치고 싶은 심정. 그러나 중궁전 상궁은 동온돌에 놓인 두 개의 요강 중 마음에 드는 걸 하나 쓰라고 말하겠지. 난 죽어도 그걸 받아들이지 못할 거고!

"전하. 술을 따르겠사옵니다."

왕이 앉자마자 상궁이 술을 따르겠다고 나선다. 어제와 같은 레퍼토리다. 왕이 술잔을 받아들었고 상궁이 옆에서 술을 따랐다. 술을 따르는 동안 왕의 시선은 나를 향하는 것 같았다. 아마 어제처럼 내가 술을 따라주길 바랐는지도 모르겠다.

하지만 내 시선은 오! 직! 닫혀 있는 동온돌의 문을 향할 뿐!

마음 같아서는… 정말 마음 같아서는… 뛰쳐나가고 싶다!

나가자마자 매화틀을 외치든! 너희들이 주로 사용하는 측간이 어디냐고 외치든! 당장… 화장실에 가야 하는데… 으!

계속 문을 향해 있는 내 시선을 본 왕이 술잔에 담긴 술을 마시지 않고 내려놓으며 말했다.

"아무래도 중전은… 마음이 다른 곳에 가 있는 듯하군."

다시 왕에게 돌아온 나의 시선.

"에?"

틀린 말은 아니었다.

난 당장 화장실 가고 싶다니까요!

"아무리 과인이 이곳에 온 것이 싫더라도… 그리 냅다 달아나고 싶은 표정을 지을 것까진 없잖소."

오늘따라 왕은 또 왜 이렇게 진지하니?

차라리 장난스러운 표정이라도 짓고 있다면 대놓고 매화틀 좀 잠시 쓰고 오겠다고 말이라도 하지.

어쨌든 이젠 한계다!

"저… 전하…."

…매화틀 좀….

"모두 나가라."

갑작스러운 왕의 지시에 상궁과 나인들은 일사불란하게 문을 열고 밖으로 나간다. 오히려 그녀들을 따라 내가 뛰쳐나가고 싶은 그 순간, 마지막으로 나가는 나인이 열린 문을 굳게

닫았다.

문이 닫히는 소리가 내 마음을 쩌렁쩌렁하게 울린 순간, 왠지 모를 억울함에 눈물이 고인다. 그제야 왕도 이를 이상하게 여겼는지 고개를 갸웃거리며 묻는다.

"중전?"

바로 그 순간이었다!

뿡뿡…! 부우우웅, 알찬 방귀 소리가 구수한 내음과 함께 가락처럼 동온돌 안에 울려 퍼졌다.

아.

"…."

여기는 어디이고, 나는 누구인가.

"풋. 푸푸풋! 크크크…!"

내가 낸 '자연의 소리'에 넋이 나간 표정을 짓던 임금님이 결국 참다 터진 웃음소리를 냈다. 구수한 '자연의 냄새' 속에서 임금님은 바닥을 구르며 배꼽을 잡고 웃기 시작했다.

"하하하! 하하하하!"

왕이 웃는 동안… 난 침묵했다. 그리고 심각하게 고뇌하는 표정을 지었다. 왕의 웃음이 그칠 때까지.

한참을 웃던 왕이 겨우 자세를 고쳐 앉았다. 그러나 묵언 수행에 가까운 표정과 자세로 앉아 있는 나를 보더니 다시 터지는 웃음.

"풋⋯."

네, 웃어요. 마음껏 웃으세요.

왕비만 방귀 뀌나? 왕도 사람인데 방귀 안 뀌어요?

"미안하오. 풋⋯푸풋."

이제는 슬슬 이마에 뭐가 솟아오르려 하네?

"전하⋯. 다 웃으셨어요?"

"아니, 그게⋯ 풋, 과인은 웃지 않았소. 푸풋⋯ 과인은 그저⋯ 크흠⋯!"

난 시선을 땅에 고정한 채로 차분히 요청했다.

"전하. 신첩⋯ 매화틀이 필요할 것 같사옵니다만."

방귀만 뀌면 시원할 줄 알았건만⋯ 오히려 아랫배가 강하게 압박하듯 아파왔다.

결국은 당장 화장실로 달려가야 할 판!

"저기 요강이 있잖소."

왕은 태연스럽게 방구석에 놓인 요강을 손으로 가리킨다.

그래. 네놈은 기회만 있다 하면 날 놀려먹을 준비를 항상 하고 있지.

이렇게 된 이상 이판사판이다.

"매, 화, 틀."

난 매화틀이라는 단어를 또박또박 끊어가며 그를 노려보았다. 그러자 그도 완전히 웃음을 그치고는 밖을 향해 물었다.

"밖에 중궁전 상궁 있는가?"

"예, 전하."

"중전의 매화틀을 대령하라."

왕의 명령이 떨어지자마자 문이 열리더니 중궁전 상궁이 나인들과 함께 안으로 들어왔다. 그녀들은 왕을 동온돌에 앉혀놓은 채 나를 부축해 일으켜 세웠다.

합궁례가 치러질 동온돌에서 매화틀을 쓸 순 없으니, 서온돌로 데려가려는 것 같았다.

뿅, 하고 이 순간까지도 나를 배신하는 '자연의 생리'.

"풋!"

왕은 또 웃음을 터트렸고 난 그를 노려보며 이를 부득부득 갈았다.

서온돌에 매화틀이 대령되고 병풍이 하나 놓인다. 난 매화틀 위로 올라가 자세를 잡았다. 오늘 성공한다면 입궐 후 첫 '큰일'을 치르는 것이다. 그런데….

시간이 지나도….

소식이 없다?

확실히 작은 일과 큰일은 다른 것 같다.

병풍 너머로 앉아 있는 상궁과 나인 여럿. 여기에 매화틀을 가져온 복이처 나인과 복이나인까지.

다들 나의 '일'이 성사되기만을 기다리고 있다는 것을 알고 있다.

여기에 건너편 동온돌에서도 나를 기다리고 있는 대전 나인들과 왕…까지. 애초부터 이런 상황은 '일'을 해결하기 위한 좋은 환경이 될 수가 없었다.

"아직이시옵니까?"

병풍 뒤의 중궁전 상궁이 묻는다.

그래, 급하겠지. 밤은 깊어가고 왕은 기다리고 있고 합궁례는 반드시 치러야 하고.

"아, 아직이다…."

또 시간이 흘러도 배는 아픈데 소식이 없다. 다시 들려오는 중궁전 상궁의 목소리.

"아직이시옵니까?"

"아직이다…."

그놈의 '아직' 좀 그만하라고!

또다시 시간이 흐르고 중궁전 상궁이 헛기침과 함께 물었다.

"흐흠, 아직…이시옵니까?"

나도 알거든!

"아, 아직… 아우씨!"

난 자리를 털고 일어나 병풍 뒤에서 나왔다. 그러자 병풍 뒤로 두 명씩 길게 줄지어 앉아 있는 상궁과 나인들이 보였다. 그리고 맨 앞에 엎드려 있던 복이나인이 젖은 수건을 슬쩍 들어 올린다. 내 뒤처리를 하겠다는 의사 표현.

난 복이나인을 쳐다보며 고개를 가로저었다. 이를 본 중궁전 상궁이 묻는다.

"어찌…?"

"혹시….."

어쩔 수 없지만 난 '폐쇄적인 공간'이 필요하다.

"…혹시?"

"화장실… 아니, 측간은 없느냐?"

"측간이라 말씀하심은….."

상궁이 난처한 표정을 짓는 것을 보니 측간이 없나 보다. 하긴 예전에 경복궁에 가봐도 '측간' 소리는 못 들어봤다. 문화재 해설사가 말하기를 궁녀들은 방에 요강을 두고 썼다고 했다.

"없느냐?"

"매화틀이 불편하시오면 요강을 대령하올까요?"

매화틀이나 요강이나 내겐 매한가지.

"아니다. 되었다."

218

난 거의 울기 직전의 표정으로 다시 매화틀이 있는 병풍 뒤로 들어갔다.

"중전이?"

"예. 전하."

동온돌에서 마냥 왕비가 돌아오기만을 기다리고 있던 왕에게도 '불편한 진실'이 전해졌다. 왕비가 매화틀이 싫은지 측간을 찾는다는 것이다.

태어나면서부터 매화틀에 길든 왕의 입장에서는 이런 왕비가 이해 안 될 수도 있다. 하지만 왕에게도 어린 시절의 기억이 있었다.

왕이 일곱 살이던 세자 시절. 궁궐 밖 외갓집에서 하루 묵던 날 밤이었다. 한밤중 자다 깬 어린 왕은 매화틀을 찾았다. 그런데 그곳에는 매화틀이 없다고 했다.

그래서 처음으로 경험하게 된 '측간'. 어린 왕에게는 어두침침하고 무서운 공간이 일반 백성들에게는 상당히 자연스러운 곳이라고 했다. 그게 참 신기했는데….

"흠…. 중전이 측간을 찾는단 말이지?"

왕이 사뭇 진지한 표정으로 고민에 빠졌다.

속절없이 시간만 흐른다. 이제 굽히고 있던 무릎도 슬슬 아
파오기 시작한다.

분명 배에서는 신호가 오는데 결과물이 없다.

"어휴."

내 한숨에… 밖에서 기다리던 상궁도 한숨짓고 나인들도
한숨짓고….

이런 결과를 바란 것은 아니었지만, 어쩌다가 합궁례 둘째
밤을 매화틀 위에서 보내게 생겼다. 나는 매화틀 위에서 애꿎
은 이마만 긁어댔다. 시간이 갈수록 한숨 더하기 난처함만 깊
어지던 그때, 서온돌의 문이 열리더니 예상치 못한 이의 목소
리가 들린다.

"중전."

왕? 지금 여기가 어디라고!

난 서둘러 매화틀 위에서 일어나 병풍 밖으로 나왔다. 그사
이 나와 마찬가지로 갑작스러운 왕의 등장에 놀란 나인들이
재빨리 양옆으로 갈라섰다. 복이나인은 아예 바닥에 넙죽 엎
드려 고개조차 들지 못하고 있었다.

"왜요?"

왕은 진지한 얼굴로 헛기침을 하며 물었다.

"아직도… 기별이 없소?"

기별? 내 배 속 사정을 묻는 건가? 왕은 왕비의 배 속 안부까지 물으시나 보네.

"…곧 있겠죠. 이렇게 전하께서 방해하러 나타나지 않으신다면요."

배도 아픈데 여유롭게 배 속 안부를 묻는 왕의 태도에 내 목소리는 쌀쌀맞았다. 그런데 전후 사정을 다 알게 된 왕은 이런 나의 쌀쌀맞은 태도에도 상당히 근엄하게 답한다.

"과인이 전해 들으니 측간을 찾았다던데? 맞소?"

무슨 궁궐이 비밀도 없어. 흐흑.

"네…. 하지만 없잖아요, 궁궐에는."

"딱 하나… 측간이 있소만."

왕의 말에 내 두 눈이 반짝였다.

"측간이 있다고요? 어디에요?"

밤을 뚫고 등을 든 내관 둘이 앞서서 걸었다. 하지만 왕과 나의 걸음 속도가 빨라지자 앞장서는 내관들의 걸음도 저절로 빨라졌다. 왕은 내 마음을 아는지 모르는지 평소보다도 빠르게 걸으며 내게 말한다.

"패주(敗走, 광해군을 가리킴) 때 생긴 것이오."

"누가 쓰던 건데요?"

"임금 전용이지."

그가 슬쩍 웃는다.

뭐, 지금 상황에서는 왕이 썼든 나인이 썼든 심지어 공중화장실이든 다 상관없다! 내가 필요한 것은 직사각형 안에 놓인 변기다. 재래식이든 수세식이든 상관없다. 아무의 시선도 받지 않으면서 일을 해결할 곳이 필요해!

"저곳이오."

이윽고 왕이 가리킨 곳.

"에?"

내 예상과는 다른 아담한 행랑채가 하나 보였다.

문은 두 개. 그렇다면 방도 두 개? 저기가 내가 생각하는 화장실이 맞나?

의심스러운 표정을 지었지만 일단 급하니 어쩔 수 없었다.

내관들이 먼저 문을 열고 그 안으로 들어가더니 불을 밝혔다. 그 뒤에 내관들이 나오는 것을 본 나는 혹시나 하는 마음으로 안으로 들어섰다.

"와…."

정말… 이곳은 왕 전용이 맞는 것 같았다. 일반 화장실 두 개 정도를 합쳐놓은 크기. 한쪽에는 매화틀과 비슷한 용도의 재래식 변기가. 반대쪽에는 성인이 다섯 명이나 들어갈 법한 욕조가 놓여 있다.

심지어 변기 주변은 매화틀과 마찬가지로 비단으로 장식이 되어 있고, 바로 옆에 흐르는 물에 손을 씻을 수 있도록 돌거북 모양의 대야 장식품이 놓여 있었는데, 돌거북의 입에서는 계속 깨끗한 물이 졸졸 흐르고 있었다.

아, 신이시여…! 저를 하필 조선으로 보내셨는지 이제야 알 것 같습니다!

"패주 이후로 쓴 이가 없었는데… 오늘에야 주인을 찾은 듯싶군."

난 내가 바라던 것이 이것이라는 눈빛을 왕에게 격렬하게 보내며 중궁전 상궁을 쳐다보았다. 상궁은 재빨리 비단을 휴지 모양처럼 잘라놓은 것을 내게 건네주었다. 그리고 당당히 조선식 최첨단 화장실로 입성하려는 찰나. 나는 묻지 말아야 할 궁금증을 뒤에 선 왕에게 물었다.

"그런데 이 좋은 곳을 왜 패주 이후로 쓰지 않은 거죠?"

왕이 웃으며 뒤로 물러서며 말했다.

"패주의 혼백이 떠돈다는 소문이 있었거든."

동시에 내관이 내가 편히 '일'을 볼 수 있도록 문을 닫아주었다. 쾅, 하는 소리와 함께 끼익, 하는 소리가 어디선가 들려온다. 아, 물론 화장실 안에는 변기 옆에 내관이 두고 간 초가

붉게 타오르고 있었다.

그리고 가을바람에 덜컹거리는 최첨단 화장실의 문.

꿀꺽. 갑자기 변기 옆, 조금 떨어진 곳에 놓인 거대한 목욕통에 신경 쓰였다. 그곳이 너무 깊어 안쪽이 보이지 않으니, 갑자기 처녀 귀신이라도 솟아날 것 같은 느낌이었다.

이, 이거… 오늘 밤 볼일이나 제대로 볼 수 있을까?

"자, 중전이 불편하니 다들 물러가 있거라."

문밖에서 왕이 지시를 내리는 소리가 들려왔다. 그런데 그 목소리도 꽤나 멀리서 들려왔다.

"전하께서는…?"

"침전으로 돌아가겠다."

왕은 나를 이곳에 데려다주었으니 돌아간다고 말한다. 대놓고 이곳에 죽은 패주의 혼백이 떠돌아다닌다는 헛소리를 지껄여놓고!

"저, 전하!"

난 변기 위에 자세를 잡기도 전에 왕을 불렀다. 하지만 왕의 대답이 돌아오지 않는다. 심지어 왕을 대신해서 당연히 대답을 해야 할 상궁의 목소리도 들리지 않는다.

정말 왕의 명령대로 다들 물러간 걸까? 설마…! 한시도 왕비의 곁에서 떨어지지 않아야 하는 것이 지밀상궁이고 지밀나인이잖아! 매화틀 앞에서는 병풍 하나만 놓고 내 곁에 있었으면서!

"거, 거기 밖에… 아무도 없느냐? 누구 없느냐?"

밖에 누구 없냐고 묻는데 시선은 자꾸 목욕통으로 갔다. 명색이 과거 심령연구회 회장으로 안 가본 폐가들이 없었는데 이건 정말 달랐다. 귀신에도 등급이 있다고, 여기에 나타난다는 귀신은 왕 귀신이잖아! 적어도 일 볼 때 귀신을 만나고 싶진 않다구!

"거, 거기…."

배는 아프고… 이런 상황에서 나를 놀리고 간 왕에 대한 분노도 있었다.

덜컹덜컹! 화장실 문이 바람에 흔들리는 소리는 이상하게 크게 느껴지고….

"누구 없느냐아…."

"있소."

"…!"

왕의 목소리와 함께 문밖에 검은 그림자가 졌다. 키 큰 그림자이니 분명 왕이다.

"나인들은 모두 멀리 떨어지라 하였는데… 다시 이리로 오라 할까?"

저 녀석, 일부러 날 놀리려고 귀신 이야기를 꺼내고 또 나인들을 물린 거야. 그리고 나서 밖에서 내가 무서워하기만을 기다리며 킥킥대고 있었겠지.

난 눈을 바짝 치켜뜬 채 화장실 문에 비친 그림자를 쳐다보며 일부러 우는 목소리를 냈다.

"흐흑…. 전하. 신첩 너무 무서워요. 가지 마세요…."

"오? 참말이오? 중전은 과인을 별로 좋아하지 않지 않소."

"신첩이 잘못했어요…. 다시는 그러지 않을게요…. 흐흑."

첫 번째 우는 목소리는 장난이라고 의심해도 두 번째 우는 목소리는 내가 생각해도 너무 리얼했다. 왕도 넘어갔는지 조금 당황한 듯 부드럽게 말했다.

"걱정 말고 편히 일 보시오. 과인이 문 너머에서 그대의 '일'이 끝날 때까지 지켜주리다."

"정말이죠?"

"물론이오."

자부심 넘치는 소년 왕의 목소리를 들으며 모든 일을 마친 나는 조용히 변기에서 일어났다.

괘씸한 왕 같으니. 이번에는 너도 한번 당해봐라.

잠시 후….

"꺄아아악!"

왕비인 나 황나래가 내지르는 비명 소리가 화장실 안을 울렸다.

"중전?"

내 비명에 놀란 왕이 문을 열었다. 동시에 밖에서 쏟아져 들어온 바람이 화장실 안을 밝히고 있던 촛불을 꺼트렸다. 화장실 안은 캄캄해졌다. 내가 바라는 무대는 모두 마련된 상황.

끼익. 왕이 내딛는 발소리가 들려왔다. 목욕통 안에 숨어 있던 내게도 분명히 들려온다. 왕은 눈 깜짝할 사이에 작은 화장실 안에서 사라진 나를 찾아 어둠 속을 헤매고 있는 것이 분명했다.

"전하!"

뒤늦게 내 비명을 들은 내관이 뛰어왔다. 왕은 내관에게서 등을 받아들었는지 곧 어두침침한 화장실 안이 조금은 밝아졌다. 그런데 이상했다.

"물러가라."

"전하. 중전마마께서는⋯."

"중전은 이곳에 있으니 그만 물러가라."

"예에⋯."

뭐지? 이건 내가 바라던 상황이 아닌데?

나인들을 총동원해서 나를 찾아보라고 난리를 피워도 모자랄 판에, 내가 여기에 있다고? 목욕통 안이 꽤 큰데? 벌써 나를 찾은 거야?

나인들이 물러가는 소리와 함께 왕의 손에 쥔 등이 점점 내가 있는 목욕통 쪽으로 가까워졌다. 이제 더는 물러설 수 없는 상황이었다. 난 작심한 듯 양손의 손톱을 모두 세워 단정히 빗은 머리카락을 헤집었다. 그때, 목욕통 밖에서 왕의 목소리가 들려왔다.

"중전?"

바로 그때였다.

난 웅크리고 있던 목욕통 안에서 벌떡 일어섰다. 그리고 왕을 놀래줄 요량으로 머리카락 사이로 얼굴을 감춘 채 귀신이 곡하는 소리를 냈다.

"으흐흐흐…. 난 패주의 왕비 귀신이다…. 으흐흐흐…."

소복처럼 보이는 잠옷 차림에 머리카락까지 풀어 헤친 채 난 정말 성의를 다해 귀신 연기를 펼치고 있었다. 미신 따위나 믿는 조선 시대의 왕이니 겁에 질려 나 살려라 하며 화장실을 뛰쳐나갈 줄 알았다.

그런데… 그는 목욕통에서 솟아난 처녀 귀신 왕비를 보고는 잠깐 놀란 듯 눈을 크게 떴다. 그러나 그것은 아주 잠시였다. 곧 그는 나를 보며 씩, 웃으며 말한다.

"중전에게… 이런 귀여운 매력까지 있는 줄은 몰랐소."

응? 귀여운 매력? 지금 내가 사정상 얼굴 화장은 빼먹고 귀신 연기 했다고 무시하는 거야?

그때였다. 왕이 손에 쥔 등의 막대를 목욕통 아래에 내려놓고는 한 손으로 내 목을 다른 한 손으로는 내 허리를 잡고 입을 맞췄다.

놀라 까무러치길 바랐는데 도리어 입맞춤 공격까지 당하고 말았다. 결국 놀란 것은 그가 아니라 나였다. 또 당한 것은 그가 아니라 나였다. 그의 입맞춤이 깊어지려고 하자 난 그를 밀어내며 소리쳤다.

"지금 뭐 하는 거예요?"

"뭐 하기는 부부 사이는 좋을수록 좋은 거잖소. 그나저나 중전이 이런 놀이를 좋아하는 줄 몰랐소. 색다르군."

"알고 있었어요?"

"그대의 목소리에 섞인 거짓을 말이오?"

거짓보단 장난이었지.

"어쨌든! 전하는 도통 속질 않네요."

억울한 내 목소리에 울분이 찼다. 그런데 왕의 관심은 딴 데 있는 것 같았다.

"그대를 이곳에 두고 침전으로 돌아갈 생각이었으나 마음이 바뀌었소."

"바뀌다니요?"

내가 그를 노려본 순간 그가 나를 목욕통 속에서 번쩍 안아든다.

"다시 동온돌로 돌아갈 생각이오. 끝내지 못한 합궁례가 남았으니."

"시, 싫어요!"

싫다며 몸부림치는데 다시 아랫배가 슬슬 아파왔다.

아까가 끝이 아니었어?

그에게 안겨서 몸부림치는 것을 그만두고 인상을 쓰자, 그가 나를 내려놓으며 물었다.

"어디 아프시오?"

난 그를 흘겨보며 툴툴거렸다.

"이게 다 전하 때문이에요."

"과인 때문이라니?"

"속이… 또 안 좋아요."

그는 웃지 않고 내 말을 받았다.

"이번에는 안 속겠소."

"진짜예요. 그러니 비켜주세요."

난 재래식 변기 쪽으로 당당히 걸어갔다.

'진짜인데 어쩔래? 내가 일 보는 거 구경할래?'

그래도 표정에는 진심이 드러났는지 그가 한숨을 쉬며 이마를 쓸어 넘긴다.

"좋소. 과인은 오늘도 침전으로 돌아가지."

"침전이 전하의 처소잖아요. 그러니 당연히 돌아가셔야죠."

"허나 내일은… 더는 도망칠 수 없을 거요."

내가 언제 도망쳤다고 그래?

그가 문을 닫고 나가버리자 나는 다시 혼자 남았다. 이상하게 그가 나가자 아팠던 배가 다시 멀쩡해졌다. 결국 모두 왕 때문인 것 같았다. 이래저래 신경 쓰이던 그가 가버려서 좋은데… 웃음이 나진 않았다.

"내가 볼일을 다 끝날 때까지 지켜준다면서? 결국 또 장난이지?"

툴툴거리며 진짜 자리를 털고 일어선 나는 문을 열고 밖으로 나왔다. 그런데 문 앞에서 나를 기다리고 있는 나인들의 숫자가 평소보다 많게 느껴졌다. 무언가 이상하다는 생각이 들 때였다. 바로 내 옆에서 왕의 목소리가 들렸다.

"시원하였소?"

"히이익!"

팔짱을 낀 채 화장실 벽에 기대고 서 있던 왕의 모습에 난 놀라 비명을 질렀다.

"뭘 그리 놀라시오?"

"치, 침전으로 가신다면서요!"

"허나… 과인은 중전에게 한 약조를 지켜야 하니까."

설마, 내가 혼잣말을 한 걸 엿들었나?

의심의 눈초리를 보내는 사이 왕이 정말 침전으로 가려는지 나를 스쳐 지나가며 말했다.

"보시오. 과인이 한 약조는 장난이 아니란걸."

왕이 움직이자 그의 지밀나인들도 따라서 움직였다. 멀어
지는 그를 멀뚱멀뚱 쳐다보고 있는데 갑자기 불어온 차가운
바람에 몸이 떨렸다. 그런데 몸만 떨리는 것이 아니었다. 가
슴까지 떨렸다. 난 손으로 어깨를 쓸며 또다시 투덜댔다.

"추워서 떨리는 거야. 전하 때문이 아니라…."

왕비가 배앓이 때문에 합궁례를 하지 못했다?

그것이 아주아주 큰일이 날 일이었다는 걸 나는 미처 깨닫
지 못했다.

대왕대비의 처소인 창덕궁 경복전. 아침 문후를 하기 위해
도착한 나를 기다리고 있던 왕이 웃는 얼굴로 인사를 건넸다.

"간밤에 푹 쉬셨소?"

나는 새침데기처럼 그를 한번 훅, 노려봐주고는 말했다.

"그럼요. 전하께서도 푹 쉬셨사옵니까?"

"과인은…."

그의 말이 다 끝나기도 전에 나는 신을 벗고 마루에 올라
가버렸다. 그런 내 뒤에서 왕이 당황한 듯 허망하게 웃었지만

신경 쓰지 않으려 했다.

"주상전하, 중전마마 납시옵니다!"

그렇게 맞이한 우리의 세 번째 합궁례 날 아침.

그런데… 왕과 함께 나란히 들어간 대왕대비전 안의 분위기가 요상했다. 대놓고 고개를 옆으로 돌려버리며 눈길도 제대로 주려고 하지 않는 대왕대비와 그 옆에서 눈치를 살피는 혜경궁과 가순궁마마. 대비마마는 그냥 고개만 숙이고 있고…. 뭐지?

"대왕대비마마. 대비마마. 혜경궁 그리고 어머니. 소자 문후 올리옵니다."

왕이 인사하고 난 그 옆에서 함께 고개를 숙였다.

"지금 주상은 문후를 올리실 만큼 여유가 넘치시오?"

돌아오는 대왕대비의 목소리가 싸늘하기 그지없다. 어제의 웃는 목소리는 다 어디 가고? 왜? 무엇 때문인지? 우리가 뭘 잘못했나? 아니면 내가? 그럼 왕이?

"소손은…."

"중전이 지난밤 배앓이를 크게 했다고요?"

아… 어제….

"예. 그렇사옵니다."

"그래서 합궁이 성사되지 못했다고 하니…. 이게 무슨 큰일입니까?"

큰일? 설마 어젯밤 나의 '큰일'을 뜻하는 건 아니겠죠. 대왕
대비마마?

이번에는 왕도 할 말이 없는지 시선을 땅에 둔 채 아무런
대답을 하지 않는다. 그러자 바로 내게 옮겨오는 대왕대비의
시선. 나는 잔뜩 움츠린 채 왕을 따라 시선을 땅으로 내리려
고 했다. 하지만 대왕대비의 입에서 나오는 말이 더 빨랐다.

"어찌 배앓이를 하신 게요, 중전?"

"그게… 아무래도… 음식을 잘못 먹은 듯하여….”

"음식? 중전이 얼마나 음식을 과하게 먹었기에 배앓이를
할 정도란 말이냐?"

대왕대비의 시선이 내 뒤에 멀찍이 서 있는 중궁전 상궁을
향한 듯싶다. 바로 중궁전 상궁이 앞으로 나오더니 대답했다.

"아침저녁으로 입맛이 없으시다 하여 그리 많이 잡수시
는 않으셨사옵니다.”

맞지. 나물 찬으로 이루어진 궁중 밥상이라면 돈 받고도 안
먹는다 이거야.

"그 산해진미들을 앞에 두고도 중전이 입맛이 없다고 하였
다고?"

"에?"

오히려 되묻는 대왕대비의 말이 나를 당혹시켰다.

분명 합궁 사흘 전후로 왕비는 무조건 고기도 못 먹고 나물

도 못 먹는다며?

"그건 또 무슨 표정이오, 중전? 음식이 시원찮기라도 했소?"

"그게 아니라…."

분명 하루 세 끼 다 나물이었는데?

"응?"

대왕대비가 궁금한 표정으로 나를 쳐다보자, 주변에 있던 왕실 여인들은 물론이고 옆에 앉은 왕까지도 내 얼굴을 쳐다보았다. 이런 상황에서는 말을 안 할 수가 없게 되었다. 난 조심스럽게 입을 열었다.

"왕비는… 합궁례 전후로 사흘간 나물 찬만 먹어야 한다 하여… 나물만 보았사옵니다."

"무엇이라!"

탁! 대왕대비가 크게 화를 내며 손으로 상을 내리쳤다.

동시에 싸해지는 분위기. 이 큰 경복전 안을 가득 채운 각 왕실 여인들의 상궁과 나인들, 제조상궁과 대전 상궁, 중궁전 상궁까지 순식간에 증발한 듯 숨소리조차 들리지 않았다. 이 위엄에 절로 내 목소리도 작게 기어 들어갔다.

"신첩이… 실언을 올린 것이옵니까?"

대왕대비가 눈을 부릅뜨며 말했다.

"아니, 중전은 잘못하지 아니하였소."

대왕대비가 자신의 주변에 가장 가까이 앉은 왕실 여인들을 차례로 돌아보며 묻는다.

"혜경궁이오?"

"아니옵니다. 제가 어찌…."

"허면…."

그다음으로 대왕대비의 눈길이 가는 곳은 가순궁이었다. 가순궁은 대왕대비의 부리부리한 눈빛에 기가 죽어 고개를 세차게 흔들어낼 뿐 대답도 하지 못했다. 그리고 마지막으로 향한 곳은 다소곳하게 앉아 시선을 바닥에 고정한 대비뿐이었다.

"혹… 대비요?"

대왕대비가 대비를 지목한 그 순간이었다. 벌벌 떨고 있던 가순궁이 고개를 들어 대비의 눈치를 살피더니 고개를 바닥에 조아리며 말했다.

"신첩이… 신첩이 그리하였사옵니다!"

"가순궁이?"

바로 대왕대비의 눈이 가순궁에게 돌아간다.

"송구하옵니다. 신첩이… 합궁례를 망치었으니… 죽을죄를 지었사옵니다."

"어찌하여! 어찌하여 그리하였소?"

"그게… 그게…."

가순궁이 이래저래 시선을 돌렸다. 적어도 내가 보기에는 거짓말을 지어내려 하는 것같이 느껴지는데… 아닌가?

"어서 말해보시오!"

탁! 그놈의 합궁례 때문에 대왕대비가 여럿 잡을 분위기다.

"주, 주상을 위해서… 신첩의 생각이 짧았사옵니다!"

"어찌 주상을 위한다고 그리하였소?"

"주상께서는 혈기왕성하시고 중전께서는 참으로 젊으시니 두 혈기가 만나 자칫 밤새 합궁이 끝나지 않아… 주상께서 기력을 다치실까 염려하여….”

지금 그러니까… 가순궁의 말은 자기 아들 기력을 내가 뺏을까 봐 미리 내가 먼저 지치라고 나물을 먹였다는 거야?

"이런 답답한 사람! 한시라도 빨리 대통을 이을 원자가 태어나야 한다는 것을 알면서도…!"

어이없는 답변도 나를 당혹케 하는데 정작 이 어이없는 답변에 크게 분개하는 대왕대비도 더 나를 당혹케 할 뿐이었다.

"신첩이… 큰 죄를 지었사옵니다."

가순궁이 고개를 들지 못하자 아들인 왕이 나섰다.

"할마마마. 소손의 어머님을 용서하여 주시옵소서. 소손을 위해 그러셨다고 하지 않사옵니까?"

"흠….”

왕이 가순궁을 변호하고 나서자 대왕대비도 더는 가순궁을 추궁할 생각이 없는지 그녀에게서 눈을 돌렸다. 이제 이렇게 마무리되는가 싶었는데 대왕대비가 다시 나를 쳐다보았다.

"입궐하자마자 이 소동이라니… 혹여 마음고생을 하였더라도 가순궁을 미워하지 마시오, 중전."

내가 또 이런 데는 눈치가 빠르지.

"아니옵니다. 아드님이신 주상전하를 위하는 어머니이신 가순궁마마의 마음을 신첩이 어찌 모르겠사옵니까. 오히려… 신첩이 감읍하였나이다."

짝, 짝, 짝. 정말 스스로에게 박수를 쳐주고 싶을 정도로 완벽한 답변이었다. 난 정말… 대단해. 어떻게 이렇게 적응력과 습득력이 빠르지?

이러한 내 답변에 대왕대비와 가순궁은 크게 감탄한 눈치였다. 혜경궁은 놀란 것 같았다. 그리고 대비는… 여전히 땅만 쳐다보고 있네?

그때 밖에서 상궁의 목소리가 들려왔다.

"대왕대비마마. 어의 영감께서 오셨사옵니다."

대왕대비는 기다렸다는 듯이 대답했다.

"어서 들라 이르라."

"예에."

문이 열리고 어의와 함께 두 명의 의녀가 뒤따라 들어와 대왕대비와 왕실 여인들, 왕과 내게 인사를 올렸다. 이 모든 인

238

사가 끝나자 대왕대비가 어의에게 말했다.

"중전이 어젯밤 배앓이로 합궁례가 성사되지 못했다 하니, 어서 진맥해보도록 하게."

뭐라고? 지금 단순 배앓이에 합궁례를 못 했다고 의사 진료까지 받으라는 거예요? 대왕대비마마?

"예, 대왕대비마마."

대왕대비의 명을 받은 어의가 신속하게 움직였다. 먼저 의녀가 내게 다가오더니 한 손을 달라고 했다. 내가 손을 내밀자 다른 의녀가 그 손 밑에 받침을 놓고 천을 놓고 손을 놓고 또 그 손 위에 비단 천을 놓고… 아, 어의는 남자이니 중전의 맨손을 만질 수가 없지….

곧 어의가 얇은 비단 천으로 감싼 내 손을 진맥했다. 물론 시선과 자세는 문 쪽을 향해 돌아서서 정면으로 나를 쳐다보지 않은 상태였다. 잠시 후 진맥을 끝낸 어의가 문 쪽을 바라보며 엎드려 공손하게 내게 물었다.

"송구하오나, 중전마마께서 달거리를 끝내신 날이 언제인지 여쭈옵니다."

뭐?

난 또다시 크게 당황하고 말았다.

지금 대왕대비와 혜경궁, 대비와 가순궁에 여타 열댓 명의 상궁들, 스무 명의 나인이 가득 찬 이 경복전 안에서…! 그것도 왕을 옆에 앉혀놓고 내 달거리 날짜를 물어?

아… 부끄러워. 정말 이것도 못 할 짓이다.

"저… 그게….'

나도 모르게 얼굴이 빨개져 말을 더듬거리는데, 내 옆에 앉아 있던 왕이 말했다.

"동뢰연을 치른 날이 중전의 달거리가 끝난 닷새 후이니 오늘은 이레 되는 날이다."

에?

난 옆에 앉은 왕의 얼굴을 돌아보았다.

그걸… 본인이 아닌 왕님이 어떻게 아세요?

정말 이 궁궐은 희한하게 돌아가는 것 같다. 나 본인도 생각하고 말해야 하는 걸 어떻게 정확하게 알고 있는 거지?

"송구하옵니다."

왕의 말을 받은 어의가 다시 대왕대비가 있는 방향으로 돌아앉으며 아뢰었다.

"지난밤 배앓이는 이제 모두 가라앉으신 듯하옵고 오늘 밤합궁례를 치르는 데도 별문제가 없으실 것으로 아옵니다."

"수고했네."

"황공하옵니다."

어의가 나가는 동안 이 경복전 안에서 얼빠진 표정을 짓고 있는 것은 나뿐이었다. 내 합궁례에 지대한 관심을 보이고 있는 대왕대비마마는 그렇다 치더라도… 남의 생리 날짜는 왜 공개적으로 부끄럽게 말해야 하며… 왕은 도대체 왜 내 날짜를 알고 있는 거냐구!

머릿속에 존재하는 또 다른 나는 두 손으로 머리카락을 쥐어뜯으며 비명 아닌 비명을 내지르고 있었다. 하지만 현실의 나는 그럴 수가 없었다.

"다행이네."

어의의 말에 대왕대비는 안심하는 표정을 지어 보였다. 그제야 경복전에 깔려 있는 무거운 분위기가 한결 가시며 이곳저곳에서 마음껏 숨을 내쉬는 소리가 들려왔다.

결국… 이 궁궐의 가장 높은 권력자는 대왕대비란 말이지?

새삼스럽게 난 이 한 가지를 가슴 깊이 새겼다. 어쨌든 지금 왕은 친정하기 전이니까… 대왕대비가 수렴청정을 하고 있으니까.

"허나."

다시 대왕대비의 목소리가 무겁게 깔리자… 또다시 사라져 버린 숨소리들. 대왕대비가 아주 무서운 얼굴로 나를 똑바로 쳐다보며 말한다.

"고작 나물 찬 몇 가지 때문에 중전이 탈이 났다고는 할 수 없는 법. 원인은 중전이 먹은 음식에 있을 것이다. 중전."

"네?"

"어제 먹은 것들 중에서 특별히 기억나는 것이 있으면 말해 보시오."

"특별히… 기억나는 것이라면… 아!"

갑자기 스치고 지나간 것. 바로 옹주가 만든 깍두기다. 어제 내가 먹은 음식들 중에서 가장 많이 먹은 음식이며, 가장 짰던 음식이고 가장 매웠던 음식이고… 그걸 먹고 나서부터 속이 계속 쓰렸던 것 같으니까… 주범은 깍두기가 분명했다.

"기억나는 것이 있소? 말해보시오."

"깍두기…."

"깍두기?"

모두의 시선이 내게 모였다.

"아…. 그러니까 네모나게 썬 무를…."

난 열심히 설명하려고 했다.

바로 그때였다. 옆에 앉은 왕이 나를 돌아보았다. 그는 웃음기가 가신 눈빛으로 뭔가를 내게 전하고 있었다.

그 눈빛은 도대체 뭔데? 그의 눈빛을 뚫어져라 바라보았더니 그가 고개를 살짝 한번 흔들고는 다시 대왕대비에게 눈을 돌렸다. 옹주의 깍두기를… 말하지 말라는 건가?

하긴, 이해는 간다. 이미 어머니인 가순궁이 반찬 문제로 혼난 상황에서 옹주까지 깍두기로 내 속을 뒤집어놓았다는 걸 밝힌다면, 모녀가 쌍으로 나를 잡았다고 대왕대비가 몰아

세울 수도 있었다.

조금 전 가순궁이 벌인 짓도 왕이 나서서 유야무야되었는데 옹주의 일로 다시 가순궁이 크게 혼날 수도 있었다. 왕의 뜻을 이해한 나는 대왕대비에게 다시 대답했다.

"아마도 나물 중에 상한 나물이 있었나 보옵니다."

이렇게 되면 '앞으로 음식 관리를 잘하라고 일러야겠군.' 뭐 이런 선에서 끝날 줄 알았다. 그런데 그게 아니었다.

"상한?"

대왕대비의 얼굴이 붉게 달아오르고 주변에 있던 모든 상궁과 나인들이 쑥덕거렸다. 혜경궁은 입에 거품을 물고 기절하기 직전의 표정이고 가순궁도 소스라치게 놀라고 있었다. 평정심을 보이는 것은 유일하게 대비뿐. 상당히 차분한 성품인 것 같다.

"예에…. 가을이라도 음식을 잘못 보관하면 종종 상할 수도 있을 듯하옵니다."

난 아무렇지도 않게 말했는데 대왕대비의 입술은 이제 파르르 떨리기까지 했다.

"제조상궁은 들으라!"

"예, 대왕대비마마."

이건 또 뭐지?

제조상궁이 앞으로 불려 나오자 대왕대비가 화난 목소리로 물었다.

"지금 수라간 상궁이 누구냐?"

"지난해까지 대비전 상궁으로 있었던 정희지이옵니다."

"정 상궁이라… 당장 정 상궁과 어제 중전에게 수라를 올리는 데 관여한 이들을 모두 잡아 내수사에 가두어라."

"예, 대왕대비마마."

자, 잠깐만요! 난 지금 멀쩡한데?

"저… 대왕대비마마. 신첩은 이제 멀쩡하옵니다. 정말 괜찮사옵니다."

"아니오."

이번만큼은 대왕대비도 단호했다.

"지난날 경종대왕께서 상한 음식을 드시고 병을 앓아 승하하신 후, 영조대왕께서는 종종 이런 말씀을 하시었소. 아무리 수라간의 실수로 상한 음식이 그대로 수라에 올라온다고 하더라도 그것은 가볍게 볼 실수가 아니라 국왕을 독살하려 한 '역모'와 같다고."

일이 왠지 엄청나게 심각해지는 것 같았다.

"중전."

"예에….'

목소리에 저절로 힘이 빠진다. 정말로 나도 대왕대비의 위엄에 눌려버린 것 같았다.

"내수사에 가둔 수라간 나인들에 대한 벌은 중전이 직접 내리시오."

"예?"

내가 놀라 고개를 들었다.

"합궁례를 망쳐 왕비의 위엄을 손상한 이들이니, 중전이 직접 벌을 주는 것이 마땅하오."

왕비의 위엄을 되찾기 위해서 직접 벌을 주라고? 설마 고문 같은 건 아니겠지?

"신첩은… 막 입궐하여 궁중 법도도 잘 모르고… 벌을 어찌 주어야 하는지도…."

"그것은 걱정 마시오."

대왕대비가 문 상궁을 가리키며 말했다.

"문 상궁이 도울 것이니."

마치 어마어마한 숙제를 받은 기분으로 경복전을 나섰다. 왕비는 국태민안을 위해 절대 '한숨'을 공개적으로 쉬어서는 안 된다고 누차 누누이 들었지만 계속 한숨이 입에서 터져 나왔다. 하지만 이 한숨도 나를 따라 대왕대비전을 나서는 문 상궁을 보자 쏙 들어가 버렸다.

"내수사로 소인이 안내하겠사옵니다."

문 상궁이 길을 열겠다며 나서고 나는 마치 형장에 끌려가는 죄수처럼 힘없이 따라가려 했다. 그때 나와 함께 경복전에서 나온 왕이 불렀다.

"중전."

"왜요?"

난 힘없이 왕을 쳐다보았다.

"고맙소."

옹주의 깍두기 일인가?

"별말씀을요. 만약… 그랬다면…."

난 주변의 시선이 신경 쓰여 목소리를 낮췄다.

"옹주가 혼났을 테니까요."

힘없는 나의 모습에 왕이 웃으며 말한다.

"만에 하나 그렇더라도 그런 일은 없었을 거요."

"정말요?"

어머니 가순궁을 보호하며 나섰던 것처럼 옹주를 보호하러 나섰으려나? 그럼 수라간 나인들이 안 다치고 좋잖아.

"그렇소. 대신 중궁전 나인들이 내수사에서 벌을 받았겠지."

"중궁전 나인들이?"

왕이 고개를 끄덕이더니 말한다.

"중전이 위험한 음식을 먹을 때 곁에 누가 있었소?"

"그야…."

옹주의 처소가 좁았기에 중궁전 나인들은 모두 밖에서 대기하고 있었다. 그러니 그녀들은 내가 깍두기를 먹은 사실을 전혀 모르고 있었다.

"중궁전 나인들은 보지 못하였겠지. 그러니 중궁전 상궁이 대왕대비마마 앞에서 할 말이 없었던 것이고."

"그럼…?"

왕이 내 주변에서 고개를 숙이고 서 있는 중궁전 나인들에게 시선을 주며 말했다.

"이들은 모두 중전의 안위와 위엄을 위해 존재하는 이들이오. 가장 내밀하고 지엄한 곳에서 중전을 떠받드는 이들이지. 그러니 수라간 나인들에 대한 처벌 수위보다도 더 높은 수위의 벌을 받았을 것이오. 다시 말해, 이들은 목숨을 잃었을 것이오."

깍두기를 집어 먹은 것은 나인데도 이들이 대신 벌을 받았을 거라고? 그것도 목숨으로?

믿기 어려운 말이지만 한편으로 이해가 가기도 했다. 실제 사극만 보더라도 왕이나 세자가 잘못하면 그들이 직접 혼나는 것이 아니라 내관들이 대신 매를 맞는 것을 보았으니까.

"이제야 중전의 자리가 어떤 자리인지 알겠소?"

"…네에."

골똘히 생각하는 표정으로 대답하자 왕이 웃으며 말했다.

"오늘 밤에 봅시다."

그 말에 난 다시 눈초리를 세워 왕을 노려보았고, 왕은 웃는 얼굴로 자리를 떠났다.

어쨌든 수라간 나인들은 벌을 받더라도 '목숨을 잃을' 만한 벌은 받지 않을 것이다. 그렇게 생각하니 문 상궁을 따라 내수사에 들어서면서도 마음이 한결 놓였다.

월급을 깎는 벌을 주나? 아니면 일주일 동안 감옥에 갇혀 있는 그런 벌?

고민하며 도착한 내수사. 외관은 몇몇 행랑채가 보이는 지극히 평범한 곳이었다. 다만 일반 관리들이 아닌 내관들이 분주히 돌아다니다가 문 상궁과 함께 등장한 나를 보더니 고개를 숙이며 옆으로 물러섰다.

마침내 내수사에서 가장 안쪽. 직사각형 모양의 넓은 마루가 있는 건물이 보였다. 그 앞에는 넓은 마당도 있었다. 내가 나타나자 내관들이 마루 위에 의자를 놓았다.

"앉으시옵소서."

"알았네."

문 상궁이 말했고 난 의자에 가서 앉았다. 문 상궁은 이런 내 옆에 섰다. 그리고 내수사에 있던 내관에게 말했다.

"죄인들을 끌고 와라."

"예!"

죄인?

문 상궁. 내가 배앓이 한 번 했기로서니 수라간 상궁들을 죄다 죄인으로 몰면 어떡해요? 그렇게 묻고 싶었지만 그냥 지금은 가만히 있는 게 제일 좋을 것 같았다. 대왕대비는 상한 음식을 '역모'로까지 말한 데다가 조용히 벌만 주고 내수사를 떠나면 된다고 생각했으니까.

잠시 후 수라간 정 상궁과 두 명의 상궁, 네 명의 나인이 차례로 끌려왔다. 그녀들은 내수사에 끌려올 때도 정신없이 끌려왔는지 머리카락이 마구 헝클어진 데다가 상당히 겁을 집어먹은 얼굴이었다. 내관들이 그녀들을 내가 바라보기 좋도록 마당 한가운데에 세웠고, 그녀들은 나를 보자마자 바로 바닥에 엎드리며 울먹거렸다.

"중전마마! 살려주시옵소서!"

"소인들은 억울하옵니다!"

"절대, 절대 음식에는 아무런 문제가 없었사옵니다!"

"소인들도 그 음식을 먹었사옵니다! 헌데 소인들은 아무렇지도 않았사옵니다!"

"억울하옵니다!"

당연히 그녀들이 억울하다는 사실을 잘 알고 있다. 하지만… 요리를 좋아하는 어린 옹주가 크게 혼나거나, 아니면 중궁전 나인들의 목숨이 달아날 수도 있었던 일인데… 그대들이 작은 벌만 받고 끝나는 게 서로에게 좋지 않을까? 나중에 쏠쏠히 챙겨줄 수 있으면 이 일을 잊지 않고 챙겨줄게.

"문 상궁…. 이들에게 어떤 벌을 내리면 되는가?"

난 천진난만한 얼굴로 문 상궁을 쳐다보며 물었다. 그녀가 여전히 낯설긴 해도 별궁에서 교육받으며 무난무난하게 지낸 시절도 있어서, 적어도 대왕대비보다는 그녀가 조금은 더 내게 편한 사람이었으니까. 그러자 문 상궁이 끌려 나온 수라간 나인들이 모두 들으라는 듯 큰 목소리로 내게 대답했다.

"수라간 정 상궁은 장 150대. 그 외 상궁들은 100대. 나인들은 80대에 처하시옵소서."

"1… 150대?"

난 내 귀를 의심했다.

지금 가냘픈 여인들의 엉덩이를 100대 넘게 치라고?

나도 내 귀를 의심하는데 정작 자신들에게 내려질 형벌을 들은 상궁들과 나인들은 더 기겁하며 울부짖었다.

"살려주시옵소서!"

"중전마마!"

"아악!"

그중에는 벌을 내리기도 전에 큰 충격을 받고 쓰러지는 나

인도 있었다. 말 그대로 아수라장이었다. 이 상황에서 가장
당황하는 사람은 나 하나뿐. 오히려 문 상궁은 눈 하나 깜짝
하지 않고 소리쳤다.

"형틀을 대령하라 이르겠사옵니다."

"어?"

내가 명을 내리기도 전에 문 상궁이 내관들에게 말했다.

"형틀을 대령하라!"

"형틀을 대령하랍신다!"

뭐, 뭐야… 이거?

대왕대비전인 경복전.

아침 문후가 끝난 후 창경궁에 사는 혜경궁과 대비는 돌아
갔지만, 가순궁은 아직 자리를 지키고 있었다. 대왕대비는 골
똘히 생각에 잠긴 표정을 짓고 있었고 가순궁은 그 옆에서
몸을 납작 엎드린 채 사죄했다.

"옹주의 죄를 용서하여 주시옵소서! 옹주에게 악의가 없었
다는 것을 아시지 않사옵니까?"

"물론… 알지."

대왕대비가 시선을 돌려 가순궁을 바라보았다. 그리고 손

을 내밀어 엎드린 가순궁을 일으켜 세워 앉히며 말했다.

"그래서 책임을 수라간 상궁들에게 돌리고 중전에게 죄를 묻게 하지 않았는가."

"하오나 수라간 상궁들도 억울하지 않겠사옵니까?"

"억울하더라도… 중전에게는 꼭 거쳐야 할 일이 필요하지. 아직 중전에게는 '위엄'이 없네. 그 위엄이란 배워서 익히는 '위엄'도 있지만, 고난을 통해 스스로 단련하여 얻는 '위엄'도 있지."

"대왕대비마마의 뜻은…?"

"중전에게 그러한 '위엄'을 가르치기 위해서라면, 이 일로 수라간 상궁들이 전부 목숨을 잃더라도 나는 상관이 없다는 말일세."

가순궁이 겁에 질려 고개를 숙였다. 그사이 대왕대비의 시선이 조금 전 대비가 앉아 있던 자리를 향했다.

"그나저나 대비가 무슨 생각인지 알 수가 없군. 단순히 어린 중전을 골탕 먹이려는 것이 아니라면 말이야…."

"스물이오!"

"악!"

"스물 하나요!"

"아악!"

"아아아악!"

움찔. 십자 모양의 형틀에 속옷만 입은 채 배를 깔고 누운 상궁들과 나인들에게 우람한 체격의 병사들이 각각 두 명씩 붙어 주고받으며 매를 내리쳤다. 그때마다 나는 움찔거리며 눈을 제대로 뜰 수가 없었다.

그녀들은 억울했다. 그리고 나는 그 사실을 알고 있는 몇 안 되는 사람이다.

서른이오!

"악⋯."

"아아⋯."

열 대를 넘어가면서부터 그녀들이 입은 흰옷에 붉은 핏물이 배어 나왔다. 스무 대가 넘어가자 기절하는 나인들이 속출했다. 그때마다 병사들은 찬물을 그녀들의 얼굴에 뿌려 다시 깨운 뒤에 벌을 내렸다.

"억울⋯ 소인은 억울하옵니다⋯."

눈물, 콧물에 핏물까지 토해가며 억울함을 부르짖는 가녀린 여인들은 모두 나를 쳐다보고 있었다. 하지만 탁 트인 마루 위 의자에 앉은 나를 막아주는 건 아무것도 없었다.

서른 대가 넘어가면서 상궁들과 나인들이 자꾸 기절을 반복하자 돌아가면서 치던 병사들도 지쳤는지 슬슬 동작이 느려졌다. 문 상궁은 이를 놓치지 않고 큰소리로 병사들을 훈계했다.

"매우 쳐라!"

문 상궁의 훈계에 병사들은 다시 힘껏 그녀들을 내리쳤다. 이제 정신만 겨우 깨어 있을 뿐, 그 누구 하나 제대로 된 신음을 내는 나인이 없었다. 나는 문 상궁을 돌아보며 말했다.

"이쯤 하게. 이 정도면 충분하네."

그러나 문 상궁은 단호하게 말했다.

"대왕대비마마께서 하신 말씀을 벌써 잊으셨사옵니까? 이것은 '역모'나 다름이 없사옵니다. 목숨만 붙어 있어도 감지덕지한 일이옵니다."

"아무리 그래도… 난 지금 정말 괜찮네."

"이 정도 벌을 내리지 않으시면, 대왕대비마마께서는 이들을 '역모' 죄로 다스려 처형하실 것이옵니다. 또한 이 일로 중궁전 나인들까지 연루되어 이곳으로 끌려 나오길 바라시옵니까?"

"나는…"

"마흔이오!"

툭! 이때 나는 태어나서 처음으로 들었다. 사람의 허리가 두 동강 나는 소리를 말이다. 정확히 그 소리가 내 귀에 또렷이 들려왔다. 내가 소리가 난 곳을 쳐다보자 수라간 나인이 정신을 잃은 듯 쓰러져 있었다.

병사는 그녀의 얼굴에 물을 뿌렸다. 그러나 그녀는 깨어나지 못했다. 다시 한번 물을 끼얹던 병사가 이상하다고 느꼈는지 그녀의 얼굴을 살펴보더니 말했다.

"숨이 끊긴 것 같사옵니다."

벌을 받기 전까지는 멀쩡하던 사람이 죽어버렸다. 나는 놀란 입을 다물지 못했다. 그러나 문 상궁은 아무렇지도 않은 듯 병사에게 명을 내렸다.

"치워라."

"예!"

병사들은 죽은 나인을 형틀에서 끌어내 질질 끌고 나가기 시작했고, 끌려 나가는 죽은 나인의 몸에서는 피가 줄줄 흘러내렸다. 동료 나인의 죽음을 알아챈 다른 형틀에 묶인 나인들이 곡을 하듯 흐느꼈다.

"흐흐흑… 으허허엉…."

"소인은 억울하옵니다…. 흐흐흑…."

"중전마마…. 흐어어엉…."

구역감이 몰려왔다. 난 도무지 더는 이곳에 서 있을 수가 없었다. 조선에 온 뒤로 내가 꿈속에 있다고 느낀 것은 처음이었다. 아니, 이게 꿈이길 바랐다. 그저 흔한 악몽.

"나… 난…."

"어찌 그러시옵니까?"

"속이…."

토할 것 같아!

"어디가 좋지 않으시옵니까?"

"이제… 이제 그만하게."

"그만하라뇨?"

"이만하면 되었지 않는가?"

"대왕대비마마의 뜻과 다르시옵니다. 대왕대비마마의 명을 어기실 것이옵니까?"

"이만하면… 충분하네."

"중전마마!"

별궁에서 나를 가르치던 문 상궁의 말투가 그대로 나왔다. 하지만 나는 더는 두고 볼 수가 없었다. 대왕대비는 여전히 무서웠지만… 더는, 더는 이 상황을 지켜볼 수가 없었다. 나는 의자에서 벌떡 일어서며 문 상궁을 노려보며 지엄한 목소리로 말했다.

"그만…하시게."

그러자 나를 대하는 문 상궁의 목소리도 한풀 꺾였다.

"하오면 대왕대비마마께는 어찌 말씀을 드리려고 하시옵니까?"

"그것은 중전인 내가 걱정할 문제이지, 자네가 걱정할 문제가 아닌 듯싶네. 또한… 나는 더 이상 별궁에서 지내던 병판의 여식이 아니라 이 나라의 중전이네."

나를 쳐다보는 문 상궁과 묘한 기 싸움이 이어지는 가운데… 그녀가 스스로 고개를 숙이며 물러섰다. 그리고 병사들을 향해 말했다.

"중전마마의 명이시다. 그들을 모두 풀어주거라."

"예!"

그녀들이 풀려나는 것을 지켜보던 나는 그대로 그곳을 뛰쳐나왔다. 내수사를 나오자마자 밖에서 나를 기다리고 있던 중궁전 상궁과 나인들을 만났다. 그녀들은 죽은 채 끌려 나가던 나인을 보았는지 얼굴 표정이 다들 밝지 못했다.

그 순간이었다! 나는 내수사 담벼락을 붙잡고 토를 했다. 아직 아침 전이니 먹은 게 없어서 나오는 것도 없었다. 계속 웩웩거리는 나를 보고 나인들이 당황하며 에워쌌다.

"중전마마!"

"중전마마, 괜찮으시옵니까?"

"난… 우욱… 욱."

충격이 컸다.

그러나 이 와중에 나를 걱정하는 중궁전 나인들의 얼굴이 보였다. 그녀들은 나를 걱정한다. 그것은 이제 겨우 하루째 마주한 나를 진심으로 걱정하기 때문이 아니다. 내가 잘못되

면 그녀들도 잘못되기 때문이다. 죽을 수도 있다. 그것이 지
밀나인들의 운명.

나는 도대체 어디에 들어온 거지?

마냥 웃으며 위대한 조선을 만들어보겠다는 포부로 들어온
궁궐이 싫어졌다. 이런 일이 궁궐 어딘가에서 벌어지고 있는
데도 아무렇지도 않은 듯 웃고 지내는 왕이나 옹주가 대왕대
비나… 다들 보고 싶지 않았다. 그들에게는 이것이 너무나도
자연스러운 환경이겠지만, 외부인이었던 나에게는 아니다.
미래에서 온 황나래에게는 아니다.

"비켜라."

속이 좀 나아지는가 싶어 나인들을 밀치며 걷기 시작하자
그녀들이 우르르 내 뒤를 따라왔다.

"어디를 가시옵니까?"

"중궁전은 그쪽 방향이 아니옵니다."

"중전마마!"

"시끄럽다! 따라오지 마!"

나는 빨리 걸어가면서 손을 휘휘 내저었다. 그런데도 그녀
들은 악착같이 내 뒤를 쫓아왔다.

마치 그것이 내가 잘못되면 자신들도 잘못될까 두려워서
내게 집착하는 것처럼 느껴졌다.

이 순간 정말 그녀들이 싫었다. 숨 막히도록 이곳이 싫었

다. 궁궐을 나갈 수 없다는 것을 알았지만, 이 순간만큼은 혼자 있고 싶었고 혼자 있을 곳이 필요했다. 내게는 그 시간이 간절했다.

"따라오지 말란 말이야!"

어딘지 모르는 곳을 향해 정신없이 내달리는데도 나인들은 떨어지지 않았다.

난 나인들을 피해 탁 트인 길이 아닌 외지고 구석진 곳을 찾아 들어갔다. 그런 곳에도 나인들이 있었다.

"주, 중전마마!"

다들 나를 보고 고개를 숙이고 물러서고 당황했다. 그 어디에도 내가 갈 곳도 숨을 곳도 없어 보이던 그때였다. 어딘가 담벼락의 귀퉁이를 돌았는데 그만 맞은편에서 오던 누군가와 크게 부딪히고 말았다.

난 그대로 바닥에 주저앉았지만 반대편 상대는 넘어지지 않은 것 같았다. 눈부신 햇빛 아래 그가 넘어진 내게 손을 내밀며 말을 걸어왔다.

"그대는⋯."

그는 바로 김소희의 오라버니 김원근이었다.

그의 손을 잡고 일어서자마자 눈에서 눈물이 툭 터졌다. 적어도 그는 진짜 내가 누구인지 알고 있고, 원래 이 자리에 있어야 하는 사람이 아니라는 사실을 알고 있는 사람이며⋯.

'그대가 나의 누이이자 이 나라의 국모로 살겠다면… 나는 계속 그대의 편일 것이오.'

…내 편이 되어주겠다고 말했던 사람.

"어찌 여기에 있는 것이오?"

오히려 내가 더 궁금한 점이다. 그가 왜 궁궐에 있는지. 하지만 지금은….

"중전마마!"

나를 뒤쫓아 오는 나인들의 목소리가 가까워졌다. 나는 울먹거리며 원근에게 말했다.

"도와주세요. 제발… 혼자 있고 싶어요."

혼자 있고 싶다는 말이 이렇게까지 눈물을 부르는 말인지 전에는 미처 몰랐다.

"그게 무슨 말이오?"

그도 처음에는 내가 하는 말의 의미를 알아차리지 못한 것 같았다. 하지만 멀리서 나를 찾으며 다가오는 나인들을 보더니 대충 상황을 눈치챈 것 같았다.

"제발…."

아침 이슬 같은 눈물이 툭, 툭 떨어지는 것을 본 그가 고개를 끄덕였다. 그러더니 내 팔을 잡아 자신의 뒤로 세웠다. 곧 도착한 상궁들과 나인들은 원근과 함께 있던 나를 보고는 깜짝 놀라는 얼굴이었다.

"누, 누구시오?"

중궁전 상궁이 놀라 물었고 원근은 침착하게 말했다.

"난 영돈녕부사의 차남 김원근이라하오."

"영돈녕부사라면… 국구? 중전마마의 오라버니가 되시옵니까?"

"그렇소."

그의 설명에 중궁전 상궁은 고개를 끄덕이며 예를 표했다. 하지만 그것도 아주 잠시였다.

"아직 약관의 나이로 관직에는 오르지 못하신 것으로 알고 있사온데, 어찌 궁궐 출입을 하셨사옵니까?"

"오늘 양친 모두 대왕대비마마의 부름을 받고 입궐하시어 동행하였소."

아직 관리도 아닌 그가 입궐한 이유까지 모두 밝혀진 상황. 이제는 원근이 상궁에게 말했다.

"지난 동뢰연 이후로 중전마마를 처음 뵈었으니… 상궁께서 넓은 아량으로 잠시나마 오누이의 정을 나눌 수 있도록 자리를 비켜주시겠소?"

"그건…."

왕과 왕비가 동석하는 자리에서도 나인들은 말이 들리지 않을 거리에서라도 늘 함께한다. 물론 왕과 왕비가 마주하는 곳이 이런 담벼락과 담벼락 사이의 좁은 통로 따위가 될 수 없으니까.

하지만 지금 자리를 비켜 달라는 것은 보이지 않는 곳까지 물러나 있어달라는 청이니 상궁도 고민이 될 것이다. 고심하던 상궁이 원근의 뒤에서 고개를 숙이고 있던 내게 물었다.

"어찌하올까요, 중전마마?"

원근이 있으니 내 체면을 차려주려는 건지 대놓고 물어봐 주었다. 난 고개를 들지 않은 채 짤막하게 말했다.

"물러가게."

내 명령에 원근과 나를 번갈아가며 쳐다보던 상궁이 나인들을 데리고 조용히 뒤로 사라졌다. 그제야 입궐 후 처음 혼자가 된 나는 마음껏 엉엉 울 수 있었다.

내수사에서 있었던 일은 모든 왕실 여인들뿐만 아니라 대전에 있던 왕에게도 전해졌다.

"나인이 죽었다고?"

"예, 그러하옵니다."

대전 내관이 상세하게 왕에게 알렸다.

"허면 중전은 어찌 되었느냐?"

"형벌이 모두 끝나기도 전에 이를 중지시키고 자리를 떠나셨사옵니다. 헌데…."

내관이 무언가 말하기를 주저하는 기색을 보이자 왕의 표정이 무서워졌다.

"말하라."

왕의 엄한 명령에 내관이 다시 입을 열었다.

"이 일로 크게 놀라셨는지 내수사를 나서시자마자 구역질을 하셨다 하옵니다."

내관의 말을 들은 왕이 어처구니가 없다는 듯 자리에서 벌떡 일어섰다.

"중전은 지금 어디에 있느냐? 당장 가보아야겠다."

내관이 옆으로 물러서자 왕이 대전을 나왔다. 밖에는 이 소식을 가져온 내관이 서 있었다.

"어서 중전이 있는 곳으로 안내하라."

"예, 전하."

왕이 그 내관에게 명을 내리자 다른 내관들이 옥여를 대령했다. 하지만 옥여를 타면 속도가 날 수 없다. 왕은 옥여를 타지 않은 채 내수사가 있는 궐내각사 방향으로 걷기 시작했다.

실은 왕도 이러한 상황을 전혀 예상하지 못했다. 벌이 너무 컸다. 물론 영조대왕의 말을 언급하며 형벌을 강하게 내린 대왕대비의 의중을 모르는 것은 아니었다. 다만 영조대왕의 말을 어떻게 해석해서 받아들이는지는 오로지 대왕대비의 권

한이었다.

가볍게 받아들여서 훈방 조치로 끝낼 수도 있는 일을 일부러 크게 벌여서 중전에게 직접 벌을 내리게 했다는 것은 '교육'을 시키겠다는 의도인 것이 불 보듯 뻔했다. 왕의 마음이 편하지 않았다.

장형이 스무 대가 넘어가면 사람에 따라 형을 모두 받은 뒤에도 장독으로 죽을 수가 있었다. 각각 150대, 100대, 80대를 내렸다는 것은 사실상 대왕대비는 수라간 나인들을 살려둘 생각이 없었다는 뜻이다. 이를 전혀 눈치채지 못한 채 내수사에서 형벌을 참관했을 중전을 생각하면 걱정이 이만저만이 아니었다.

"아, 저쪽에 중궁전 나인들이 보이옵니다."

내수사 방향까지 앞장서 걷던 내관이 지나가는 이들에게 물어 중전이 있는 곳을 좁혀갔다. 마침내 좁은 궐내각사의 골목에서 중궁전 나인들을 찾아냈다. 여기까지 오면서도 왕은 의아했다. 도무지 이곳은 중전이 있을 만한 곳이 아니었기 때문이다.

"주상전하 납시오!"

앞장서던 내관이 중궁전 나인들을 향해 소리쳤다. 그제야 왕의 등장을 알아챈 중궁전 나인들이 고개를 숙이며 옆으로 물러섰다. 하지만 그곳에도 왕이 찾던 중전의 모습은 보이지 않았다. 왕이 중궁전 상궁에게 물었다.

"중전은 어디에 있느냐?"

중궁전 상궁이 당황하며 대답했다.

"저 안쪽에…."

왕이 인상을 찌푸렸다.

"헌데 어찌 지밀인 너희들이 중전을 홀로 놔둔 채 이곳에 있는 것이냐?"

왕의 엄한 목소리에 중궁전 상궁이 몸을 떨며 대답했다.

"중전마마께서는 지금 혼자가 아니시옵니다."

"혼자가 아니라니?"

왕이 의아한 표정을 지었다.

그러나 중궁전 상궁은 대답 대신 왕의 길을 터주며 물러설 뿐이었다. 왕은 잠시 머뭇거리다 중궁전 상궁이 비켜난 길로 들어섰다. 바로 대전 내관이 나서서 왕이 왔음을 큰 소리로 알리려 하였지만 왕이 이것을 막았다.

그가 중전이 있다는 담벼락 귀퉁이를 돌았을 때였다. 왕의 눈에 관복을 입지 않은 사내와 함께 서 있는 중전의 모습이 보였다. 중전은 서서 눈물을 뚝뚝 흘리고 있었다. 그런 중전의 어깨에 그 사내가 손을 올리고 작은 목소리로 무언가 말을 건네고 있었다.

왕의 표정이 어두워졌다.

왕은 다시 모퉁이를 돌아와 나인들의 앞에 섰다. 왕의 표정이 좋지 않은 것을 본 나인들이 눈치 빠르게 고개를 조아렸다.

"누구냐?"

왕이 중궁전 상궁에게 눈길도 주지 않은 채 물었다. 그러자 중궁전 상궁이 재빠르게 나서서 대답했다.

"그가 소인에게 대답하기를 스스로가 영돈녕 대감의 차남이라 하였사옵니다."

"영돈녕은 국구가 아니냐. 허면 저이는…."

"중전마마의 오라버니 되시옵니다."

그제야 왕의 의문이 풀렸다. 의문과 함께 굳었던 표정도 풀렸다. 그러나 울고 있던 중전의 모습이 여전히 그의 마음에 남아 그를 괴롭혔다.

"국구의 차남은 아직 약관인 것으로 아는데 어찌 입궐하였더냐?"

이번에는 대전 내관이 답하였다.

"오늘이 합궁례의 마지막 날이라 하여 대왕대비마마께서 중전마마의 식솔들을 모두 경복전에 부르셨사옵니다."

왕비는 합궁례 사흘이 모두 끝나면 온전히 왕실의 사람이 된다. 대왕대비는 왕실의 최고 어른으로서 딸을 내준 김조순의 일가를 위로하러 불러들인 것이다. 그래서 가족인 원근도 함께 입궐하게 되었다.

"알았다."

왕은 고개를 끄덕이고는 자리를 떠나려 했다. 그러자 중궁전 상궁이 나섰다.

"중전마마를 뵙지 아니하시옵니까?"

그러자 왕이 씁쓸한 웃음을 지으며 말했다.

"아직 중전에게는… 과인보다는 가족이 더 가까울 것이다. 그냥 두어라."

가족 간의 정을 나누고 위로받으라며 스스로 물러서려는 왕이었지만, 왠지 모르게 마음이 편치 못했다.

내가 울음을 터트리자 원근이 손수건을 건넸다. 그의 손수건을 받자 울음이 더욱 커졌다.

"무슨 일이 있었소?"

"엉엉…."

그는 단지 물어봐줬을 뿐인데 울음소리가 대답을 대신했다. 뭐가 그렇게 서러운지는 모르겠지만, 누군가… 조금이라도 나를 아는 누군가가 내게 이렇게 물어봐주는 것만으로도 고마웠다.

"별로 들려오는 말이 없기에 잘 지내는 줄만 알았는데…"

정말 전후 사정 하나도 모르는 듯한 그의 말에 나는 화가 났다.

"이제 겨우 이틀째라고요."

울면서도 툴툴대는 나를 보며 그가 어색한 웃음을 짓는다.

"허면 이제 겨우 입궐 이틀 만에 이리 우는 것이오?"

나는 그를 한번 째려보고 더 크게 엉엉 울었다.

"미안하오. 내가 사과하리다. 그러니 그만 우시오."

그가 당황하며 한 손을 내 어깨에 올려 위로했다. 나는 그의 손을 뿌리치고는 건물과 건물 틈에 난 좁은 공간에 들어가서 주저앉아 더 크게 울었다.

이제 너무 울어서 그만 울고 싶은데, 막상 울음을 그쳐야 하는 타이밍을 놓쳤다. 차라리 그가 재차 나를 위로한다면 이를 핑계로 눈물을 닦고 일어설 수 있을 텐데. 그는 우는 여자를 달래는 법을 전혀 모르는 것 같다.

그저 뻘쭘히 서서 우는 나를 가만히 내려다보고 있을 뿐.

"엉어… 엉."

이제는 지쳐서 울음도 제대로 나오지 않았다. 그때 그가 내게 말한다.

"그런 곳에는 쥐가 있을지도 모르는데…"

어젯밤 죽은 패주의 귀신 이야기를 꺼내던 왕이 생각나며 나는 울컥했다.

남자들은 하나같이 여자를 놀릴 생각만 하지!

"쥐 따위! 안 무서워요!"

그러자 그가 멋쩍은 듯 웃으며 말한다.

"그리 크게 소리치는 것을 보아하니 거의 다 운 것 같소."

그의 말은 사실이었다. 마음껏 실컷 울어서 더는 흘릴 눈물
이 없었으니까. 난 자리에서 벌떡 일어서 그가 건네준 손수건
을 돌려주었다. 그가 손수건을 받아들며 말했다.

"확실히 그대는 소희가 아니오. 다르오."

난 퉁명스럽게 대꾸했다.

"그 말은 친영례 때도 했죠. 맞아요. 전 김소희가 아니에요.
황나래지. 그녀와 내가 다른 건 그녀는 왕비가 되지 못했고
난 왕비가 되었다는 거예요."

그가 잠시 망설이더니 말한다.

"소희가 어찌하여 왕비가 되지 못하고 목숨을 잃었는지 아
시오?"

그가 꺼내는 죽은 누이에 대한 이야기에는 늘 슬픔이 묻어
있었다. 여전히… 그의 가족은 누이의 죽음을 알지 못한다.
적어도 내가 왕비로 있는 한 원근을 제외한 그 누구도 알아
서는 안 되는 영원한 비밀이어야 했다.

"아…뇨."

얼굴 한번 본 적 없는 소녀의 죽음에 관한 이야기인데, 진실을 듣는 것이 두려워졌다. 내 목소리에 이런 두려움이 조금 묻어 나왔다. 원근도 이를 알아챈 모양이다.

"나중에 기회가 되면 말해주리다."

그는 여기까지 말한 후 내게서 돌아서려고 했다. 하지만 내가 그를 붙잡았다.

"친영례 때 약속했잖아요. 내 편이 되어주겠다고. 오라버니는 궁궐 밖에 사는데 어떻게 내 편이 되어줄 거죠?"

"이젠 대놓고 편을 요구하는군."

"앞으로… 이 나라의 왕비마마는 오라버니가 필요할 테니까요."

난 그의 집안인 안동 김씨를 통틀어 말하는 것이었다. 하지만 그에게는 조금 다르게 들린 것 같았다.

"소희도… 그대처럼 내게 그리 도움을 청했더라면, 목숨을 잃지 않았을지도 모른다는 생각이 들었소."

무슨 말이지?

"어쩌면 그대는 소희가 하늘로 떠나면서 내게 보낸 사람일지도 모르오. 자신은 지키지 못했더라도 그대는 지켜주라고…."

소중한 누이를 지키지 못한 그의 절절한 마음이 내게도 와 닿았다. 이기적이지만 이런 상황에서도 나는 그의 진심을 재차 확인하고 싶었다.

"그래서… 나를 지켜주고 내 편이 되어줄 건가요?

창덕궁 경복전.

"하하하…."

대왕대비의 웃음소리가 끊이지 않았다.

조금 전 대왕대비의 명으로 입궐한 김조순과 그의 부인 심씨. 그리고 장남 김유근이 그 자리에 있었다. 대왕대비가 내리는 술을 공손히 받아 든 부부는 번갈아가며 인사를 올렸다.

"혹시라도 저희 중전마마께서 실수를 하시더라도 넓은 아량으로 용서하시옵소서."

"아직은 왕실이 낯설어 많이 부족하실 것이옵니다. 하오나 대왕대비마마께서 지도해주신다면 하루속히 왕실에 잘 적응하실 것이옵니다."

대왕대비가 웃으며 대답했다.

"이미 중전은 잘 적응하고 있소. 다만… 한 가지 걸리는 것이 있소만."

"무엇…이온지요?"

김조순이 공손하게 물었다.

"오늘로써 합궁례 사흘째가 아니오. 헌데 아직도 합궁이 성사되지 못하였소."

"예?"

부부는 놀란 듯 대왕대비의 말을 들었지만 이미 궁궐 안을 떠들썩하게 한 이 일을 모르진 않았다. 다만 대왕대비가 대놓고 언급할 것이라고는 미처 생각하지 못해 크게 놀랐던 것이다.

"첫째 날은 중궁이 지친 듯하여 성사되지 못하였고 둘째 날은 중궁이 배앓이를 크게 하여 성사되지 못하였지. 마지막 날인 오늘까지도 성사되지 못한다면…."

부부의 표정이 굳자 대왕대비가 웃으며 말했다.

"그리 심각하게 들을 일은 아니오. 허나 알겠지만… 합궁례는 일반적인 합궁과 분명 다르오. 합궁례를 하루도 아닌 사흘에 걸쳐 치르는 것은 국혼에서도 가장 중요한 절차이기 때문이지. 이 합궁례가 제대로 성사되지 못하고 끝나버린다면… 또한 그 연유가 중전에게 있다면…?"

그때였다.

"주상전하 납시옵니다!"

문이 열리고 왕이 들어오자 김조순과 심씨, 김유근이 서둘러 자리에서 일어서 왕에게 예를 표했다.

"주상."

제일 먼저 대왕대비에게 인사를 올린 왕이 김조순 부부에게도 웃으며 말을 건넸다.

"편히 앉으시오, 국구."

"황송하옵니다."

왕이 앉고 김조순 부부와 김유근이 앉자마자 다시 밖에서 내관의 목소리가 들려왔다.

"대왕대비마마. 주상전하. 영돈녕부사의 차남이 왔사옵니다. 어찌하올까요?"

대왕대비가 김조순을 돌아보았다.

"차남도 함께 왔소?"

"예. 허나 아직 대왕대비마마께 인사를 올리게 하기에는 부족한 자식이옵니다."

"이젠 모두 한 가족이 아니오. 어서 들게 하시오."

대왕대비의 명에 가까운 곳에 서 있던 나인이 뒤로 물러나더니 문을 열었다. 잠시 후 김원근이 안으로 들어왔다. 하지만 그는 문가 가까운 곳에서 큰절을 올린 후 바닥에 넙죽 엎드렸다.

"대왕대비마마. 중전마마. 소인 김원근, 인사 올리옵니다."

아직 관직에 오르지 않았기 때문에 원칙적으로는 이런 자리에 동석이 불가능했다. 그러니 대왕대비와 가깝게 앉으려면 따로 명이 필요했기 때문이다.

"이리 가까이 오너라."

대왕대비의 명이 떨어졌다. 원근이 자리에서 일어서더니 조금 더 가까이 다가왔다. 그의 길은 내관이 안내했다. 내관은 왕이 앉아 있는 곳에서 다섯 걸음 떨어진 곳에 김원근을 앉혔다.

"국구의 장남은 부인을 닮았으나, 차남은 국구의 젊은 시절을 닮았소."

"황공하옵니다, 대왕대비마마."

김조순이 고개를 조아리자 대왕대비가 말했다.

"그러고 보니 이제 영돈녕은 이 나라의 국구이지 않소? 부인도 부부인이 되었는데 두 아들이 모두 관직에 나가지 않았다는 것은 말이 되지 않소. 어찌 음서로도 관직을 받지 않았소?"

"소신이 보기에는 부족한 아이들이옵니다. 하여 스스로 실력을 갈고닦아 과거를 보아 관직에 등용케 하기 위함이었사옵니다."

"그것도 하나의 방법이기는 하지. 허나 이리 장성한 아들이 둘씩이나 있으니, 한 명은 음서로 관직에 오르게 하는 것이 좋겠소."

대왕대비의 시선이 김유근을 향했다.

"음서를 받아들이겠느냐?"

"소인은…."

김유근이 눈동자를 굴렸다. 마음 같아서는 당장 대왕대비마마의 은혜에 감읍하며 받아들이겠다고 하면 될 일이었다. 적당히 거절하다가 받는 방법도 있었다.

그러나 조금 전 왕이 들어오기 전 상황을 떠올리면 그럴 수가 없었다. 합궁례가 제대로 이뤄지지 않는 이유를 중전 때문이라고 웃으며 몰아세웠는데, 눈치 없이 관직이나 받겠다고 말할 수가 없었던 것이다.

"…황송하오나 받잡기 어렵사옵니다."

"어째서?"

"소인은… 중전마마와 아버님께 누가 되지 않기 위해서라도 스스로 갈고닦은 실력으로 과거를 치르고 싶사옵니다. 이것은 또한 소인의 오랜 바람이었습니다. 이 바람을… 꺾지 말아주시옵소서, 대왕대비마마."

"그럼 어쩔 수가 없겠군. 참으로 훌륭한 아들을 두시었소. 국구."

"황공하옵니다."

이렇게 얼추 일이 마무리되는가 싶었다. 어쨌든 장남이 관직에 나아가지도 않았는데 차남인 원근을 음서로 등용하겠다는 것 자체가 너무 나간 것이었으니까. 여기에 대왕대비는 벽파, 김조순은 시파였다. 지금 조정은 벽파가 득세하는데 이 사실을 그 누구보다도 잘 아는 김유근이 벽파인 대왕대비의 추천으로 음서로 등용된다? 김유근이 두고두고 비난을 받을 일이었다. 어쩌면 노련한 대왕대비도 거절할 줄 알고 물었던 것인지도 모른다.

그런데 여기서 잠자코 있던 왕이 나섰다.

"국구의 차남에게는 묻지 않으시옵니까?"

이런 왕의 물음에 대왕대비도 당황했다.

"차남?"

왕이 웃으며 답했다.

"예. 그러하옵니다. 대왕대비마마께서도 지난 이틀간 합궁례가 제대로 치러지지 않은 일을 중전에게 그 까닭을 찾아 크게 심려하고 계시지 않습니까. 소손 생각에 그것은 중전이 아직 낯선 궁궐 생활에 잘 적응하지 못하였기 때문이 아닌가 사료됩니다. 허나 중전의 형제 중 한 명이 조정에 기용되어 등청한다면 중전 역시도 대왕대비마마의 은혜에 감읍하여 더욱 노력하지 않겠사옵니까?"

하나도 틀린 말은 아니었다. 그런데 왕이 너무 대놓고 중전을 편들고 있었다. 여기에 조금 전 왕이 대왕대비전에 들기 전, 대왕대비가 하는 말을 모두 엿들었음도 드러났다. 궁궐은 역시 비밀이란 없는 곳이었다.

"주상의 말은 틀린 것이 없소."

신하에 처가 식구들까지 모두 모인 자리에서 왕의 체면을 깎을 수는 없는 일. 대왕대비는 조금은 굳은 표정으로 고개를 숙인 채 앉아 있는 원근을 바라보았다.

"음서로 등용되길 원하느냐? 지금 드러난 주상의 마음을 보아서는 네게 판서 자리라도 줄 것 같다만."

대왕대비의 목소리에 약간 불만이 묻어났다. 곧바로 김조순 부부와 김유근의 얼굴이 딱딱하게 굳었다. 이제 그들은 원근이 이를 정중히 거절하기만을 바랐다. 그런데.

"대왕대비마마의 은혜가 하해와 같을진데, 어찌 소인이 거절할 수 있겠사옵니까."

원근이 받아들였다!

"약관에 관직 욕심이 많은가 보군."

대왕대비가 억지웃음을 지으며 말을 이었다.

"내, 빠른 시일 중에 국구의 차남에게 적당한 자리를 제수하리다."

"네가 지금 상황이 어떤 상황인지 알고나 그런 말을 한 것이냐!"

경복전을 나서자마자 유근이 원근을 꾸짖었다. 그러나 원근은 아무런 대답을 하지 않은 채 가만히 고개를 숙였다. 멀지 않은 곳에서 나인들의 시선을 느낀 김조순이 그들 형제에게 다가와 말했다.

"목소리를 낮추거라! 감히 여기가 어디인 줄 알고?"

"아버님. 원근이 좀 보십시오. 아주 누이를 팔아 관직을 얻으려고 작정을 했습니다."

누이를 판다는 말에 원근이 고개를 들어 유근을 노려보았다. 그러자 유근이 원근을 쏘아보며 말했다.

"어찌 그리 쳐다보느냐? 내가 틀린 말을 하였더냐?"

"그 입 다무십시오, 형님. 왕실과 인척이 되겠다며, 병을 핑계로 간택에는 절대 가지 않으려던 소희를 강제로 가마에 태워 궐로 보낸 것은 형님이 아닙니까?"

유근이 헛웃음을 지었다.

"그래서? 그 결과가 어떻더냐? 소희는 이 나라의 왕비가 되었다. 아마 훗날에는 내게 아주 고마워할 것이다."

"그만하거라."

당장이라도 멱살을 부여잡을 것 같은 형제를 보면서 어머니 심씨가 울먹거렸다. 그제야 형제는 서로를 보지 않고 등을 돌리고 섰다. 심씨가 남편 김조순에게 말했다.

"잘되겠지요. 잘될 것입니다. 그나저나 오늘이 합궁례의 마지막 날이라고 하는데 어찌하옵니까? 오늘도 합궁례가 성사되지 못한다면… 그 역시 대왕대비마마께서 중전마마께 책임을 물으신다면요?"

그 말을 들은 원근이 물었다.

"무슨 일이 있었습니까?"

심씨가 아들에게 대답했다.

"이틀째 합궁례가 성사되지 못했다고 한다. 대왕대비마마께서는 이 책임을 중전마마께 있다고 하시는구나. 만약 마지막 날인 오늘도 성사되지 못한 탓을 중전마마께 하실까 두렵다. 그리되면…"

일찌감치 대왕대비가 점찍어둔 규수가 간택 후궁으로 궐에 들어올 수도 있다. 거기까지면 차라리 다행이다. 더 나아가서는 왕비의 자리가 바뀔지도 모르는 일이었다.

지금 조정은 대왕대비의 가문인 경주 김씨 벽파 세력이 주도권을 잡고 있었다. 그들은 정조가 승하하면서 왕비로 간택되었던 소희와의 국혼을 물리고 다른 처자를 뽑으라고 대왕대비를 설득하려고 했었다.

다행히 국혼은 치러졌지만… 여전히 그들은 중전이나 김조순에게서 문제점을 찾아내려고 혈안이었다. 이러다가 자칫 왕비의 자리가 바뀔 수도 있었다.

"일단 중궁전으로 가자. 중전마마를 뵈어야겠다."

김조순이 말했다.

예상치 못한 사람들을 만났다.

"아버님. 어머님⋯. 그리고 오라버니들."

아직까지 입에 착착 감기지 않는 단어들. 그나마 원근이 함께 들어와서 다행이었다. 그런데 그는 김조순 부부와 김유근의 뒤에 앉아 고개를 숙이고 있었다.

나서서 나를 좀 도와주든지 아니면 눈빛으로라도 나를 도와주란 말이야.

내 편이 되어주겠다고 호언장담한 그가 얌전히 앉아만 있자, 나는 어색한 웃음만 흘리고 있어야 했다. 이제 와서 내가 소희가 아니라는 사실이 들킬 일도 없겠지만 들켜서도 안 되니 말이다.

"지금 웃음이 나오십니까?"

"네?"

어머니 심씨가 먼저 스타트를 끊었다.

"대왕대비전에 들렀다 오는 길입니다. 아주 큰일이 났습니다. 중전마마."

"큰일이라뇨?"

갑자기 김조순이 '크흠.' 하며 헛기침을 한다. 옆에 앉아 있던 유근도 나서지 못한다. 대신 여자인 어머니 심씨만 그들을 대신해서 내게 말을 한다.

"지난 이틀간 합궁례가 어찌 치러지지 못했습니까? 중전마마 때문입니까?"

"저… 때문요?"

난 이 부분에 대해서는 아주아주 할 말이 많았다. 그래서 목소리를 높이며 심씨에게 말했다.

"누가 그래요? 전하가요?"

"어찌 그리 눈을 뜨십니까? 이젠 중전마마가 아니십니까!"

갑자기 김조순이 내게 큰소리를 냈고 난 바로 기가 죽어버리고 말았다. 그러자 심씨가 김조순에게 목소리를 높이지 말라는 듯 눈짓을 주더니 나를 부드럽게 타일렀다.

"물론 중전마마의 뜻은 아니시겠지요. 허나 대왕대비마마께서 그리 생각하고 계십니다."

"아… 대왕대비마마가요?"

대왕대비라면 충분히 그러고도 남을 것 같다. 그런데 왜 갑자기 속이 울렁거리는지… 조금 전 내수사에서 있었던 일이 다시금 떠오르려 한다. 앞으로 대왕대비 앞에만 가면 저절로 기가 죽을 것 같은 기분이다. 대왕대비도 이를 노리고 문 상궁과 함께 내수사에서 수라간 상궁들을 벌주게 시켰는지도 모르겠다.

"주상전하와 중전마마 모두 건강하시지 않습니까? 그러니 하루라도 빨리 왕실의 대를 이을 원자 아기씨를 낳으셔야지요. 그보다도 먼저 합궁례가 얼마나 중요한 일인지 별궁에서 상궁들이 일러주지 않았습니까?"

"그거야…."

왕비가 합궁 시 지켜야 하는 그 많은 덕목을 외우게 시키면서 아주 무섭게 일러주긴 했다.

"중전마마. 이 어미 손 좀 잡아주십시오."

그녀가 내게 손을 내밀었고 나는 얼떨결에 그녀가 내미는 손을 잡아주었다. 그녀는 손을 잡자마자 눈물을 글썽이며 내게 말했다.

"오늘이 합궁례의 마지막 날입니다. 반드시 성공하셔야 합니다. 그렇지 않았다가는 중전마마는 물론이고 우리 집안의 생사가 어찌 될지 모르옵니다."

"그게… 생사까지 걸린 일이에요?"

"예. 그만큼 주상전하와 중전마마의 합궁은 매우 중요한 일입니다."

난 할 말을 잃어버렸다.

합궁례는 단순히 왕과 왕비의 첫날밤을 보내는 의식이 아니었다.

이 나라의 대통을 이을 원자를 낳기 위한 과정이며, 왕과 왕비의 결혼식의 가장 마지막 단계이기도 했다. 왕과 왕비의 감정 따위는 중요하지 않았다. 합궁이 치러지기 사흘 전부터 궐이 들썩이고 미리 많은 준비가 이루어지는 것.

'과인은 이 나라의 국모이자 중전인 그대와 여느 평범한 여염집 부부처럼 서로 존중하며 사랑하며 살고 싶소.'

왕이 말한 소망은… 처음부터 엄청나게 이루기 어려운 것인지도 모른다.

"반드시… 반드시 오늘 밤은 성사되어야 합니다. 이 어미의 간곡한 말뜻을… 아시겠습니까, 중전마마?"

난 원근을 쳐다보았다.

그도 내 심정을 아는 듯한 눈빛을 보냈지만, 그 이상 도움을 줄 순 없었다. 내가 왕비가 되겠다고 한 이상에야, 그리고 실제로 왕비가 된 이상에야, 어차피 처음부터 피할 수 있는 일이 아니었다.

단 하룻밤만 넘기면… 왕은 곧 예쁘장한 궁녀들에게 빠져서 후궁들을 끼고 살 것이다.

그리고 난… 내가 원하는 진짜 권력으로 한 걸음 더 다가갈 수 있을 것이다. 이 상태에서는 안동 김씨 집안도 나를 도와주지 않을 거고 내 왕비 자리도 위태로워질 가능성이 컸다.

하룻밤이면 돼. 단 하룻밤만이면….

난 무거운 마음으로 침을 삼켰다.

드디어 마지막 합궁례의 밤이 찾아왔다.

앞서 두 번의 밤과는 다르게 난 정말 비장한 각오를 다졌
다. 더는 피할 수 없는 무거운 현실과 마주했기 때문인지도
몰랐다.

"주상전하 납시오!"

동온돌의 문이 열리고 야장의를 차려입은 왕이 안으로 들
어왔다. 나는 자리에서 일어서려 했지만, 왕이 웃는 얼굴로
막았다.

"그대로 앉아 있으시오."

그러더니 내 앞에 앉으며 말했다.

"앞으로 그대와 동온돌에서 마주하는 밤에는 과인을 일어
서 맞이할 필요 없소."

자상한 말이다.

그러나 지금 이 상황에서는 '자상'이 귀에 걸리는지 귀를
뚫고 들어가는지도 모를 판국이다. 난 그저 고개를 숙인 채
힘없이 어깨를 축 늘어뜨렸다. 도무지 그와 눈을 마주칠 수가
없었다.

마치 도살장에 끌려 나온 어린 돼지처럼 울적한 상태로 고
개만 살짝 까딱거렸다. 왕이 이런 나를 가만히 바라본다. 아

마 평소와 다르게 기가 죽은 내 상태의 원인을 알고 싶은지
도 몰랐다.

그사이 상궁이 평소대로 왕에게 술을 따랐다. 왕은 술을 반
잔 정도 마신 후 내려놓더니 내게 묻는다.

"오늘 과인이 대왕대비마마께 청하였소. 이제 곧 그대의 형
제인 김원근에게 관직이 제수될 것이오."

원근의 이야기에 난 고개를 들어 왕을 바라보았다. 왕은 늘
그렇듯 변함없이 나를 보고 웃고 있다.

"이제야 과인을 봐주는군."

"그게… 무슨 말씀이십니까?"

"과인이 전해 들으니 그대가 두 형제 중 김원근과 가장 가
까웠다지? 당분간은 궁중 생활이 낯설어 가족이 많이 그리울
텐데, 종종 김원근을 중궁전으로 불러 담소도 나누고 지내시
오. 좀 웃으면서."

가슴이 뭉클해지는 왕의 배려다.

하지만 그렇다고 해서 합궁례를 치를 준비가 되었다는 것
은 아니었다. 난 권력을 손에 쥐겠다는 단 한 가지 목표를 보
고 달리느라 정작 가장 중요한 사실을 잊고 있었다. 난 아직
어른이 될 준비가 되지 않았다.

여전히 웃지 못하고 금방이라도 울상이 될 것 같은 얼굴로
있자 왕이 주변을 물렸다. 그러자 모든 나인들이 밖으로 나가

고 마지막으로 나가려던 상궁이 동온돌을 밝히고 있던 촛불을 하나씩 끄기 시작했다.

총 다섯 개의 촛불. 그 촛불들이 하나씩 꺼지는 동안 나를 바라보던 환한 얼굴의 왕의 미소에 조금씩 그늘이 생겼다. 이제 완전한 어둠이 찾아올 것이다.

왕은 촛불이 꺼지는 동안에도 내 얼굴에서 눈을 떼지 않는다. 그리고 마침내 마지막 촛불이 꺼지려는 순간이었다. 왕이 손을 들어 제지하고는 나를 향한 시선을 거두지 않은 채 상궁에게 말했다.

"그 불은 과인이 끌 것이다."

"예…."

상궁이 고개를 숙이고 나가자, 이제 정말 방 안에는 우리 두 사람만 남았다.

역사에 쫓겨난 대비는 없어도 쫓겨난 왕비는 무수히 많다. 그중에는 사약을 받은 왕비도 둘이나 있었다. 나는 아주 당연하게도… 순원왕후가 되었으니, 내게는 그런 운명이 찾아올 것이라고는 생각조차 하지 않았다. 하지만 원래 이 자리에 있었어야 했을 소희라는 소녀는 죽어버렸다. 난 그 자리를 대신했다. 어쩌면 이미 역사는 내가 아는 것과 다르게 진행되고 있는지도 모른다.

이제… 피할 수 없는 거야?

도살장에 끌려온 새끼 돼지부터 어미 잃은 아기 고양이까지. 대입할 수 있는 모든 불쌍한 처지의 동물들의 영혼이 죄다 내 몸을 훑고 지나가는 상황. 툭, 치면 톡, 하고 울 것 같은 상황에서 왕이 턱을 괴고 나를 쳐다보았다.

"무슨 생각을 그리 하시오?"

"네?"

"중전답지 않게. 원래 중전은… 발랄하잖소."

"아… 네…."

뭐라고요? 발랄? 지금 나 놀려요? 그렇게 쏘아붙여도 모자랄 판국인데, 겨우 입 밖으로 나온 말이라는 게 '아' 그리고 '네'뿐이라니….

하지만 정말 지금 내 심정이 그러했다. 할 말이 없었다. 엄청난 문제를 마주했다. 문제를 풀 시간조차 주어지지 않은 채 시험이 시작되었다. 내겐 이 문제를 풀 지식도 공식도 없다. 빵점 맞을 상황이 확실한데 이런 상황에서 뭐가 좋다고 웃고 마음껏 성질을 낼 수 있을까?

"두 형제 중 한 사람에게만 관직을 내린 것이 아쉬우시오?"

"아, 아뇨. 기뻐요. 원근… 오라버니가 곧 관직을 제수받는다고 하시니까요."

"과인은 중전이 참으로 기뻐해줄 것이라 여겼는데."

"네?"

"칭찬도 받고 싶었고."

"칭찬?"

평소와 다르게 통 답답하게 구는 나를 보며 왕이 솔직한 심정을 고백했다. 그리고 턱을 괸 손을 풀고는 허리를 펴고 앉아 나를 쳐다보았다. 나는 앉은키도 나를 넘어서는 왕을 올려다보며 책을 읽듯 무심한 목소리로 대답했다.

"잘하셨어요…."

그러자 왕이 기다렸다는 듯이 활짝 웃으며 내게 말한다.

"그럼 이제부터 시작해볼까?"

왕의 손이 내 허리를 잡더니 그대로 나를 금침 위로 눕혔다. 아직 하나의 불이 꺼지지 않은 상황. 난 그대로 내 몸 위로 올라온 왕을 올려다보며 꼴깍, 침을 삼켰다. 그러나 왕은 여유 만만한 웃음만 지으며 나를 지긋이 내려다본다.

정말… 이제 피할 수는 없는 걸까?

"어디부터 입을 맞춰야 할까?"

"…저, 전하. 아직 불이…."

"저 불을 끄면 당황한 중전의 이 귀여운 얼굴을 보지 못하지 않소?"

보통의 나라면 왕을 밀치고 바르작거리고도 남았을 상황.

하지만 모든 것을 체념해버린 나는 그저 놀란 토끼 눈만 뜨고 왕을 쳐다볼 뿐이었다. 이제 이 밤의 주도권은 모두 왕의

288

손으로 넘어가버렸다.

왕의 눈이 내 머리카락을 향했다. 단정하게 묶어 내렸지만, 넘어뜨리며 살짝 흐트러진 곳이 있었나 보다. 왕의 손길이 그 머리카락을 쓸며 자연스럽게 내 얼굴선을 따라 흐트러지더니 이윽고 내 턱 을 잡아당겨 살짝 입을 맞추었다.

심장이 철렁 내려앉는가 싶더니 제멋대로 뛰기 시작한다. 이 거친 박동이 그에게 그대로 전해질 것만 같은데 도리어 그에게서 전해지는 박동은 아무것도 없었다. 입술이 떨어지자 그가 짧은 한숨을 내쉬며 말한다.

"그대가 과인을 볼 때마다 늘 웃으면 좋겠소. 과인이 그대를 볼 때처럼."

나를 향한 그의 웃음은… 이유가 있는 웃음이었다. 서로 마주 보고 웃고 싶은 마음. 그는 그 마음을 담아서 지금까지 나를 볼 때마다 수시로 웃었던 것일까?

잔뜩 긴장한 나는 더 이상 그를 똑바로 바라보지 못하고 고개를 옆으로 돌려버렸다.

"전하…."

그를 부른 채 미처 잇지 못한 말에는 제발 남은 불을 꺼달라는 간절함이 담겨 있었다. 그러나 그는 내 마음을 알아채는 것에는 관심이 없는 듯했고, 그저 자신에게서 고개를 돌려버린 나를 보는 것이 싫은 것 같다. 다시 내 턱을 잡아 자신에게로 돌려세우더니 내 눈을 바라보며 말한다.

"지금 과인을 보며 웃어 달라고 한다면 너무 무리한 요구요?"

그의 말에 나는 억지로라도 웃어보려 했지만 불가능했다. 결국 웃다가 만, 인상을 찌푸린 얼굴이 되어버렸다. 원치 않게 얼굴을 찌푸리게 되자 곧 울상이 되어 눈가에 눈물이 고이고 말았다.

"우시오?"

왕도 내 눈물을 보았다. 그리고 그것은 내가 정말 다른 누구도 아닌 왕에게만큼은 들키고 싶지 않은 모습이었다. 나는 왕에게 진심을 다해 간절히 부탁하듯 말했다.

"전하를 좋아하려고 노력할게요. 정말요. 그래야 한다는 것도 알고요. 전 왕비니까… 하지만 정말 합궁은 무리예요."

이 말을 하는데 얼마나 서러운지 눈물이 줄줄 흘렀다. 그래도 지금 까놓고 이야기할 사람은 왕뿐이었다. 그가 이런 내 마음을 알아준다고 크게 달라질 것은 없겠지만… 난 분명 희망을 품고 있었다. 하지만 그는 물러설 것 같지 않았다.

"그대가 오늘 내수사에서 있었던 일로 마음이 매우 심란하다는 것은 알고 있소. 허나 그런 일로 인해 왕비로서 반드시 치러야 할 일을 계속 뒤로 미룰 수는 없는 일이오."

"전하…"

"웃어 달라고 했는데… 결국 울리고 말았군."

왕이 나의 두 다리를 벌리더니 그 가운데에 자리를 잡았다. 이런 왕의 행동을 본 나는 두 눈을 질끈 감으며 옆으로 고개를 돌렸다. 다시 눈을 뜨자, 동온돌을 둘러싼 방에 왕이 내게 하려는 행동의 그림자가 거울을 보는 것처럼 그대로 비쳤다.

"제발…."

"조금 아플 거요."

"전하… 제발…."

"오늘 밤 일은 혹독한 왕비의 신고식으로 생각하시오."

왕의 그림자가 내 속치마를 가볍게 걷어 올렸다. 이어 점점 내 몸 가까이로 숙여지는 왕의 큰 그림자. 그리고 잠시 후….

"아아악!"

내 비명이 동온돌을 뒤흔들었다.

다음 날 아침, 경복전.

"전하의 그림자와 중전마마의 그림자가 하나로 합쳐지자, 바로 중전마마의 비명이 들리더니…!"

"그래서? 그다음은 어찌 되었느냐?"

대왕대비. 혜경궁. 대비. 가순궁. 그리고 이 자리의 모든 왕실 여인들을 모시는 상궁들과 나인들까지 수십여 명의 여인들이 자리한 가운데 대왕대비가 지난밤 숙직 상궁을 앉혀놓고 집요하게 캐물었다.

"중전마마께서 엉엉 우시며 전하께 계속 살려 달라 하셨습니다. 헌데도 전하께서는 대답도 하지 않으시고 계속…."

"어머나…."

아들의 생생한 사생활을 처음으로 전해 들은 가순궁은 얼굴도 제대로 들지 못했다.

"더, 더, 이야기해 보거라. 그래서?"

지금 대왕대비는 이 자리에 모인 모든 나인들의 마음을 대변해주고 있었다.

"중전마마의 품에 몸을 묻으신 채 무언가를 계속 열중하셨는데…."

"그 '무언가'가 무엇이냔 말이야. 도대체!"

대왕대비의 채근에 상궁이 고개를 조아리며 어쩔 줄 몰라 했다.

"그저 소인은 보고 들은 사실만을 말씀드린 것이옵니다…."

"알았다. 알았으니 계속 이야기하거라. 그 뒤에는 어찌 되었느냐?"

"계속 중전마마는 아프다고 우시며 칭얼대시더니 언젠가부터는 전하의 등을 꽉 끌어안으시고는 마구마구 주먹으로 치셨습니다."

"뭐라? 중전이 주상을 때렸다고?"

"헌데도 전하께서는 전혀 괘념치 않으신 듯 중전마마를 끌어안고 몸을 움직이고 계신 것 같았사옵니다."

"휴우….'

대왕대비가 깊은 한숨을 내쉬었다.

그때 다른 숙직 상궁이 대왕대비를 비롯한 왕실 여인들이 모두 앉아 있는 자리에 무언가를 펼쳤다. 지난밤 금침 위에 깔았던 흰 천이었다.

천 위에는 붉은 핏자국이 분명히 찍혀 있었다. 그런데 적은 양이 아니었다. 이를 본 혜경궁이 헛기침을 하며 대왕대비의 눈치를 살폈다. 그제야 대왕대비가 숙직 상궁을 노려보며 꾸짖었다.

"일이 이 지경이 되도록 말리지 않았단 말이냐!?"

"소, 소인들도… 돌아가면서 계속 '전하, 자중하시옵소서. 옥체를 보존하셔야 하옵니다!'라고 말씀드렸사오나… 전하께서는… 들은 체도 하지 않으시고 '일'에 열중하시어… 소용이 없었사옵니다."

"이럴 수가….'

대왕대비가 연거푸 한숨을 내쉬며 말했다.

"그래서 중전은 어찌 되었는가?"

"아침부터 거동을 전혀 못 하시고 계셔서… 아침 문후는 주상전하 홀로 오시고 계시옵니다."

"알았다. 일단 내의원 의관을 보내 중전을 진맥케 하거라. 어서."

"예."

숙직 상궁이 물러가자 대왕대비가 가순궁을 돌아다보며 말했다.

"간택 후궁이라도 여럿 들여야 하나? 이러다가 원자를 보기도 전에 애꿎은 중전을 잡겠소."

가순궁도 쩔쩔매며 대왕대비에게 답했다.

"아직… 전하께서 혈기가 왕성하시니…."

그때였다. 밖에서 왕이 아침 문후를 올리기 위해 도착했다는 소리가 들렸다. 거짓말처럼 여인들이 모두 헛기침을 하며 자세를 고쳐 앉느라 야단을 피웠다.

잠시 후 문이 열리며 어제와 별반 다르지 않은 왕이 안으로 걸어 들어오자 상궁들과 나인들이 모두 얼굴을 붉히며 왕에게서 고개를 돌렸다. 왕은 태연하게 들어와 어제처럼 왕실 여인들에게 인사를 올리더니 자리에 앉았다.

"지난밤에 강녕하셨는지요? 소손 문후 올리옵니다."

"크흠."

대왕대비가 헛기침부터 하며 아무것도 모르는 척 왕에게

294

물었다.

"중전은 어찌 두고 홀로 문후를 드리러 오신 게요, 주상?"

왕이 평소와 다르게 말이 없었다. 웃지도 않았다. 어차피 왕도 알고 있었다. 왕실 여인들이 모두 지난밤 중궁전 동온돌에서 일어난 일들을 모두 보고받았다는 걸.

알면서 묻다니 짓궂다고도 할 수 있겠지만, 그렇다고 당연히 함께 와야 할 왕비가 없는데 이 사실을 모른 척 넘어갈 수도 없는 일이었다. 잠시 동안 입을 다물고 있던 왕이 마침내 대답했다.

"어젯밤 합궁례 마지막 날이 아니었사옵니까? 이제야 동뢰연이 모두 끝났으니, 안심이 되어 병이 난 듯하옵니다."

"그래요?"

"당분간은 문후가 어려울 듯 보였사오니… 너그러이 용서하여 주시옵소서."

왕이 왕비를 대신해서 머리를 조아렸다. 왕의 이러한 태도는 처음이라 대왕대비는 어쩔 수 없이 문 상궁을 돌아보며 말했다.

"중궁전에 사람을 보내 알리거라. 몸이 완전히 쾌차할 때까지 중전은 아침 문후를 하지 않아도 된다고."

"예, 대왕대비마마."

대왕대비가 깊은 한숨을 내쉬며 왕을 돌아보았다.

"이제 되었소, 주상?"

띠불띠불. 띠불띠불.

아침에 일어난 뒤로 계속 욕만 입에 걸린다.

하지만 어쩔 수 없다. 그리고 내가 하는 욕에 얻어터지는 대상은 단 한 사람. 바로 왕이다.

"이런 신발 가게 주인 아들이 키우는 강아지 같은 자식아!"

그리고 톡, 떨어지는 눈물.

"넌 분명 동물이야! 아니, 이 짐승! 짐승!"

숨도 쉬지 못하게 아팠던 어젯밤. 게다가 이러한 사실을 다 알면서도 전혀 나서서 도와주지 않았던 아홉 명의 숙직 상궁까지. 모두가 미웠다. 하지만 결국 내 몸에는 깊은 상처가 남았다. 피도 엄청 났다. 다시는 돌이키고 싶지 않을 정도로 아팠던 지난밤.

"중전마마. 제조상궁이옵니다."

나는 당장 혼자서는 허리도 펴고 앉을 수 있는 상태가 아니었다. 결국 보료에 놓인 등받이에 반쯤 등을 대고 간신히 허리를 세웠다.

"들라 하게…."

"예."

문이 열리며 제조상궁이 각 부서의 상궁들과 함께 들어온다. 사흘간의 합궁례 기간을 포함, 동뢰연을 모두 끝낸 왕비가 받는 하례 의식을 하기 위해서였다. 일종의 내명부 수장인 왕비가 받는 아침점호 같은 건가? 그래 봤자 현재 내외명부를 다스리는 건 수렴청정을 하고 있는 대왕대비 한 사람이긴 하지만.

"경축…드리옵니다."

허리도 제대로 펴지 못한 채 앉아 있는 나를 보며 제조상궁의 말이 조금 길어졌다. 그녀를 뒤따라 들어온 많은 상궁들도 모두 내 상태를 이리저리 살펴보았다. 그중 몇몇은 나를 불쌍하다는 듯 쳐다보기도 나를 부러워하며 쳐다보기도 했다.

"고맙네."

도대체 무엇을 경축하는 것인지는 잘 모르겠지만.

"앞으로도 저희 내명부 상궁들은 모두 성심을 다해 중전마마를 모실 것이옵니다."

그들의 길고 긴 인사들이 모두 끝난 후 나는 다시 혼자가 되었다. 잠시라도 보료 위에 두 다리를 뻗고 쉬려고 하는데 또다시 누군가가 찾아왔다는 소식이 전해졌다. 이번에는 왕의 어머니인 가순궁이었다.

"가순궁마마께서 오셨사옵니다."

그럼 일어나야 하나? 미치것네!!

울상을 지으며 일어서려던 나의 눈에서 눈물이 톡, 떨어졌다. 마침 들어오던 가순궁이 이를 보고는 깜짝 놀라며 내게 달려왔다.

"그대로 앉아 계십시오, 중전마마."

"아, 아무리 그래도… 인사를…."

"인사라뇨. 어서 앉으세요. 어서요."

"네에…."

눈물이 앞을 가릴 정도.

그때 가순궁의 뒤로 귀엽고 깜찍한 오동통한 얼굴이 보인다. 숙선옹주였다.

"옹주도 왔어요?"

"중전마마."

자신을 알아봐주는 것이 기쁜지 활짝 웃는 옹주. 하지만 곧 가순궁의 부축을 받아 자리에 어렵게 앉는 나를 보며 옹주의 표정도 어두워진다.

"중전마마. 어디 아프시옵니까?"

"쉿."

가순궁이 말을 막았지만 옹주의 호기심은 끝이 없었다.

"어제 중전마마가 전하 오라버니를 때리셨사옵니까?"

"옹주!"

가순궁이 말을 막았지만 이미 때는 늦어버렸다.

"내, 내가?"

"다들 그렇게 말하옵니다. 아니옵니까?"

"아…."

때리긴 때렸지. 아주 정신없이 때렸다.

그런데도 아예 돌부처처럼 꼼짝 않고 제 할 일을 하더라.

나아쁜놈!

"하하…."

난 어색한 웃음부터 흘렸다.

"옹주. 계속 이리 입을 함부로 놀리실 것이라면 먼저 돌아가세요."

"히잉…."

난 서둘러 밖에 있는 나인을 불러 말했다.

"가서 옹주께서 드실 간식을 가져오너라."

"예. 중전마마."

그러자 옹주가 눈을 반짝이며 자리에서 벌떡 일어서더니 나인에게 묻는다.

"수라간으로 가느냐? 아님 퇴선간에 있느냐?"

이미 마음이 중궁전 아궁이에 가 있는 옹주를 보며 내가 허락했다.

"옹주를 함께 모시고 가거라."

"예, 중전마마."

나인과 함께 신나서 나가는 옹주를 본 후 나는 가순궁에게 물었다.

"여긴 어쩐 일이신지요?"

"중전마마. 지난밤에 고생하시었습니다."

"아⋯하하⋯. 지난밤에요⋯. 고생이라⋯."

"많이 아프시옵니까? 내의원 진찰은 받으셨는지요?"

"아침 수라 전에 받았사옵니다."

"뭐라 한답니까?"

"별다른 말은 없었고⋯ 기력을 보충할 만한 약재를 올린다 하였사옵니다."

"어쨌든 일이 이렇게 될 줄 몰랐습니다. 아휴⋯. 우리 주상 께서 그리 혈기 왕성하실 줄이야⋯."

에?

가순궁은 연거푸 한숨을 내쉬더니 옷고름으로 눈가를 매만 지며 말한다.

"부끄럽지만 선왕께서도 그러하셨지요. 종종 작정하신 듯 날이 밝을 때까지도 깨어 계셔서⋯ 많이 힘들었습니다."

뭐지? 이건? 누가 힘들었다는 거야? 가순궁마마가?

"아⋯ 네⋯."

"어쨌든 이로써 국혼 절차는 모두 마치시고 진정한 중전마마가 되셨으니 감축 또 감축드리옵니다."

"고, 고맙사옵니다…."

"참… 어제 내수사의 일 말이옵니다."

가순궁마마가 어제 내수사에서 있었던 일을 언급했다.

"내수사요? 그 수라간 나인들 말이옵니까?"

"예. 들으셨는지요? 그들 모두 출궁 조치되었다 하옵니다.
죽은 나인의 가족에게는 대비께서 따로 장례를 치를 비용을
지급하셨다고 들었사옵니다. 나중에라도 대비마마께서 이 일
을 언급하시오면 꼭 사례의 인사를 올리도록 하십시오."

"알겠사옵니다…."

대비 이야기가 나와서일까?

"저… 마마."

"말씀하시지요."

"상궁을… 바꾸려면 어찌해야 하옵니까? 대왕대비마마의
허락을 받아야 하옵니까?"

"중궁전 상궁이… 무엇을 잘못했사옵니까?"

"그건 아니지만…."

합궁례 때 나물 밥상을 받아보고서야 알게 되었다. 지금 중
궁전 상궁은 대비의 사람이다. 수라간 상궁도 대비와 관련이
있었다. 대비가 내게 우호적인지 아닌지 확신할 수 없지만,
이번 일만 보더라도 지금 내 곁에 있는 중궁전 상궁들은 영

301

믿음직하지가 않았다.

중궁전에 소속된 상궁은 총 두 명. 한 명은 지밀상궁이라 한시도 내 곁에서 떨어지지 않지만, 다른 상궁은 주로 소일거리를 하기 때문에 따로 불러내지 않으면 마주할 일은 없다. 난 한 번에 둘 다를 바꾸지 않더라도 전자인 지밀상궁을 바꾸고 싶었다.

"제조상궁에게 언질을 주시면 됩니다. 헌데… 제가 지금 데리고 있는 상궁이 둘인데, 밑에 오랫동안 두고 있던 나인이 곧 상궁이 됩니다. 하여 상궁이 셋이 되지요. 그리되면 한 상궁은 다른 곳으로 보내야 하는데, 이번에 상궁이 되는 아이가 참으로 영특합니다. 중전마마만 괜찮으시다면 그 아이를 중궁전 지밀상궁으로 삼으심이 어떠하신지요?"

가순궁의 호의에 난 잠시 고민했다. 대비도 믿을 수 없지만 가순궁을 믿을 수 있는 것도 아니었다. 하지만 적어도 가순궁은 왕의 어머니다. 왕의 어머니가 설마 대비와 같은 짓을 벌이진 않겠지.

내 대답이 늦어지자 눈치 빠른 가순궁이 먼저 입을 열었다.

"합궁례 둘째 날 있었던 중전마마의 배앓이가 우리 옹주가 만든 무 절임과 관련이 있다는 사실을 알고 있습니다."

"네? 알고 계셨다고요?"

가순궁이 미안한 얼굴로 고개를 끄덕인다.

"헌데도 중전마마께서 옹주를 감싸주셔서 대신 수라간 나인들이 그 죄를 받았지요. 덕분에 옹주가 살았습니다. 그러니 이번에는 중전마마를 돕고 싶습니다. 이번에 제가 추천하는 상궁은 믿으셔도 됩니다."

"알겠사옵니다. 그리하지요."

"황공하옵니다, 중전마마."

그때 문이 열리며 옹주가 돌아왔다. 옹주는 양손 가득 과자를 들고서는 환하게 웃고 있었다.

"옹주, 어찌 그리 체통 없이 손에 음식을 들고 다닙니까? 나인들이 흉봅니다."

"그래도… 맛있어서. 중전마마도 드시옵소서."

옹주가 활짝 웃으며 내게 과자를 하나 내밀었다. 난 그 과자를 받으며 활짝 웃었다. 그사이 가순궁이 자리에서 일어서며 말했다.

"저는 이만 물러가지요. 옹주도 어서 중전마마께 인사 올리세요."

"네, 어머니."

옹주가 손에 남은 과자를 급히 입에 털어 넣고는 공손히 두 손을 모아 내게 인사를 올렸다. 이후 가순궁이 먼저 나가고 옹주가 그 뒤를 따라 나갔다. 바로 문이 닫히려는데 옹주가 급히 되돌아오더니 내 앞으로 다가와 고개를 숙였다.

"중전마마."

그러더니 아주 작은 목소리로 내 귓가에 대고 속삭이듯 비밀스럽게 말했다.

"응?"

"중전마마께만 드릴 게 있사옵니다."

"무엇…을?"

옹주가 조심스럽게 주변을 살피더니 자신의 옷 속에서 작은 주머니를 꺼내 내게 내밀었다. 그러고는 숨소리처럼 작은 목소리로 내게 말했다.

"전하 오라버니가 전해 드리라 하였사옵니다."

"전하께서?"

"또한 비밀이라 하셨사옵니다. 전하 오라버니랑 저랑 그리고 중전마마만 아는 비밀. 히힛."

"아… 고마워요."

옹주가 신이 난 얼굴로 쪼르르 밖으로 나갔다.

옹주가 나간 뒤 나는 주머니를 뒤집어 손바닥에 대고 안에 있는 것을 툭툭 털었다. 탁, 또르르…. 뭔가 조그만 것이 내 손에 떨어졌다가 바로 상으로 굴러떨어졌다.

집어 들어보니 작고 납작한 원형 상자였다. 그 상자를 열어보자 코를 찌르는 연고 냄새가 났다. 그제야 난 이 연고의 정체가 무엇인지 알아차렸다. 그리고 분노했다.

"이 나아쁜…!"

그랬다.

운명의 지난밤. 합궁례 마지막 날 밤에 있었던 일이다.

'전하를 좋아하려고 노력할게요. 정말요. 그래야 한다는 것도 알고요. 전 왕비니까… 하지만 정말 합궁은 무리예요.'

이 말을 하는데 정말 얼마나 서러웠던지 눈물이 앞을 가렸다. 그간 내게 보였던 그의 미소가 진심이라면 그의 진심에 간절히 요청했다. 아니, 아예 희망을 품고 있었다.

그런데 그는 물러서지 않았다.

절대! 물러설 생각이 없었다.

"그대가 오늘 내수사에서 있었던 일로 마음이 매우 심란하다는 것은 알고 있소. 허나 그런 일로 인해 왕비로서 반드시 치러야 할 일을 계속 뒤로 미룰 수는 없는 일이오."

"전하…"

"웃어 달라고 했는데… 결국 울리고 말았군."

왕은 가녀린 내 두 다리를 벌리더니 그 가운데에 자리를 잡았다.

난 더 이상 앞으로 내게 일어날 일을 볼 용기가 나지 않았다. 일명 현실 부정! 내게 무언가를 하려는 그에게서 고개를 돌리며 눈을 질끈 감았다.

다시 눈을 떴을 때 내가 본 것은… 문에 비치는 그림자였다. 그것은 또 다른 공포였다.

"제발…."

"조금 아플 거요."

아예 아플 거라고 대놓고 선포를 하는 왕.

난 정말 무서웠다.

"전하… 제발…."

"오늘 밤 일은 혹독한 왕비의 신고식으로 생각하시오."

그의 그림자가 내 속치마를 허리까지 밀어 올렸다. 그 모습이 그대로 그림자가 되어 나를 덮치고 있었다. 이제 왕이 맞닥뜨린 건 속치마 속에 입은 속바지 달랑 하나뿐. 왕의 손길이 속바지를 그대로 위로 밀어 올리는데….

그 순간 내 몸에 전해지는 느낌.

"아아악!"

여리고도 여린 내 허벅지 안쪽 살을 그가 이로 물어버린 것이다!

엄청난 아픔이었다. 나는 그의 이를 내게서 떼어내려고 몸부림쳤지만, 그는 마치 짐승처럼 정말 한동안 허벅지를 놓지 않고 물고 있었다.

핏물이 내 허벅지를 타고 뚝뚝 떨어져 금침을 적시고 치맛자락을 적시는 느낌이 전해졌다. 잠시 후 나는 정말, 정말정말 너어무 아파서 엉엉 울었다. 마비가 온 것처럼 물린 다리에 아무 느낌이 없었다.

"짐승… 이런 짐승… 엉엉…!"

울면서 그에게서 떨어지려 몸부림치자, 그가 내 몸 위에서 고개를 잠시 드는가 싶더니 그대로 나를 꽉 끌어안고는 놓아주려 하지 않았다.

"그래서 과인이 아플 거라고 했잖소."

"그래도 이건 아니잖아요. 아파도 너무 아프다고요. 엉엉."

"잠시만 이렇게 있읍시다."

"싫어요. 아프단 말이에요…."

나를 끌어안고 놓지 않으려는 그를 밀어내려 주먹으로 등을 수없이 내리쳤지만 그는 꿈쩍 않았다. 나중에는 아픔과 함께 분한 마음이 치솟았다.

"많이 아프오?"

"용서하지 않을 거야…. 흐흑…. 오늘 일을 절대 용서하지 않을 거라고…."

"그럼…."

그가 자신의 맨 어깨를 내밀었다.

울던 나의 눈이 그것을 보고 휘둥그레졌다. 설마, 공평하게 나가자 이거야? 잠시 망설이는 마음이 있었지만, 여전히 그에게 물린 허벅지는 엄청나게 아팠다. 난 그가 내민 어깨를 악물며 눈을 질끈 감았다.

"…으, 흐음."

왕의 입에서 묘한 신음이 흘렀다. 이 신음에 당황한 듯 문밖의 숙직 상궁들이 소리쳤다.

"전하, 자중하시옵소서. 옥체가 상할까 염려되옵니다!"

"전하. 옥체를 보존하시옵소서!"

상궁들의 이러한 말은 내 분노를 더욱 부채질했다.

왕의 옥체만 보존하고 왕비의 옥체는? 왕비의 옥체는 이미 상했다고!

난 더 힘껏 그의 어깨를 물었다. 그러자 비릿한 피 맛이 혀 끝에 닿았다. 그제야 무슨 일을 벌였는지 깨달은 나는 눈을 크게 뜨고 왕의 얼굴을 쳐다보았다. 내가 쳐다보는 것을 알아챈 왕이 고개를 돌려 나를 쳐다보았다.

"전하…?"

나와 눈을 마주친 왕이 입가에 미소를 띠었다. 그 순간 난 그가 했던 말을 떠올렸다.

'그대가 과인을 볼 때마다 늘 웃으면 좋겠소. 과인이 그대를 볼 때처럼.'

그는 나를 위해 가장 중요한 합궁례를 이대로 끝내버렸다. 그에게 깨물리고도 그를 깨물어놓고도 정작 그의 웃음에 무너진 내 마음속에 미안함이 샘솟았다.

결국 난 억지로라도 그에게 미소를 지어주려고 했다. 그가 웃는 얼굴로 내게 말했다.

"더 힘껏 무시오. 안 그랬다가는… 오늘 과인이 무슨 선을 넘을지 모르니."

내 이럴 줄 알았지!

잠시나마 그를 걱정했던 마음이 끝까지 나를 놀리는 왕을 보며 쏙 들어가버렸다.

난 기어코 왕의 품에서 달아나려고 그를 손으로 밀어내려고 했다. 바로 그 순간이었다. 그가 나를 끌어안은 채로 내 입술을 강하게 압박하며 파고들었다.

아주 오랫동안 왕의 가슴에 결박되어 있던 나는 모든 힘이 풀려버린 채로 그의 입술을 또다시 받아들이고 말았다.

이런 짐승! 이런데도 쌍방 폭행이라고 주장해봐라!

게다가 이제는 의심을 넘어서 확증 단계에 이른 것. 왕의 키스 실력이 보통이 아니라는 것이다.

분명 공식적인 후궁이 아니라 비공식적인 후궁이 스무 명은 있을 것 같은 느낌이다.

이 역시 나중에 뒷조사가 필요하다.

"아니지…. 내가 왜 뒷조사를 해야 해?"

오히려 공식이든 비공식이든 왕 주변에 여자들이 많다면 나야 좋다. 암, 좋고말고.

그런데 사실 기분은 썩 좋지 않았다. 이유는 모르겠지만….

사흘간의 합궁례를 끝으로 국혼이 모두 끝났다. 궁궐은 다시 평소와 같은 분위기를 되찾았다.

　이어 날이 추워지고 낙엽이 지더니 갑작스러운 첫눈과 함께 겨울이 시작되었다.

　왕은 국혼 후 첫 겨울 사냥에 나섰다. 동행인은 이조판서의 아들 조인영이었다. 왕과는 어릴 적부터 선왕이 맺어준 강학 동무 사이였다.

　"흐음…."

　말을 타고 사냥터를 잘 내달리던 왕이 자꾸만 말을 멈추고는 오른쪽 어깨를 매만졌다. 조인영은 평소와 다른 왕의 행동을 눈치챘다.

　"어디가 불편하십니까?"

　"불편하다니?"

　왕이 모르쇠로 일관하자 조인영도 더는 물어볼 수가 없다. 왕이 다시 말의 고삐를 잡아당기더니 말을 빠르게 몰았다. 조금 전 조인영의 지적이 거슬리는지 속도를 점점 더 높였다.

　"전하, 위험합니다!"

　왕이 먼저 도착한 곳은 냇가였다. 냇가는 눈이 온 뒤로 완전히 얼어 있었다. 왕은 병사들을 시켜 냇가의 얼음을 깨트리게 하고는 그 물을 말이 마실 수 있도록 해주었다.

"혹 고민이 있으십니까?"

조인영이 넌지시 묻자 왕은 일부러 화제를 돌렸다.

"할마마마께서 봄이 되면 옹주의 혼처를 찾아보겠다고 하셨네."

"아, 옹주마마께서도 혼례를 치르실 나이가 되셨군요."

"과인은 진작이었지."

왕은 가볍게 말을 받으면서도 무언가 걸리는 것이 있는지 고민하는 표정이었다. 조인영은 계속 왕의 눈치를 살피며 말을 걸었다.

"허나 갑작스러운 선왕의 승하로 한때 국혼이 기약 없이 미뤄졌지요. 혹… 그 일로 중전마마께서 하신 말씀이라도 있으시옵니까?"

지금 중전과의 혼인이 무산될 뻔한 이야기를 모르는 이는 없었다. 왕은 냇물을 마시는 말의 목을 쓰다듬다가, 바닥의 눈을 주워 눈덩이를 만들더니 나무에 내던지며 툴툴거렸다.

"중전은 그 일에 전혀 괘념치 않는 것 같아. 차라리 조금이라도 일찍 혼인했다면 이런 고민 따위는 하지 않았을까? 그래서 왕실의 혼인은 빠를수록 좋다는 말이 옳은 것 같다고 생각해."

"무슨… 말씀이시온지?"

왕이 조인영을 돌아보았다.

"자네는 언제 혼인했지?"

"햇수로는 올해가 혼인한 지 십 년째 되는 해입니다."

"자네 부인은? 자네가 좋다던가?"

"예에?"

조인영의 입이 떡 벌어졌다. 왕이 이런 질문을 자신에게 할 것이라고는 전혀 예상하지 못해서였다. 반대로 왕은 답답한 지 두 손으로 이마를 쓸어 넘기며 제 심정을 오랜 지기에게 토로했다.

"국혼 이후로 과인은 하루 종일 중전의 모습이 머릿속을 떠나지 않아. 중전이 과인을 어떻게 생각하는지도 너무나 궁금하고. 헌데 중전은 과인을 그리 생각하는 것 같지가 않단 말이지."

그제야 조인영이 알겠다는 듯 웃어 보였다.

"부부간의 정은 자연히 쌓이는 것입니다."

"그 자연히가…! 과인에게는 힘들다고. 아니면 내가 임금이라 그런 것인지…."

"부부간의 일은 동서고금을 막론하고 군신 간에도 별반 차이가 없다 알고 있습니다."

왕이 조인영을 돌아보며 쌀쌀맞게 말했다.

"자네, 지금 한 그 말을 약조로 할 수 있겠는가?"

"약조는 조금… 무리….'

"거 보게!"

왕이 답답한 듯 긴 한숨을 내쉬었다. 왕의 입에서 하얀 입
김이 길게 흘러나왔다.

"그 기분을 아는가? 중전이 마치 과인의 마음에 생채기를
낸 것 같은… 그 생채기 때문인지 중전의 얼굴이 하루 종일
머릿속을 떠나지 않으니…. 그런 스스로에게 막 화가 났다가
도 중전의 얼굴을 보면 화가 났던 기분은 모두 잊어버리지.
생채기가 있다는 것도 잊어버려. 이것이… 부부간의 정이라
는 것인가?"

"아마도 그런 것 같습니다, 전하."

조인영은 웃었지만 여전히 왕은 웃지 못하고 한숨만 내쉬
었다.

"과인의 평생 바람은 단 하나였지. 궁궐 속에서 살아가는
평범한 사대부가 되는 것. 그것을 이루기 위해 사대부의 아내
다운 여인이 중전이길 바랐네. 분명 중전은…! 과인이 바라
던 여인이야. 헌데… 과인에게는 도통 마음을 여는 것 같지
않아. 자꾸… 과인을 피하는 느낌이랄까."

왕의 고민은 심각했지만 조인영은 웃음을 참느라 바빴다.
이미 몸과 행동은 다 자란 사내의 것이었다. 그러나 생각은

여전히 10대 소년 모습 그대로였다.

"하오면 어떻게 하고 싶으시옵니까?"

"무엇을 말인가?"

"중전마마와 가장 하고 싶으신 것. 전하의 오랜 바람들 중에서 중전마마와 함께하고 싶으신 것이 있지 않으시옵니까?"

"음⋯."

왕이 고민에 빠졌다. 그러고 보니 따뜻한 봄이 오면 창덕궁 후원의 옥류천에서 중전의 무릎을 베고 누워 낮잠이나 실컷 잤으면 싶었다. 살랑거리며 불어오는 봄바람과 함께 어여쁜 중전의 두 손이 자신의 뺨을 부드럽게 매만져준다면⋯! 왕의 상상 속에서 벌써 겨울은 모두 지나간 뒤였다.

하지만 현실은⋯ 엄연히 달랐다. 합궁례 이후로 제조상궁은 합궁일을 전혀 잡지 않고 있었다. 봄까지는 불가능했다. 합궁례로부터 중전의 회임 여부가 드러나는 석 달 후까지는 안 된다고 했다.

이런 가운데 수렴청정하기에도 바쁜 대왕대비가 조정 일을 보지 않는 시간에는 중전을 교육한다며 하루 종일 경복전에 잡아두었다. 대왕대비가 조정에 등청하는 시간과 왕이 따라 등청하는 시간이 같다 보니, 사실상 왕이 짬이 나는 시간과 대왕대비가 중전을 교육하는 시간이 겹쳤다. 이렇다 보니 중전의 얼굴을 볼 수 있는 시간은 아침 문후 때뿐.

그나마 합궁 날이 아니면 함께 문후를 올리지 않아도 되니, 문후 시간도 겹치지 않는다. 문후 때 우연히 마주치기라도 하면 인사만 올리고 재빨리 가버리니 길게 대화도 못 나눈다.

"과인의 바람이 이뤄지는 날이 과연 오기나 할까?"

왕에게 봄은 여전히 멀었다.

엊그제 눈이 내리고 오늘 아침은 눈이 그쳤다. 대왕대비는 길이 미끄러울 수 있다며 국혼 이후로 줄기차게 해온 공부를 오늘은 쉬어도 된다고 전해왔다.

아, 오래간만에 이 행복감이란! 덩달아 오늘은 아침 문후도 취소였다! 왕은 새벽부터 일찍 사냥을 나갔다고 했다.

모든 것이 자유인 오늘. 나인들을 모두 내보내고 따뜻하게 데운 서온돌을 이리 구르고 저리 구르고. 물론 이 와중에도 혹시라도 머리가 흐트러졌을까 봐 목뼈는 부러져라 높게 쳐들고 굴렀다.

옷이야 흐트러지면 스스로 매만질 수 있지만 머리는 도움을 받아야 한다. 멀쩡히 중궁전에 앉아 있던 중전의 머리가 갑자기 흐트러진다면 말이 나올 수 있다.

사실… 대왕대비가 내게 가르치는 공부도 이와 별반 다르

315

지 않다. 정확히는 대왕대비가 직접 가르치는 것이 아니라, 대왕대비전 문 상궁이 가르치고 대왕대비는 옆에서 구경하는 것이다. 하지만 구경만 하는 것은 또 아니다.

종종 문 상궁이 한 말들을 내가 제대로 들었는지 되물을 때가 있다. 이럴 때는 천재적으로 타고난 머리 덕분에 술술 외워서 들려주면 만사 오케이.

그 덕분에 대왕대비전에서 배우는 내용이 지루하고 재미가 없어도 쉽게 쉽게 익히는 편이었다.

"낮잠… 아, 중전은 낮잠 자면 안 된다고 했지."

내명부가 정신없이 돌아가는 한낮에 중전이 중궁전에 누워서 자고 있으면 절대 안 된다고도 문 상궁에게 배웠다.

"휴식도… 고민해야 하나?"

중전이라서, 중전이기 때문에 이래저래 걸리는 것이 많았다. 그래도 두 다리 두 팔 다 뻗고 아무도 없는 중궁전 바닥에 등을 대고 누워 조선에서의 따뜻한 첫 번째 겨울을 맞이하려는 찰나!

"대비마마 납시오!"

행복은 늘 그렇듯 멀리 있는 것 같다!

"중전."

나는 편히 쉴 수 있는 시간을 빼앗긴 통한의 눈물을 삼키며 대비마마에게 큰절부터 올렸다.

"어찌 이 먼 곳까지 오셨사옵니까?"

사극 제작 PD가 본다면 나를 여주인공으로 캐스팅할 정도의 눈물겨운 연기 실력이다.

"중전은 내가 창경궁에서 창덕궁까지 온 것이 불만이오?"

"그럴 리가 있겠사옵니까! 다만 엊그제 온 눈으로 길이 험하여 평소에 날렵한 나인들도 미끄러진다는 소식을 들었사온데, 만약 대비마마께서 타신 옥여를 매는 이들이 길에 미끄러워 넘어지기라도 한다면 신첩… 어찌 하늘을 보고 살 수 있겠사옵니까!"

내가 너무 오버했나?

대비의 표정이 조금 심하게 당황한 것 같았다.

"흐, 흐흠…. 그리 나를 걱정해주다니. 고맙소, 중전."

"황송할 따름이옵니다, 대비마마!"

대비가 눈동자를 희한하게 굴리며 나를 이리저리 살펴보았다. 이럴 때는 무조건! 눈 아래로 깔고 가만히 있는 것이 최선인 것 같다.

적어도 문 상궁이 내게 잘 가르쳐준 것이 여럿 된다.

"얼마 전 제조상궁에게 말해 중궁전 상궁을 내보냈다 들었소. 새로… 가순궁을 모시던 나인을 상궁으로 삼아 데리고 있다고. 맞소?"

맞다. 원래 중궁전 상궁은 대비의 사람이었지. 그래서 나도 상궁을 바꾼 거고.

"예, 그러하옵니다. 대비마마."

"어찌 그리하였소?"

"그게…."

이럴 때는 일단 모른 척이다!

"…지난번 신첩이 합궁례 때 배앓이를 한 일이 있지 않사옵
니까? 그 일로 수라간 상궁들과 나인들이 큰 화를 당하였지
요. 그때 신첩의 부족한 소견으로는 수라간 나인들의 잘못도
분명 있지만, 가까이서 신첩을 모시는 지밀들의 죄도 분명 없
지 않다 여기었사옵니다. 자애로우신 대왕대비마마께서 하해
와 같은 은혜로 신첩의 지밀들에게 죄를 묻진 않으셨사오나,
어찌 그들을 다스리는 신첩이 죄를 가벼이 여기고 이를 묵과
할 수가 있겠사옵니까? 이런 고민을 하던 와중에 가순궁마
마께서 근래에 데리고 있는 지밀나인 중 상궁으로 삼을 이가
있는데, 아주 영특하여 제게 보내고 싶다 말씀하셨사옵니다.
하필 또 때가 맞는지라, 하늘의 뜻이라 여기고는 중궁전 상궁
을 내보내고 가순궁마마께서 보내주신 아이를 지밀상궁으로
삼아 곁에 두었사옵니다."

퍼, 펙, 트. 난 정말 완벽해! 현대에서뿐만 아니라 조선에서
도 완벽한 1등이다. 1등!

"그, 그랬구려…."

대비도 상당히 당황한 표정.

그렇지. 이제 고작 궐에 들어온 지 반년. 아니, 석 달도 안된 중전이 이렇게까지 능숙하게 말을 하니 얼마나 놀랐겠어?

역대 담임 쌤치고 저 황나래를 두고 감탄하지 않은 사람이 없고 놀라워하지 않은 사람이 지금껏 하나도 없었사옵니다, 대비마마. 하하하.

"그나저나 중전. 안 그래도 그리할 것이면 내가 보낸 희순이를 상궁으로 삼아 곁에 두지 그랬소."

"네?"

희순?

뜬금없지만 처음 듣는 말이다. 누가 누구를 보내?

"희순이를 아직 보지 못하였소?"

"희순이가… 누구이옵니까?"

"내가 보낸 중궁전 나인이오. 혹 내가 보낸 것을 모르고 그 아이를 지밀로 두지 않은 것이오?"

"저…."

이럴 때는 당황하지 말고 침착하게 문제를 하나씩 풀어나가야 한다.

"윤 상궁."

난 밖에 있는 윤 상궁을 불러들였다.

"예, 중전마마."

그녀가 안에 들어와 고개를 숙이자 난 침착한 표정으로 말을 걸었다.

"중궁전 나인 중에 '희순'이라는 나인이 있는가?"

"박희순 나인 말이옵니까? 있사옵니다."

뭐? 있어? 대비가 보냈는데 왜 난 몰랐지?

"어디 있는가, 지금 그 나인은."

"박 나인은 지밀나인이 아니라 주로 중궁전 노역을 하며 지내기에 중전마마의 눈에 띄진 않았을 것이옵니다. 불러들일까요?"

"그러시게."

잠시 후 문이 열리더니 한 나인이 안으로 걸어 들어왔다. 그 나인의 얼굴을 본 나는 깜짝 놀랐다.

내가 입궐한 뒤 보았던 나인들 중에서도 가장 예쁜 얼굴이었기 때문이다.

마치 들판에 핀 이름 모를 꽃처럼, 초록빛 싱그러움이 가득한 들판에서도 고고히 자신의 존재를 드러낼 만한 빼어난 미모였다.

윽, 안 그러고 싶지만 위축된다. 내가 너무 한 미모를 한다고 자신했나? 어차피 궁궐은 넓고 나인은 많고. 이들 중에 예쁜 애들을 골라서 왕이 후궁으로 삼도록 하겠다고 마음먹었었잖아?

그 왕에게 후궁 만들어주겠다는 계획은 언제부터인가 쏙 들어가버리고 말았다. 아니, 당분간은 보류였다! 이유는 없다. 어쨌든 왕이 내게 푹 빠져 있다고 자만하는 동안에는 말이다.

"대비마마. 중전마마. 소인 박희순, 인사 올리옵니다."

"오랜만이구나, 희순아. 잘 지냈느냐?"

대비의 얼굴에 화색이 돌면서 희순을 가까이 부른다.

저렇게까지 가까운 나인이었어? 그런 나인을 왜 하필 중궁전에 보낸 건데?

"그나저나 중궁전에서 '노역'을 하며 지낸다고?"

노역이라는 글자 앞에서 나를 흘겨보는 대비. 난 마치 큰 죄를 저지른 죄인처럼 조용히 고개를 숙였다.

"아니옵니다. 소인이 스스로 원하여 하는 일이옵니다. 예전 중궁전 상궁마마님께서 소인을 지밀로 쓰려 하셨으나 소인이 거절하였나이다."

"어찌하여 그리하였느냐?"

"그것은… 소인이 부족하여…."

"부족하다니? 오히려 겸손하구나. 네 존재를 이토록 드러내지 않으니, 중전도 이리 총명하고 아름다운 네가 곁에 있는 줄을 그간 몰랐던 것이구나."

지금 대비가 박 나인을 나와 비교하면서 나를 까는 거야?

서로 친척 사이라도 되나?

"송구할 따름이옵니다."

그런데 희순이라는 나인은 대비의 지대한 관심이 영 부담스러운 것 같았다.

"아니다. 어쨌든 오늘이라도 중전에게 너를 소개하였으니… 중전께서도 당연히 너같이 총명하고 아름다운 아이를 지밀로 삼으시겠지. 그렇지 않습니까, 중전?"

강요다. 지금 웃는 얼굴로 강요하고 있어.

하지만 뭐… 나인 하나쯤 지밀로 삼는 게 뭐가 어렵다고.

"하하… 그리하겠사옵니다. 늦게라도 박 나인처럼 총명하고 아름다운 나인이 신첩의 곁에 있었다는 사실을 알려주셔서 황공할 따름이옵니다."

"겸손하시군, 중전은."

"하하, 예."

"참, 그리고 중전이 반드시 알아두어야 할 것이 한 가지 더 있소이다."

"무엇이옵니까?"

"이 아이, 희순이는…."

대비가 희순이의 손을 부드럽게 그리고 꽉 잡으며 내게 말했다.

"곧 주상의 승은을 입을 나인이오."

"승은이라면…"

승은이라면… 왕의 후궁이… 된다는 말인가? 후궁이 될 나인이라고? 그런 나인을 왜 나한테 보낸 건데?

"승은이 무엇인지 모르오?"

"아뇨…. 아옵니다."

당연히 안다. 아는데… 잘 모르겠어. 그냥… 무슨 말을 해야 할지….

"대비마마…."

박 나인은 당황한 듯 대비를 쳐다본다.

둘만 아는 비밀이었으니 왜 말했냐? 뭐 이런 뜻인가?

"걱정 말거라. 중전도 너와 주상의 사이를 안다면 절대 투기하지 않을 것이다."

"신첩이… 투, 투기라뇨. 대비마마…. 아니, 그보다…."

'너와 주상의 사이'라니? 이미 왕과 알고 있는 나인이라는 거야?

"내가 설명해주겠소. 희순이는 어릴 적부터 주상과 함께 자랐지. 입궐한 뒤로 쭉 말이오. 그러다가 주상이 국혼 전 내게 나인으로 보냈소. 후에 후궁으로 삼을 것이라면서 그때까지 잘 부탁한다고도 했지. 알다시피 임금은 국혼 전에 후궁을 들이기가 어렵소. 불가능한 것은 아니지만 말이 나올 일이지. 그래서 나는 기다리고 있었소. 주상이 이 아이에게 승은을 내릴 날만."

너무 놀라서 뭐라고 말해야 할지 몰랐다.

그래. 아무런 준비도 없이 시험 볼 때 기분. 이런 기분을 조선 와서 도대체 몇 번이나 느끼는지 모르겠다. 내가 정말 싫어하는 상황인 것만은 틀림없다.

"주상전하의 그 말씀은… 그리 깊게 담아두실 말이 아니옵니다."

"아니긴? 내가 똑똑히 들었다. 그리고 주상은 결코 말을 허투루 하는 사내가 아님을 네가 더 잘 알지 않느냐?"

"하오나…."

쩔쩔매는 박 나인을 뒤로하고 대비가 웃으며 내게 묻는다.

"곧 중전도 회임하지 않겠소? 그것이 아니라도 중전은 합궁일이 아니면 주상을 모시지 못하지. 후궁이란 바로 그 기간에 주상을 모시기 위해 존재하는 여인들이오. 아마 중전이 회임하면, 대왕대비마마께서는 간택 후궁을 들여 주상을 모시게 할 것이오. 허나 그보다야… '주상이 오랫동안 마음에 품었던' 이 희순이를… 주상에게 보내 모시게 하는 것이 가장 좋은 선택이 아니겠소?"

"예에…."

뭐라고 말해야 하지? 난 아직 진짜 합궁도 치르지 못했으니 안 된다고? 이런 상황에서 그 말을 하면 궁궐이 어떻게 뒤집히는지는 잘 알잖아? 차라리 잘됐네. 내가 바라던 게 바로 이건데. 왕이 엄청나게 예쁜 후궁들에게 둘러싸여 내게 관심을 끊어버리는 것.

다만 이렇게 빨리… 닥칠 줄은 몰랐다는 것뿐. 그리고… 의외로 난 아직 준비가 덜 되었다는 것뿐.

"그러니 중전이 애를 좀 써주시오. 주상의 오랜 바람이 하루라도 빨리 이뤄질 수 있도록."

"대비마마….."

박 나인이 대비를 부르며 고개를 가로저었다. 울 것 같은 표정. 나는 그 표정마저도 대비에게 부탁해 빨리 왕의 후궁이 되게 해달라고 간청하는 것처럼 보였다. 대비는 그런 박 나인의 손을 만져주며 다독이듯 말했다.

"네 마음은 내가 그 누구보다도 잘 안다."

"그것이 아니오라….."

대비는 더는 박 나인의 말을 들으려 하지 않았다. 겸손도 지나치면 안 된다는 식인 것 같았다.

"어린 주상이 희순이를 내게 처음 데려오며 했던 말이 있소. '대비마마. 대비마마께서는 이 궐에서 가장 아름다우신 분이니, 가장 예쁜 나인을 곁에 두셔야 하옵니다.' 참, 그때만 하더라도 주상이 이 아이에게 그토록 빠져 있는 줄은 미처 몰랐소."

대비는 웃고 있었지만 나는 더 이상 그 쉬운 거짓 웃음도 흉내 낼 수가 없었다.

'사랑하는 감정이 아름다운 대상을 바라볼 때 생기는 마음이라면… 과인은 사랑에 헤픈 사내일 것이오. 과인은 모든 아름다운 꽃을 좋아하고 그 꽃을 쫓는 형형색색 나비들을 모두 사랑하니까.'

거짓말쟁이.

'아직 남녀 간의 사랑이라는 감정이 무엇인지 잘 모르오.'

거짓말쟁이.

'허나 국왕은 달라야겠지. 작은 마음이라도 그것을 아무에게나 함부로 내어 주어서는 안 되는 것이겠지. 아름다운 꽃들을 모두 찾아다니며 머무는 나비 같은 사내가 되어서는 안 되겠지.'

그렇게 키스를 잘할 때부터 알아봤어야 하는데!

박 나인이 시작인 거야? 앞으로 몇 명의 꽃이 더 나오는 건데? 그래놓고 나를 그렇게 좋아하는 티를 내? 알아서 줄줄이 후궁을 둘 생각이니까 미리부터 내게 잘 보이려고 그렇게 행동한 거야?

화가 났다. 화가 나서 울컥하는 기분이었다. 절대 울컥해서 화가 난 게 아니다.

그리고 울컥한 것은 왕 때문이 아니다. 왕에게 조금이라도 마음이 있어서가 절대 아니다. 난 처음부터 그런 물어뜯기 선수에 대들보처럼 키만 큰 왕에게는 일말의 관심조차 없었으니까!

대비가 돌아가자 중궁전에는 박 나인과 나만 남았다. 대비가 나갈 때 박 나인도 함께 나갈 줄 알았는데, 박 나인은 나가지 않고 나를 향해 머리를 조아린 채 엎드려 있었다.

"나가보아라."

그녀와 계속 이러고 있는 것이 불편해진 내가 먼저 말했다. 그런데도 그녀는 머리를 계속 조아린 채로 나가려 하지 않는다. 결국 내가 재차 말했다.

"괜찮으니 나가봐. 앞으로 넌 지밀나인이니."

"소인의 말을… 들어주시옵소서, 중전마마!"

"무슨 말?"

태연스럽게 하려 했는데 내가 들어도 사납게 들렸다. 내가 도대체 왜 이러는지 모르겠다.

"소인은… 참으로 두 마음을 품은 적이 없사옵니다. 일평생 나인으로 살려는 마음뿐이며, 조금이라도 아주 조금이라도 전하의 승은을 바란 적이 없사옵니다! 하오니 대비마마의 말씀은…."

"그건 네가 아니라 전하가 원하시는 것이겠지."

"중전마마…!"

왕이 원한다는데 일개 나인의 의지가 무엇이든 무슨 상관? 원래 내 자리에 있었어야 할 소희라는 소녀도 원해서 왕비가 된 것이 아니었을 텐데. 지위가 낮고 힘이 없으면… 어차피 그 위에 있는 사람의 뜻을 따라야 하는 것이 당연할 텐데.

"그만 나가보아라. 혼자 있고 싶으니."

"중전마마….'

하지만 박 나인의 고집도 만만찮다. 바닥에 머리를 조아린 채로 꼼짝 않는다.

왕은 이런 여인을 좋아하나? 고집 부리고 상전의 말도 잘 안 듣는 이런 스타일? 그렇다면 내가 제대로였네. 그의 컬렉션 중에서도 가장 빛이 나는 지위를 가진 중전이었을 테니까. 얼마나 날 가지고 놀다가 합궁할 생각이었을까?

당장 그를 보고 하고 싶은 말도… 따져 묻고 싶은 말도 많은데… 그는 사냥을 떠났다고 했다. 일찍 돌아와도 오늘 늦은 저녁이나 밤이 되어야 한다고도 들었다. 그리고 다음 합궁일이 잡힐 때까지 왕을 마주할 일은….

삐약, 삑삑.

어디선가… 들려오는 병아리 소리.

소리가 나는 방향으로 눈을 돌리자 문틈으로 작은 새끼 오리들이 줄지어 들어오는 것이 보였다. 중궁전에… 난데없이 새끼 오리라니?!

삑삑…. 잃어버린 어미라도 찾는지 새끼 오리들은 줄지어 들어오자마자 그대로 엎드린 박 나인을 제치고 내게로 걸어왔다.

나는 멀뚱멀뚱 눈을 뜨고 새끼 오리들을 쳐다보았다. 도무지 마른하늘에 날벼락 같은 오리들의 등장에 어안이 벙벙해진 것이다. 잘못 봤나 싶어서 내 앞으로 가장 가깝게 다가온 새끼 오리를 손가락으로 툭툭, 건드려보았다. 그러자 새끼 오리가 뒤뚱거리며 그대로 바닥에 주저앉았다.

삑삑! 나 때문에 넘어진 것이 성질이라도 나는지 신경질적인 소리를 내었다. 난 어처구니가 없어서 짧게 소리 내어 웃었다.

바로 그때였다. 중궁전의 문이 열리더니 사냥복 차림의 왕이 나타났다.

"중전."

그는 평상시처럼 웃는 얼굴로 나를 바라보며 말을 걸어왔다. 그 순간 새끼 오리를 보며 약간 풀렸던 내 얼굴이 딱딱하게 굳어버렸다.

왕은 이런 나의 행동이 평소와 다름이 없다고 여겼는지 별로 신경 쓰지 않는 것 같았다. 그는 바닥에 넙죽 엎드린 박 나인의 존재는 알아차리지 못한 듯 바로 그녀를 지나쳐 내게 다가왔다. 그는 내 주변에서 기웃기웃하며 울고 있는 새끼 오리들 중 한 마리를 집어서 내 앞에 내보였다.

"귀엽지? 귀엽지 않소?"

난 그가 손에 든 새끼 오리로부터 눈을 돌리며 쌀쌀맞게 말했다.

"귀엽지 않습니다. 전혀요."

그런데도 왕은 계속 웃는 얼굴로 내게 장난을 치듯 말을 걸었다.

"자세히 보시오. 매우 귀엽지 않소? 어미를 잃어버린 모양인데, 앞으로 그대가 이 오리들의 어미가 되어주시오."

내 참 살다 살다… 왕이 중전에게 새끼 오리들의 어미가 되라는 소리나 하는 걸 듣고 있다니.

"전하. 체통을 좀…."

새끼 오리를 손에 들고 천진난만한 미소를 짓는 그의 얼굴을 빤히 쳐다보고 있자니, 나도 모르게 어이가 없어 웃음이 나올 판이었다. 그때 엎드려 있던 박 나인이 급히 인사를 올렸다.

"주상전하…."

왕은 자신의 등 뒤에서 들려오는 박 나인의 목소리를 똑똑히 들었는지, 놀란 얼굴로 내게서 고개를 돌렸다.

"희순이?"

"예…. 전하."

왕은 손에 쥔 새끼 오리를 내려놓으며 그녀에게 다가갔다. 나는 그 장면을 똑똑히 보고 있었다.

"네가 어찌 이곳에 있느냐? 대비전이 아니고?"

"그게…."

박 나인이 고개를 들어 왕을 바라보며 말했다. 아주 가녀린 목소리로.

"일전에 소인이 아뢴 것을 기억하시옵니까? 대비마마의 명으로 중전마마를 모시게 되었다고…"

"아, 그랬지. 미안하구나. 과인이 근래에 일이 많아 잊고 있었다. 네가 전에 말하길 앞으로는 중전을 모신다고 했지."

뭐? 이미 박 나인이 중궁전 나인이라는 걸 알고 있었어?

"그러하옵니다."

"허면 이제 중전의 지밀이 되었느냐?"

"예…."

"그럼 앞으로 볼 일이 많겠구나."

왕은 박 나인을 보며 웃었고 내 얼굴은 더욱 차갑게 굳어갔다. 왕이 다시 나를 돌아보며 말했다.

"중전. 희순이를 잘 부탁하오. 이 아이는…."

"대비마마께 들었사옵니다. 어릴 적부터 함께 자라신 아이라고요."

"맞소. 나중에는 옹주도 돌보았지. 여러모로 영특한 아이라오."

　이상하게도 왕이 박 나인을 칭찬하는 것을 별로 듣고 싶지
않았다.

　하지만 실은 이 모든 상황이 오해일 수도 있다. 오해라는
건 밝혀지면 끝나는 거니까.

　"그 아이와… 많이 가까우십니까?"

　"그렇소."

　"허면 대전 지밀로 데려가시지요."

　"그건…"

　왕이 무언가 설명하려다가 그만두고 내 곁으로 돌아와 앉
으며 말했다.

　"희순이는 나인들 중에서도 예쁜 아이이니, 그대의 곁에 두
는 것이 좋겠소."

　"어째서죠?"

　"그야… 중전은 이 궐에서 가장 아름다운 여인이니… 예쁜
나인들이 중전을 모셔야 중전이 화중화(花中花)로 불리지 않
겠소."

　늘 그렇듯 왕은 날 놀리기만 한다.

　"신첩의 눈에는 박 나인이 신첩보다도 예뻐 보이는데요?
아마 궁궐의 다른 사람들도 다 그렇게 생각할걸요."

　"과인은 아니오."

내 눈동자가 잠시 멈칫거렸다. 왕은 그러한 내 눈동자를 뚫어져라 바라보며 흔들림 없는 목소리로 말했다.

"이미 과인의 눈에는 그대가 이 궁궐에서 가장 아름다운 여인이오."

설레는 마음이 들었다. 만약 그가 평소에도 이런 장난을 하는 왕이 아니었더라면, 순간적으로 이 말에 넘어가버렸을지도 모르겠다. 그만큼 그가 툭툭 던지는 말들 중 내 마음을 비집고 들어오려는 말들이 있어서다.

그리고 나는, 지금 그 어느 때보다도 그러한 말들을 경계해야 한다.

"이제 기분이 풀렸소? 허면 이 새끼 오리들 좀 보아주시오. 어미도 잃고⋯ 귀엽지만 측은하지 않소? 중전의 넓은 마음으로 이 미물들을 보살펴주시오."

말은 새끼 오리를 내밀며 측은지심으로 돌봐주라 하지만, 왕의 눈동자는 오리가 아니라 자신을 봐달라고, 자신을 돌보아달라고 애원하는 듯 보였다. 나는 이런 왕의 눈을 바라보며 슬그머니 미소를 짓고 싶어졌다.

하지만 그전에 내겐 확인해봐야 할 마지막 한 가지가 남아있었다. 난 그가 내미는 새끼 오리를 받아들며 퉁명스럽게 물었다.

"허면 박 나인을 후궁으로 삼겠다는 말씀도 대비마마께 하신 적이 없으신 거지요?"

바로 뒤에 앉아 우리를 지켜보던 박 나인의 눈이 크게 뜨였다. 난 그런 박 나인을 바라보며 손에 안은 새끼 오리의 털을 손가락으로 조심스레 쓸었다.

자, 잘 보라구. 네가 대비를 등에 업고 왕의 후궁이 되고 싶었는지 몰라도, 어차피 내 허락이 없으면 안 돼.

어디서부터 시작된 자신감인지는 몰랐지만, 내게는 분명 이러한 자신감이 있었다. 그런데….

날 보고 마냥 웃던 왕의 얼굴에서 미소가 사라졌다. 당황하는 기색은 전혀 없었다. 그저 미소가 사라진 왕은 근엄하고… 조금은 내게 낯설어 보일 뿐이었다.

잠시 무언가를 고심하던 왕이 내 곁에서 허리를 세우며 자세를 고쳐 앉았다. 어느새 새끼 오리를 쓸던 내 손도 멈춘 상황. 새끼 오리는 가볍게 내 손 위에서 뛰어내려 자신의 형제 오리들이 있는 곳으로 총총히 가버렸다.

"대비마마의 말씀이… 사실인가요?"

왕이 무표정한 얼굴로 뒤에 앉은 희순을 한번 쳐다보았다. 두 사람의 눈빛이 잠시 교환되는 듯 보이더니 다시 내게 돌아온 왕의 시선이 답했다.

"사실이오."

다시 한데 모인 새끼 오리들이 시끄럽게 울어대기 시작했다. 아주아주 거슬릴 정도로. 전혀 귀엽게 들리지 않았다. 처음부터 새끼 오리들은 내게 거슬렸다.

"처음 대비마마께 희순이를 보낸 것 또한… 국혼이 지나고 기회를 보아 후궁으로 들일 생각이었기 때문이오."

나는 할 말을 잃어버렸다. 애초부터 이런 상황은 그 누구보다도 내가 바라던 일이었고… 어쩌면 당연한 일이었는데… 왜 지금 왕이 하는 말이 내 가슴을 철렁 내려앉게 하고… 이토록 시리고 아프게 느껴지는지 알 수 없었다.

"그대에게 이 사실을 말하지 않았던 것은…."

"잘되었네요."

난 자리에서 일어서며 말했다.

"오늘이라도 박 나인을 데려가 승은을 내리세요, 전하."

"중전."

왕이 나를 따라 일어섰다. 난 이 순간 그 어느 때보다도 환하게 웃으며 왕을 바라보고 있었다.

"임금에게는 여러 후궁이 필요하다고 배웠사옵니다. 박 나인을 그토록 오랫동안 마음에 두고 계셨다니… 국혼도 이미 끝났고… 후궁으로 삼으세요. 신첩이… 허락하겠사옵니다."

난 그대로 그를 지나 밖으로 나오려고 했다.

정말로 좋아하는 사이라는데… 함께 두고 나오면 정말 행복해할 테니까.

"중전!"

왕이 나가려는 내 손목을 잡으려고 했다. 그러나 나는 재빠르게 그의 손을 쳐냈다. 쳐내면서도 끝까지 왕을 보고 웃었다. 난 이 나라의 왕비였다.

"박 나인이 겁을 많이 먹은 모양인데 위로해주세요, 전하."

"과인의 말을 들어보시오. 과인은⋯."

"나중에요. 시간은 많지 않사옵니까?"

난 웃으며 중궁전을 나왔다. 그런 내 뒤를 중궁전 나인들이 뒤따랐다. 신을 신고 나오자 바로 눈이 내렸다. 내관이 뛰어와 눈을 맞지 않게 그늘막을 치고 윤 상궁이 겉옷을 들고 나왔다. 하지만 왕은 나오지 않았다.

아주 잠깐, 망설이던 나는 뒤도 돌아보지 않은 채 중궁전을 나섰다. 걸어가는 동안 간간이 길에 보이는 나인들이 나를 보고 인사하며 고개를 숙였다. 그들의 시선이 내 표정을 좇고 있었기에 난 끝까지 웃었다.

"눈이 많이 옵니다."

뒤따르던 윤 상궁이 걱정스럽게 말했지만 난 대답하지 않았다.

그리고 얼마나 걸었을까? 멀리 익숙한 얼굴이 보였다. 푸른색 관복을 입은 김원근이었다. 난 아주 밝게 웃으며 그에게 다가가 인사를 건넸다.

"오라버니."

"중전마마."

그를 친근하게 부르는 모습을 본 윤 상궁이 다른 나인들과 함께 멀찍이 물러서 고개를 숙였다. 남매라는 것을 알고는 우리 두 사람이 편히 대화하도록 목소리가 잘 들리지 않는 거리까지 물러서준 것이다.

"정말 관리가 되셨네요."

"이번에 대왕대비마마와 전하의 배려로 홍문관 응교가 되었습니다."

그는 혹시라도 우리의 대화를 누군가 엿들을까 정중하게 대답했다.

"축하드려요. 앞으로… 궐에서 자주 뵐 수 있겠네요."

"예…. 그런데…."

눈은 분명 웃으면서 말하는데 내 입술이 파르르 떨려오고 있었다. 이를 본 그가 하려던 말을 멈추고 내 얼굴을 가만히 바라보았다.

나는… 분명 웃고 있었다. 웃고… 웃으며 그를 가만히 바라볼 뿐, 다음으로 무슨 말을 해야 할지 몰랐다.

그 순간이었다. 그가 내가 걸치고 있던 겉옷을 들어서 펼치더니 내 머리부터 발끝까지 우산처럼 덮어주었다. 그러자 참고 또 참고 있던 눈물이 왈칵 쏟아졌다.

"흑… 흐흑….."

난 그가 만들어준 가림막 안에서 그제야 참았던 눈물을 마음껏 쏟아낼 수 있었다.

한참을 울던 내가 조금씩 눈물을 그치자 원근이 물었다.

"어찌 또 그리 우십니까?"

그런데 나는 뭐라고 대답해야 할지 몰랐다. 나도 지금 내가 왜 우는지, 내가 지금 느끼는 감정이 도대체 무엇인지 몰랐으니까.

"궐에서 지내는 것이 많이 힘드십니까?"

원근의 추측에 난 고개를 가로저었다.

물론 궁궐 생활이 힘들었다. 그러나 이젠 그만큼 적응이 된 부분도 없지 않아 있었다. 게다가 궁궐 생활이 힘들다고 이렇게 눈물을 흘릴 정도로 나는 나약하지 않다.

절대로. 단지….

'사실이오.'

왕은… 좋아하는 궁녀가 있었다. 그리고 이것은 어쩌면 당연한 일이다. 궁궐 안에는 박 나인만큼이나 예쁜 궁녀들이 아주아주 많을 테니까. 왕도 남자인데 그런 궁녀들에게 마음이 안 간다면 거짓말이다.

"말씀하시기 어려우면….."

"전하가 싫어요."

나도 모르게 열린 입.

"중전마마."

"전하가… 밉다구요."

정말로 그가 싫었다.

명색이 왕비가 된 나를 두고 놀리면서 입을 맞추는 것도 싫었고.

내가 싫다는데도 나를 오래도록 끌어안고 놓아주지 않는 것도 싫었다.

게다가 중궁전에 새끼 오리들을 풀어놓고 마냥 어린아이처럼 칭찬해 달라고 구는 것도 싫었다.

무엇보다도… 왕은 늘 내게는 가볍고 장난스럽게만 대해왔다. 그런데 정작 박 나인과 관련된 물음에는 임금답고 사내다운 눈을 하고 말을 한다.

난 그것도 싫었다.

그러니 그의 모든 것이 싫을 수밖에.

"전하는 좋은 분이십니다."

난 원근을 올려다보며 말했다.

"적어도 내겐 아니에요."

여기까지 말한 후 나는 그의 손에 들린 내 겉옷을 빼앗아 어깨에 둘렀다.

"고마워요. 이 일은 잊지 않을게요."

그는 내 인사에 정중히 고개를 숙였다.

원근과 헤어진 나는 정작 갈 곳이 없었다. 왕은 아직 중궁전에 머물고 있을까? 박 나인과 함께일까? 이런저런 생각들이 내 머릿속을 뒤죽박죽으로 만들어버렸다.

"나쁜 사람."

난 다시 터져 나오려는 눈물을 삼키며 걸음을 멈췄다. 여전히 나인들이 가까운 곳에서 뒤따르고 있었다. 이런 상황에서는 하고 싶은 말들을 마음껏 할 수도 없었다.

그저… 나만 들을 정도로만 중얼거린다.

아주 작은 목소리로….

"아주아주 나쁜 사람."

"누가 나쁘다는 거요?"

놀라 돌아보니 왕이 바로 내 옆에 서 있었다. 난 그가 언제 내 곁에 다가왔는지도 알지 못하고 있었다. 그를 보고 깜짝 놀란 내게 그가 제일 먼저 한 일은 약간 부어오른 내 눈가에 손을 가져다 대는 일이었다.

그러나 나는 그의 손이 내 얼굴에 닿기도 전에 슬며시 밀쳐버렸다.

그러자 그가 길게 한숨을 내쉬며 말한다.

"과인에게도 해명할 기회를 주시오."

운 것은 이미 들켰지만 난 끝까지 왕비로서의 자존심은 챙기고 싶었다. 그래서 더욱 앙칼지게 그를 노려보며 물었다.

"전하가 왜요? 전하가 왜 신첩에게 해명을 하시는데요?"

"그대가 이 일로 울었으니까."

아니다. 난 이 일로 운 게 아니야.

단지… 왕이 싫어서 운 거야. 밉고 너무너무 싫은데 그 마음을 드러낼 수 없어서, 답답해서 운 거라고.

"아니오?"

"아니에요!"

강하게 부정하는 나를 보며 그가 어색한 웃음을 지었다.

"희순이는… 어린 시절부터 함께 자란 나인이오. 과인과 매우 가까운 몇 안 되는 나인이지."

그래서요? 그래서 후궁으로 삼으려고 했나보죠?

이 물음이 목구멍까지 올라왔지만 난 간신히 삼켰다. 그리고 그가 해명하는 내내 그의 시선을 피해 일부러 시선을 다른 곳에 주었다.

"전에 과인이 했던 말을 기억하시오? 과인은 중전과 평범한 백성들처럼 살고 싶었소. 적어도 이 궁궐 안에서 흉내라도 내며 살고 싶었지. 사이좋게 지내고 싶었단 말이오. 허나, 그러지 못할 수도 있다는 가능성을 알고 있었소. 과인은 이 나라의 임금이었으니까. 과인의 비가 될 중전이 원치 않는다면 불가능하다고 생각했었소."

그의 마지막 말은 내겐 조금 차갑게 들렸다. 아무래도 희망이라는 단어가 쏙 빠진 말이라서 그런 것일 수도 있다.

"희순이는 과인의 마음을 그 누구보다도 잘 이해하는 몇 안 되는 사람이오. 과인이 그런 그녀에게 해줄 수 있는 것은…"

"후궁으로 삼으시려고 했군요."

그의 말을 가로챈 내 목소리는 쌀쌀맞기 그지없었다.

"그렇소."

그가 미안한 듯 웃는다. 난 그게 더 싫었다.

"그렇다면 전하의 예상대로 되었네요."

난 다시 그의 얼굴을 돌아보며 말했다.

"신첩은 전하와 평범한 부부처럼 살 생각이 없으니까요. 신첩은 왕비라는 자리가 어떤지 잘 알아요. 만약 전하처럼 평범한 백성들처럼 살고 싶었다면…"

난 미래로 돌아갈 방법이나 강구하며 궐 밖에서 살고 있었을 것이다. 아니면 일찌감치 미래로 돌아가는 방법을 찾아내서 돌아갔을지도 모른다. 난 황나래니까.

"…왕비가 되지 않았을 거예요."

내가 끝까지 차가운 태도로 일관하는데도 여전히 왕의 얼굴에는 자상한 미소가 감돈다.

"국혼은 선왕 때 정해진 것이오. 그대의 뜻이 어떠하든 우리는 반드시 부부가 되었을 것이오."

글쎄. 진짜 중전이 되었어야 할 '소희'라는 소녀가 왜 죽었
는지는 아직 자세히 모른다. 하지만 적어도 그녀가 누군가에
게 살해당한 것이 아니라면, 이런 왕비 자리 따위는 앉고 싶
지 않아서 스스로 목숨을 끊었을지도 모르지.

"마음대로 생각하세요."

그가 내게 자상할수록 나의 오만함은 극에 치닫는다. 왕에
게 절대 이렇게 해서는 안 된다고 생각하면서도 말이다. 오히
려 서로에 대한 이러한 태도는 왕의 바람대로 '평범한 부부'
들이나 할 법한 것들이다.

진짜 왕과 왕비였다면… 왕비가 더 자상했을 것이다. 적어
도… 내 생각에는 그렇다.

"과인은 그대가 화내는 것을 보고 싶지 않소."

그가 나를 부드럽게 타이르며 두 손을 내밀었다. 잡으라는
뜻인 것 같았다. 그가 내민 손은 내 두 손을 한 번에 집어삼킬
만큼 크고 단단해 보였다. 어쩌면 그는 큰 손만큼이나 크고
넓은 마음을 가진 왕일지도 모른다.

그래서 모두를 포용하느냐… 역사에 제 이름을 제대로 남
기는 것도 잊었는지도 모른다. 폭군도 아니었고 성군도 아니
었던 왕 순조. 그는 대체… 어떤 사람이었을까?

"중전?"

어서 잡아 달라는 듯 왕은 자신이 내민 두 손을 살짝 흔들

며 밝게 웃었다. 그의 웃음에는 선함이 있었다. 그 선함은 내게 마력을 발휘했다. 뚝심 있게 그를 노려보던 나의 표정을 조금씩 조금씩 녹아내리게 만들고 있었으니까.

하지만 이것은 나의 표정만 녹이는 것이 아니다. 나의 목표와 나의 결심도 함께 녹여버리려고 한다. 나는 그것을 분명 느끼고 있었다.

왕비가 왕을 꼭 사랑해야 한다는 법은 없다. 그러나 다들 그렇게 될 것이라고 생각한다. 왕 역시도 그렇게 믿고 있다. 그러니 내게 저렇게 끝까지 자신만만한 자상함을 내보일 수 있는 것이리라.

하지만 난 순원왕후가 되기 위해 왕비가 되었다. 왕이 바라는 '아내'가 아닌 '왕비' 그 자체가 되기 위해서.

"신첩…."

난 그에게서 한 걸음 뒤로 물러섰다. 그리고 고개를 숙여 그에게 예를 표하며 말했다.

"…이만 물러가겠사옵니다."

"…중전."

목표를 잃으면 사람은 방황한다. 난 그런 사람이 되고 싶지 않다. 그런 왕비가 되지도 않을 것이다.

왕에게 빠져드는 일 따위는 없을 거야. 절대.

왕비님이 부르는 노래

봄. 새순이 돋기도 전에 숙선옹주의 부마를 간택하기 위한 금혼령이 내려졌다.

일반적으로 혼인의 과정에서 첫 번째는 '중매'다. 하지만 누가 왕실에 중매를 대겠는가? 그래서 왕실에서는 금혼령과 삼간택을 통해서 왕비도 뽑고 부마도 뽑는 것이다.

그러나 왕실의 혼인이라는 것이 늘 그러하듯, 금혼령이 내려지기 전부터 부마 후보가 될 소년들을 이미 정해놓는다.

다만 옹주의 부친인 정조가 이미 승하했으므로, 부마 간택에서 가장 큰 영향력을 가진 사람들은 다름 아닌 왕실의 최고 어른인 대비들인 것 같았다. 게다가 혼인을 치르려면 '혼주(婚主)'가 필요한데, 정조는 이미 승하한 데다가 설령 살아 있더라도 왕이 직접 혼주가 될 수는 없었다.

그래서 이 경우 종친들 중에서 한 명이 옹주의 '아버지' 역할을 대신해주게 된다. 이 때문에 옹주는 최종으로 부마가 선택되면 출궁해 '아버지'가 되어줄 종친의 집에서 기거하며 혼인을 준비하고 또 그 집에서 혼례를 치른다.

이 과정을 통틀어 왕녀하가의(王女下嫁儀)라고 했다.

부마 삼간택이 열리는 날.

대왕대비, 혜경궁, 대비, 가순궁, 그리고 나. 이 다섯 사람이 경복전에 모였다. 왕은 참여하지 않았다.

최종 부마 삼간택에 오른 소년은 세 명. 청풍 김씨와 경주 김씨, 마지막으로 풍산 홍씨 가문의 소년들로 나잇대는 옹주보다 한두 살 어리거나 많았다. 왕실 여인들이 한둘도 아니고 다섯씩이나 자리한 자리다 보니 소년들은 다들 긴장한 표정이 역력했다.

일부러 그러는지는 모르겠지만 대왕대비는 계속 자신과 같은 성씨인 경주 김씨 소년에게만 눈길을 주었다. 하지만 그 소년은 많이 말라 비실비실해서 아파 보였다. 가순궁도 대왕대비의 마음이 그 소년에게 가 있는 것을 아는지 표정이 좋지 못했다.

"오늘 이른 아침부터 입궐하느라 수고하였으니, 다과를 내어주마."

대왕대비의 말이 떨어지자 문이 열리더니 수라간 나인들이 줄지어 들어왔다. 그녀들의 손에는 다과가 든 쟁반이 하나씩 들려 있었다. 모양도 예쁘고 맛도 좋은 다과가 소년들 앞에 놓이자 소년들의 눈이 휘둥그레졌다.

"괜찮으니 어서 들거라."

대왕대비의 명이 떨어지자 소년들은 각자 마음에 드는 다과를 하나씩 집어서 제 입에 집어넣었다. 여기까지는 분명 분위기가 좋았는데….

맛있게 다과를 먹던 소년들의 표정이 하나둘씩 일그러졌다. 무언가 이상하다는 생각이 들었을 때쯤, 밖에서 상궁 한 명이 급히 들어오더니 대왕대비전 문 상궁에게 다가가 귓속말로 뭐라고 말을 전했다.

문 상궁은 깜짝 놀라며 다과를 가지고 들어온 수라간 나인들에게 말했다.

"어서 다과상을 치우거라. 어서."

"예."

나인들이 다시 다과를 가지고 나가자 대왕대비가 문 상궁에게 물었다.

"어찌 그러느냐?"

"그것이….'

문 상궁이 주변 눈치를 살피더니 대왕대비에게 다가가 아주 작은 목소리로 무언가 말을 전했다. 그 말을 들은 대왕대비의 눈이 크게 뜨인다.

"옹주가?"

바로 그때였다!

"콜록콜록!"

"켁켁…!"

다과를 먹은 소년들의 얼굴이 금세 붉게 달아오르더니 크게 기침을 하며 헛구역질까지 하기 시작했다.

가순궁이 단단히 화가 났다.

"오늘만큼은 웃전들께 크게 혼나더라도 옹주에게 매를 들어야겠습니다!"

막 옹주의 처소에 도착한 나는 안에서 들리는 가순궁의 목소리에 서둘러 문을 열었다. 가순궁이 회초리를 든 채로 옹주의 뒤를 쫓고 있었다. 옹주는 그런 가순궁을 피해 이리저리 도망가느라 바빴다.

"어머니이!"

놀란 옹주가 회초리를 든 가순궁을 피해 이리저리 도망치기 시작했다.

"어찌 이런 대사를 앞에 두고 다과에 장난질을 하십니까? 정말 큰일 나려고 작정하셨습니까?"

"소녀는… 아니에요! 소녀는… 절대 장난질을 하지 않았사옵니다!"

"허면 어찌 그 다과를 먹은 자제들이 하나같이 그리 되었답니까!"

"소녀는 그저 다과의 풍미를 높이기 위해 만든 가루를 넣었을 뿐이옵니다!"

"그게 바로 장난질이 아니고 무엇이랍니까!"

"아얏! 주, 중전마마!"

결국 가순궁에게 한 대를 맞은 옹주가 내게 달려와 몸을 숨겼다.

"옹주!"

가순궁이 소리쳤지만 옹주는 내 등 뒤에서 나올 생각을 전혀 하지 않았다.

"참말이옵니다, 어머니! 장난질은 절대 아니었사옵니다!"

난 중재에 나섰다.

"옹주. 도대체 다과에 무엇을 넣었나요?"

그러자 옹주가 울먹거리며 대답했다.

"다과는 그저 달기만 하여… 약간 매콤한 것을 넣으면 달면서도 칼칼한 매운맛이 나는 과자가 될 것이라 여겼사옵니다."

아, 그랬지. 옹주는 매운 것을 참 좋아한다. 나도 호된 신고식을 당했으니까….

"혹시 고춧가루를 넣었나요?"

옹주가 고개를 한 번 끄덕인다. 나는 한숨을 내쉰 후 가순궁에게 말했다.

"우선은 옹주를 대왕대비마마께 보내 사죄부터 하게 하시옵소서. 그것이 먼저일 듯하옵니다."

대왕대비가 이 일로 얼마나 화가 났을지는 알 수 없었다. 가순궁마마도 내 말에 동의하는지 고개를 끄덕였다.

"그리하지요. 옹주, 어서 대왕대비마마께 사죄하러 가시지요. 어서요."

가순궁이 손을 내밀었지만 옹주는 아직 그녀의 손에 들린 회초리 때문인지 손을 잡으려 하지 않았다. 결국 옹주의 손은 내가 잡았다.

"옹주는 신첩이 데려가겠습니다."

"예…. 염치없지만 중전마마께 부탁드리지요."

난 옹주의 손을 잡고 밖으로 나왔다.

대왕대비전으로 가는 길에 옹주가 풀이 잔뜩 죽은 얼굴로 말했다.

"대왕대비마마께서 화가 많이 나셨사옵니까?"

"그건…."

그러고 보니 가순궁을 쫓아 경복전을 나올 때 대왕대비는 그리 크게 화가 난 것처럼 보이진 않았다. 오히려 혜경궁이 옆에서 이번 기회에 옹주를 크게 혼내야 시집가서도 말썽을 더는 안 부릴 것이라며 목소리를 높이던 것이 기억났다.

"참으로… 참으로 장난질이 아니었사옵니다."

"알아요. 그런데 정말 고춧가루만 넣었나요?"

옹주가 주변 눈치를 살피며 고개를 젓는다.

"생강도 조금 넣었고… 몸에 좋다는 흑마늘이랑…."

엄청 매웠겠구먼.

그제야 헛구역질까지 하며 정신을 차리지 못하던 소년들이 떠올랐다. 그 소년들에 비하면 내가 먹었던 깍두기는 상당히 양호한 편이었던 게 확실하다.

"응?"

옹주와 함께 대왕대비전에 도착했더니 삼간택에 오른 소년 하나가 걸어 나오는 것이 보였다. 그러나 옹주가 만든 다과를 먹고 고통스러워하던 다른 두 소년은 보이지 않았다. 오히려 걸어 나오는 소년의 상태는 다른 두 소년에 비해 멀쩡해 보였다.

"어찌하올까요?"

중궁전 윤 상궁이 내게 다가와 묻는다.

아직은 최종 간택이 이뤄지지 않은 상황에서 부마로 결정될지 안 될지 모르는 소년과 옹주를 만나게 할 수는 없어서였다.

"글쎄다…."

마땅히 가림막도 없으니 이제 와 두 사람을 얼굴도 못 보게 만들 수도 없는 상황. 그때 대왕대비전 내관이 우리를 바라보며 소년에게 무언가를 설명했다. 아마도 중전마마와 옹주마마라고 말했을 것이다.

소년은 내관의 말을 듣자마자 바로 우리에게 다가왔다. 결국 피할 수 없이 우리 두 사람은 소년과 마주 섰다.

"중전마마. 그리고… 옹주마마?"

소년이 인사를 올리며 옹주를 향해 조심스럽게 묻는다.

아까 대왕대비전 안에서는 대왕대비의 시선을 한 몸에 받은 경주 김씨 소년만 쳐다보느라고, 이 소년을 자세히 들여다보지 않았다. 다시 보니 소년은 건강해 보이는 구릿빛 피부에 머리 모양이 전체적으로….

"깍두기…."

"에엣?"

옹주의 입에서 슬그머니 나와버린 '깍두기'라는 단어에 깜짝 놀라 옹주를 돌아보았다. 옹주는 소년을 뚫어져라 쳐다보며 내게 말한다.

"지난번에 중전마마께서 소녀가 만든 무절임에 '깍두기'라는 이름을 붙여 주셨지요. 이분은 딱 그 깍두기처럼 생겼사옵니다."

뭐가 재미있는지 옹주가 소년을 보며 깔깔 웃었다. 소년도 당황한 듯 옹주의 얼굴을 쳐다보다가 함께 따라 웃었다. 난 소년에게 물었다.

"아까 상당히 매운 다과를 먹었을 텐데… 괜찮으냐?"

그러자 소년이 웃으며 말했다.

"그 다과를 옹주께서 친히 만드신 것이라 들었사옵니다. 맞사옵니까?"

옹주가 기다렸다는 듯 밝게 웃으며 고개를 끄덕였다.

"예. 소녀가 만든 것이옵니다. 맛이 어떠했사옵니까?"

옹주의 당돌한 물음에 소년이 빙긋 웃으며 답했다.

"옹주마마. 소인은 매운 음식을 아주 잘 먹습니다. 그리고 아주 좋아합니다."

"정말이옵니까?"

옹주가 아이처럼 좋아하며 웃었다.

뭐지… 이 분위기는?

"이만 가시지요."

대왕대비전 내관이 다가와 소년을 이끌었다. 소년은 다시 우리에게 정중히 인사를 올리더니 물러갔다. 멀어지는 소년을 바라보던 옹주가 내게 말했다.

"소녀가 만들어낸 음식들 중에서 '깍두기'가 가장 마음에 드는데, 그 깍두기를 닮은 저분이 마음에 쏙 드옵니다. 저런 분과 혼인하고 싶사옵니다."

"그건…."

미안하지만 옹주마마, 그건 네 마음대로 안 돼. 오로지 대왕대비마마의 선택에 달려 있다고!

"소녀가 크게 잘못했사옵니다. 용서해주시옵소서."

경복전에 깔린 무거운 분위기를 짊어지고 어린 옹주가 사죄를 올렸다. 대왕대비는 속으로 한숨을 삼키며 옹주에게 물었다.

"이번에도 옹주의 잘못이 무엇인지 알기는 아느냐?"

"예에…. 하오나! 그저 소녀는… 맛난 다과를 만들어주고 싶었사옵니다. 그뿐이옵니다."

"알았다. 알았으니 이제 가순궁에게 돌아가 사죄하거라. 오늘 일로 얼마나 크게 놀라 마음을 졸이고 있겠느냐."

"…알겠사옵니다."

옹주가 자리에서 일어서려다가 멈칫하더니 대왕대비에게 물었다.

"하온데 조금 전에 나간 분은 누구시옵니까?"

대왕대비의 눈이 조금 전 옹주와 함께 들어온 나를 향했다.

"중전. 옹주가 그 소년과 만났소?"

"예에…. 잠깐 인사를 나누었사옵니다."

대왕대비가 잠시 고민하는 듯하더니 말했다.

"홍 정랑의 자제이다. 다른 자제들은 모두 옹주가 만든 다과를 먹고 내의원으로 실려 갔으나, 그 자제만은 멀쩡하더구나. 하여 오늘은 그 자제만 홀로 간택을 치렀지. 헌데 어찌하여 묻느냐?"

옹주가 방긋 웃으며 대답했다.

"소녀, 그 깍두… 아니! 그분이 마음에 드옵니다."

"마음에 든다?"

"예. 대왕대비마마."

그런데 조금 이상했다. 평소의 옹주라면 아까 내게 말했던 것처럼 그 소년이 마음에 든다면서, 그 소년과 혼인하고 싶다고 떼를 썼을 것이다.

하지만 대왕대비가 무섭긴 무서운 모양이었다. 마음에 든다는 말 외에는 뒷말을 하지 않아서 대왕대비의 다음 말을 기대하게 만들었으니까. 결과적으로 옹주도 궁궐에서 나고 자랐다. 아직 어리고 요리를 좋아해서 이래저래 사고를 치고 다니지만, 어린 나이에도 궁궐의 생리를 누구보다도 잘 알고 있을지도 모른다.

"알았다."

대왕대비의 입가에 미소가 떠올랐다.

알 수 없는 미소가 대왕대비와 옹주 사이를 오갔다. 잠시 후 옹주가 가순궁에게 가기 위해 경복전을 나서자 대왕대비가 말했다.

"홍 정랑의 아들이라 했지, 그 소년. 이견이 없다면 그 소년을 부마로 결정하고 싶은데."

대왕대비의 말은 경복전에 있던 모두를 충격에 빠트렸다. 다들 처음부터 대왕대비의 가문에서 뽑혀 올라온 경주 김씨 소년이 부마가 될 것이라고 믿어 의심치 않았기 때문이다.

"어, 어째서이옵니까?"

혜경궁이 묻자 대왕대비가 웃으며 답했다.

"옹주가 만든 음식을 먹고도 탈이 나지 않은 건 그 소년뿐이었네. 이런 것이 바로 하늘에서 정한 짝이 아니고 무엇이겠는가?"

"하오나 마마. 음식을 먹고 탈이 나지 않았다는 이유 하나로 부마를 간택하실 순 없지 않겠사옵니까?"

"그럼 혜경궁이 말해보게. 지금 옹주의 성품을 누가 감당할 수 있겠는가?"

"그거야… 옹주도 나이가 들면 철이 들지 않겠사옵니까?"

"그럴 수도 있겠지. 허나 그 전까지는 시집가서도 말썽만 피울걸세. 다들 알다시피 옹주는 주상의 하나뿐인 누이네. 그런 누이가 시집을 가서도 소란을 일으킨다면, 곧 친정(親政)할 주상이 어찌 고개를 들고 신하들을 대하겠는가?"

"그거야… 틀린 말씀은 아니옵니다만."

"무엇보다도 옹주가 마음에 들어 하니 나도 좋네. 그래서 주상 때와 마찬가지로 혼인 전이라도 서로 얼굴을 보게 하는 것도 나쁘지 않은 일이지."

뭐?

난 대왕대비가 무심코 흘린 말을 되새겼다.

'주상 때와 마찬가지로….' 이 말은 왕도 혼인 전에 소희를 만났다는 뜻이다. 물론 나도 그 사실을 어렴풋이 알고 있었다. 왕이 먼저 과거에 나를 만난 적이 있음을 밝혔으니까.

하지만 대왕대비의 말에는 또 다른 의미가 숨어 있는 것 같았다.

"대비는? 대비의 생각을 말해보게."

"대왕대비마마의 뜻대로 하시옵소서."

"가순궁의 동의도 필요하나… 가순궁이라면 옹주가 원하는 대로 하자고 할걸세. 그럼 이제 주상에게만 알리면 되겠구나. 다들 오늘은 이만하고 돌아들 가시게."

대왕대비의 말에 창경궁에 사는 혜경궁과 대비가 차례로 일어나 인사를 올리고 자리를 떠났다. 그다음은 내 차례였다. 하지만 나는 물러날 수가 없었다. 경복전을 떠나기를 주저하는 나를 보며 대왕대비가 물었다.

"중전은 내게 할 말이 있소?"

"저… 신첩이 궁금한 것이 한 가지 있사옵니다."

"무엇이지?"

"조금 전… 대왕대비마마께서 그리 말씀하시지 않았사옵니까. 전하 때와 마찬가지로… 그러니까, 신첩의 간택 때…."

"주상의 뜻이었소."

"네?"

대왕대비가 웃으며 말했다.

"선왕이 중전을 최종 간택에서 선택하였으나, 국혼 날짜를 잡기 전에 승하하였지. 이후 국상 기간 동안 새로이 중전을 뽑아야 한다는 말이 나왔고… 나는 새롭게 중전을 간택하더라도 선왕이 직접 간택한 중전의 얼굴을 한 번 보고 싶었소. 그래서 그 자리에 불렀던 것이오."

기억이 없는 게 당연했다. 그때 불려 간 사람은 내가 아닌 김소희였을 테니까.

"주상도 불러 중전을 보게 하였지. 주상이야 내 뜻을 따르 겠다고만 말하였지만… 그날 이후로 주상은 거의 매일 주변 에 중전의 이야기를 했다고 하더군. 그래서 난 주상이 중전을 첫눈에 마음에 들어 하였음을 알았소. 그래서… 중전이 지금 그 자리에 있는 것이고. 이제 답이 되었소?"

왕은… 소희를 마음에 들어 했나 봐. 박 나인이 어린 시절 부터 왕과 함께 자란 첫사랑이라고 치면, 원근의 여동생이던 소희는… 왕이 첫눈에 반한 상대일까?

하지만 소희는 나를 닮은 소녀일 뿐 나와는 별개의 존재. 왕이 첫눈에 반했더라도 그 반하던 순간의 소녀는 내가 아니 었다. 아무렇지도 않아야 할 것들이… 신경 쓰이기 시작했다.

경복전을 나오던 나는 멈칫했다. 멀지 않은 곳에 있던 왕과 옹주를 발견한 것이다. 가순궁도 함께 있었다. 아마도 왕은 경복전으로 오던 길에 가순궁과 옹주를 만났는지도 모른다.

가순궁과 두 자녀인 왕과 옹주는 뭐가 좋은지 활짝 웃으며 대화를 나누고 있다. 누가 가족 아니랄까 봐 그들의 웃음은 서로를 조금씩 닮아 있어서… 왠지 나만 이질감이 느껴졌다.

그들이 서 있는 곳은 경복전에서 그리 먼 거리가 아니었다.

결국 무시하고 지나갈 수도 없었다. 난 그들이 있는 곳으로 다가갔다.

"전하."

제일 먼저 왕에게 인사하자 그가 웃으며 나를 돌아본다.

"경복전에서 나오는 길이오?"

"예. 그러하옵니다."

그때 옹주가 내게 다가왔다. 옹주는 잔뜩 흥분한 듯 당의 속에 숨기고 있던 내 손을 냉큼 빼내 잡았다.

"들으셨어요, 중전마마? 아까 중전마마와 함께 만났던 그분요! 그분이 부마가 되실 거래요. 소녀의 부마요!"

어린 옹주가 어찌나 밝게 웃으며 기뻐하는지 나도 웃지 않을 수가 없었다. 가순궁도 화가 풀렸는지 얼굴에 미소를 짓고 있던 터라 더욱 그러했다. 결국 나도 옹주를 보며 미소를 지었다.

"경하드려요. 헌데 혼인을 앞두고 이리 기뻐하는 소녀는 처음 보네요."

"어? 그럼 중전마마는요? 전하 오라버니와 혼인한다는 거 알고 기쁘지 않으셨어요?"

갑작스러운 옹주의 질문에 내 입이 다물어졌다. 그러자 왕과 가순궁의 시선이 내 얼굴을 향했다.

적어도 이 상황에서 가순궁만 없었더라도 '그런 건 묻는 게 아니다.'라는 식으로 대충 넘어가면 될 것 같았다. 하지만 말 그대로 시어머니에 시누이까지 있는 상황에서 말을 함부로 할 수가 없었다. 나는 자포자기하는 심정으로 입을 열었다.

"기뻤지요…."

그때 가순궁이 말했다.

"옹주. 이만 처소로 돌아가시지요."

"예에? 소녀는 전하 오라버니랑 중전마마랑 더 있고 싶은 데요…."

"어서요."

가순궁에게 번복이란 없는 듯하다. 아니면 아들 마음을 잘 아는 것이든지. 가순궁은 왕과 눈을 마주치고는 빙긋 웃으며 그대로 옹주의 손을 잡고 가버렸다.

난 옹주와 함께 멀어지는 가순궁을 가만히 바라보고 있었다. 그때 왕이 내 옆으로 슬쩍 다가오더니 말을 걸었다.

"조금 전 제조상궁이 합궁일을 뽑아 올렸는데… 오늘을 기준으로 제일 가까운 날이 사흘 뒤요."

천진난만한 옹주를 바라보며 짓던 미소가 내게서 완전히 떠나버렸다. 왕은 이를 아는지 모르는지 나와 거리를 조금 더 좁히며 장난스레 말한다.

"알겠지만 왕비의 가장 큰 의무 중 하나는…."

"알아요."

난 왕에게서 한 걸음 떨어지며 그를 바라보았다.

"원자 생산이죠."

왕의 장난에 너무 차갑게 대답했던 것일까? 왕이 조금은 진지한 웃음을 지었다.

"과인은 그대가 원한다면 기다려줄 용의가 있소."

전혀 고맙지 않은 말이다. 난 또다시 차갑게 응수했다.

"언제까지요? 신첩이 전하를 사랑하게 되는 그날까지인가요?"

"그렇소."

"그렇겠네요."

난 한숨 섞인 목소리로 그에게서 고개를 돌리며 마저 말을 이었다.

"어차피 왕비인 신첩이 일평생 궁궐에서 마음 줄 사내는 오로지 전하뿐일 테니까요."

"그래서 그대는… 과인이 이렇듯 그대 앞에서만큼은 자신만만한 것이 싫소?"

부정적인 물음이다.

이제 왕도 슬슬 짜증이 나는 걸까? 궁녀들이라면 모두 왕이 묻기도 전에 마음이고 몸이고 다 줄 테니까. 나 같은 고집 센 왕비는 슬슬 질려갈 수도 있겠지.

난 왕을 돌아보았다.

"전하."

그는 그 스스로 내게 말했던 것처럼 자신만만한 미소로 나를 쳐다보고 있었다. 난 그게 싫었다. 그가 내 마음을 두고 여유를 부리며 자신만만하지 않길 바랐다.

걱정하고 두려워하고… 혹시라도 내 마음이 그에게 가지 않을지 모른다는 경우의 수를 신경 쓰길 바랐다. 진심으로.

"만약에… 신첩이 다른 사내를 사랑하게 된다면… 어쩌시겠어요?"

나를 바라보며 마냥 웃던 그의 눈동자가 살짝 흔들렸다. 난 그것을 놓치지 않고 쐐기를 박아 넣었다.

"그 사내를 죽이실 건가요? 아니면 신첩과 그 사내를 둘 다 죽이실 건가요?"

그가 전혀 예상하지 못했던 질문임이 틀림없었다. 놀라서 할 말을 잃은 얼굴이 된 그가 물었다.

"어찌 그런 무서운 말을 하시오?"

"무섭다뇨?"

내가 그가 아닌 다른 사람을 사랑할지 모른다는 가능성? 아니면 나를 죽일 거냐는 질문?

"아직도 희순이의 일로 과인에게 화가 많이 났소? 다시 말하지만…."

"전하."

더는 왕의 입에서 박 나인의 이름을 듣고 싶지 않았다.

"신첩도 가까운 지밀들의 이름을 쉽게 부르지 않는데…. 전하께서 유독 한 나인의 이름만을 친근히 부르시고도 승은을 주지 않으시면, 궁의 많은 이들이 궁금해하지 않을까요?"

그러자 왕이 내게 되물었다.

"혹시 투기요?"

내 한쪽 눈썹이 꿈틀거렸다.

"뭐라고요?"

사납게 되돌아오는 내 반응에 왕이 멋쩍은 웃음을 지었다.

"차라리… 투기라면 좋겠군."

투기?

지금 누가 누구를 투기한다고 그래?

하지만 정작 내 얼굴은 정곡에 찔린 듯 분한 감정을 그대로 드러냈다. 왕은 그런 나를 보며 소리 내 웃었다.

"그거 아시오, 중전. 중전의 그런 모습도 과인의 눈에는 참으로 어여쁘다는 거."

"무, 무슨…!"

"이렇게 또 과인은 오늘 그대에 대해서 한 가지를 더 알게 되었군."

결국 이번 말다툼에서도 왕이 승리했다. 왕은 보란 듯이 자신만만한 모습으로 자리를 떠났다.

사흘 후. 옹주의 혼사 준비로 정신없는 가운데 잡힌 합궁일
이었다.

　이날 저녁 경연을 끝낸 뒤에 침전으로 돌아가려던 왕을 대
왕대비가 불렀다. 왕이 경복전에 도착하자 그곳에는 삼정승
이 퇴궐하지 않고 앉아 있었다.

　"어서 들어오시오, 주상."

　대왕대비는 늦게까지 국사를 의논하는 자리에 왕을 불렀
다. 이는 종종 있는 일이었다. 왕은 국혼과 동시에 성년을 치
렀고 예정대로라면 곧 친정을 시작할 예정이었다. 이 때문에
대왕대비는 삼정승과 국사를 의논하는 자리에 평소보다도
더 자주 왕을 불렀다.

　"이번 상소는 지난번 삼척부사가 올린 것으로…."

　"이것은 함경도의 향교에서 올린…."

　과거 처리된 상소와 새롭게 올라온 상소가 뒤섞여 대왕대
비전은 발 디딜 틈이 없었다. 벌써 해가 지고 깜깜한 밤이 되
었는데도 승지들은 계속해서 상소들을 날랐다. 젊은 왕의 시
선이 자꾸 문밖을 향하는 것도 어쩌면 당연한 일이었다.

　"참, 오늘이 합궁일이었지."

　왕의 시선이 자꾸 문밖을 향하는 것을 알아차린 대왕대비

가 웃으며 말했다. 그러자 삼정승도 왕의 눈치를 살폈다.

"하오면 소손은 이만…."

"아니오."

당장이라도 경복전을 나가려는 왕을 향해 대왕대비가 웃으며 말했다.

"오늘은 이미 늦었으니 중궁전으로 상궁을 보내 가지 못한다고 전하시오."

"소손은…!"

왕이 무언가 말하려 하자 대왕대비가 웃는 얼굴을 거두고는 말했다.

"주상. 옹주의 혼례 이전에 처리해야 할 사안들이오."

대왕대비의 단호한 태도에 왕은 고개를 끄덕였다.

"알겠사옵니다."

합궁일은 말 그대로 궁궐을 시끄럽게 만드는 행사 중 하나였다.

사흘 전부터 왕비는 '임신이 잘된다는' 쓴 한약을 하루 세끼 끼니마다 들이켜야 하고 입는 옷부터 장신구, 거동과 말 하나하나까지 제약을 받는다.

여기에 중궁전은 얼마나 시끄러운지!

가구들로 가득 찼던 동온돌이 깨끗이 비워지고 합궁일 당일에 숙직을 서는 상궁들의 인사를 줄줄이 받아야 한다. 제조 상궁은 밤에 '임신되기 좋은' 길시에 대해서 거의 달달 외우도록 교육을 시키고 간다.

게, 다, 가.

"오늘이 합궁일이라 하여 와보았습니다. 실례가 된 것은 아닌지요?"

전혀 뜬금없지 않은 시어머니 가순궁의 방문까지.

"이번에는 꼭 회임이 될 것입니다. 그러니 너무 마음 쓰지 마십시오."

"하하… 예에….'"

가순궁은 후궁의 신분이기 때문에 직접 찾아와서 말을 하지, 그 외에 창경궁의 혜경궁과 대비에게는 직접 찾아가서 말을 들어야 한다. 그런데 혜경궁은 나와 마주 앉기만 하면 자신의 신세를 한탄하느라 두세 시간은 그냥 흘려보내지… 대비는 지난번 중궁전 방문 이후로 나만 보면 첫인사가 박 나인의 안부였다.

이 모든 것을 끝내고 중궁전으로 돌아오면 해 질 녘. 옷을 갈아입고 일찌감치 동온돌에 건너가 자리를 잡고 앉아 왕을 기다린다. 이쯤 되면 왕을 보자마자 멱살부터 잡을 기세가 되어버린다.

숙직 상궁들이 머무는 방으로 둘러싸인 동온돌에 나 혼자 멍하니 앉아 있노라면, 숙직 상궁들이 내쉬는 숨소리가 내 귀에까지 똑똑히 들린다. 이런 상황에서 합궁? 멍멍이나 주라 그래.

그나저나… 올 때가 한참 지난 것 같은데? 동온돌에서 세 시간째 대기 중이다. 조금 있으면 곧 새벽인데… 제조상궁이 말한 '임신이 잘된다는 시간'도 훌쩍 지나버린 지 오래. 왕은 왜 안 오는 걸까? 늦는다면 늦는다고 이유라도 전해야 예의 아닌가?

처음에는 지난번에 자신만만하게 자리를 떠난 왕의 모습이 떠오르며 괘씸한 마음이 들었다. 어차피 합궁일도 제조상궁이 여러 날을 뽑아 왕에게 올리면, 왕이 최종적으로 선택한다. 오늘 이 합궁일도 왕이 선택한 날이었다.

그래 놓고 정작 본인이 안 나타나는 건 뭐냐구! 아우씨, 허벅지 쑤셔.

"중전마마. 윤 상궁이옵니다."

나를 세 시간 동안 내버려둔 채 밖에 나가 있던 윤 상궁이 안으로 들어왔다.

"전하께서 오시느냐?"

"그게… 아마 오늘은 못 오실 것 같사옵니다."

못 온다고?

"어찌하여…?"

"알아보니 경복전에서 대왕대비마마와 삼정승 대감들과 함께 국사를 의논하고 계신다 하옵니다."

"곧 새벽이 아니냐?"

국사를 의논한다니 할 말은 없었다. 어차피 나도 그 오만한 왕을 마주하고 싶은 마음은 없었으니까. 하지만 화가 났다. 일을 하느라 나를 신경 못 쓰는 것까지는 괜찮다 치자, 일이 길어질 것 같으면 미리미리 통보해주면 안 되는 걸까?

"그럼 나는 서온돌로 가겠다."

일단 그가 안 온다니 두 다리라도 쭉 뻗고 자려는데 윤 상궁이 막아섰다.

"아니 되옵니다."

"안 되다니?"

"아직 대전 나인이 오지 않았사옵니다. 그전까지는 먼저 쉬실 수 없사옵니다."

다시 말해 왕이 오늘 '합궁'을 취소한다고 하지 않았으니, 난 쉬지도 못하고 계속 왕을 기다려야 한다는 뜻이었다.

"제조상궁은?"

"아무래도 전하께서 대왕대비전에 계신지라…."

그러면 제조상궁이라도 나서서 왕이 오늘 '합궁'을 치르지 않겠다는, 또는 못한다는 의사를 받아서 중궁전에 통보를 해 줘야 한다. 그런데 대왕대비와 함께 있으니, 대왕대비의 눈치를 보느라 먼저 가서 물어보지도 못하고 있다는 것이다.

궐 전체가 왕의 한마디를 기다리느라 쉬지도 못하는 상황이다. 동온돌의 불은 아직 환하고 숙직 상궁 아홉 명에 당직 서는 상궁들과 나인들도 스무 명. 이들 모두가 뜬눈으로 밤새우게 생긴 상황.

"경복전으로 사람을 보내게. 전하께서 못 오신다면 못 오신다는 확답이라도 받아오라고."

"그것은 아니 되옵니다."

"어째서?"

"중전마마의 체면이 있지 않으시옵니까? 전하께 합궁의 의사를 물어오라 하시면 다음 날 궐이 시끄러워질 것이옵니다."

단지 오늘 합궁을 하는지 마는지만 묻는데도 왕비 체면을 따져야 하나?

"중전마마."

그때 밖에서 나인의 목소리가 들려왔다.

"경복전에 있던 대전 상궁이 왔사옵니다."

"들라 하거라."

"예."

문이 열리더니 대전 상궁이 안으로 들어왔다. 그녀는 내게

370

인사를 올린 후 이렇게 말했다.

"전하께서 오늘은 경복전에서 국사를 의논하시느라 중궁전에 오시지 못한다 하셨사옵니다."

자, 이제 공식적으로 합궁이 취소되었다. 계속 긴장한 상태로 왕이 오기만을 기다리던 많은 나인들이 안도의 한숨을 내쉬었다. 나도 마찬가지로 그래야 하는데 그럴 수가 없었다.

정말 국사 때문일까? 그랬다면 왜 진작 못 온다고 알려주지 않은 걸까?

화가 나야 했다.

하지만 화가 나야 하는 내 마음을 누르고 있는 것은 섭섭한 마음. 난 도대체 그에게 무엇이 섭섭한 걸까?

"알겠네."

내 말을 들은 대전 상궁이 경복전으로 돌아갔다.

동온돌에 깔린 이부자리들은 치워지고 서온돌에 내가 잘 이부자리가 다시 준비되었다. 숙직 상궁들은 모두 돌아가고 나인들도 재빨리 당직 나인들과 그렇지 않은 나인들로 나뉘어 그 수가 줄어들었다.

모든 것이 일사불란했다. 대놓고 내가 소박맞았다는 사실 따위는 그녀들에게 별로 중요한 일이 아닌 듯했다.

"많이 피곤하셨지요?"

서온돌로 옮겨 온 나를 보며 윤 상궁이 묻는다. 난 세 시간

넘게 굽히고 있던 두 다리를 쭉 뻗었다. 바로 찌릿하며 쥐가 나는 기분이었다. 윤 상궁이 이를 보았는지 곁에 있던 중궁전 나인에게 말했다.

"마마의 다리를 안마해 드리거라."

그러자 그녀가 말했다.

"참, 박 나인이 안마를 참 잘하옵니다. 박 나인을 불러 안마를 하라 하심이 어떠시옵니까?"

"박 나인?"

내가 되묻는 말에 윤 상궁이 조심스럽게 말한다.

"희순이옵니다. 중전마마."

박 나인의 이름이 나오자 나도 모르게 주변에 냉기를 뿌리게 되었다. 윤 상궁은 그렇다 치더라도 다른 중궁전 나인들까지 내 눈치를 보았다. 대비도 어쩌면 이러한 상황을 예상하고 박 나인을 지밀로 삼으라고 했는지도 모른다. 이제 내 대답에 따라서 다음 날 궁궐에 파다하게 날 소문을 짐작하게 생겼다.

"불러라."

"예?"

"박 나인이 안마를 잘한다 하지 않았느냐. 불러라. 박 나인의 안마를 받아야겠다."

"아, 예에…."

이제 내일 퍼질 소문 가운데 하나는 사라졌다. 적어도 박 나인의 이름을 듣고 이를 부득부득 갈았다는 그런 소문은 사라졌다.

하지만 또 다른 소문이 생겼다. 중전마마가 일부러 왕이 총애하는 나인에게 밤새 안마를 시켜서 괴롭혔다는 둥….

"소인 희순이옵니다…."

박 나인이 안으로 들어오더니 넙죽 고개를 숙인다. 나와는 눈도 마주치지 못했다. 그래도 내 기분은 나아지지 않았다.

"네가 안마를 참 잘한다지?"

"가순궁마마를 모실 때 배웠사옵니다."

"내가… 다리가 아프다."

내 말 한마디에 희순이 가까이 다가오더니 깨끗이 씻은 손으로 다리를 안마하기 시작한다. 다른 나인의 말은 거짓이 아니었다. 박 나인의 손이 닿자 금세 다리가 시원해졌다. 작고 가녀린 저 손에서 어찌 이런 힘이 나오는지 의문이던 찰나에 내가 물었다.

"이리 안마를 잘하는데 대비께 너를 뺏겼으니 가순궁마마께서도 섭섭하셨겠구나."

"아니옵니다…."

"대비마마께도 안마를 해 드렸느냐?"

"예. 그러하옵니다."

"전하께는?"

박 나인의 손이 멈췄다.

나도 참 못났다.

누가 보면 내가 엄청나게 왕을 좋아해서 질투하는 줄 알 거 아니야.

그러나 박 나인은 다시 침착하게 안마를 시작하며 답했다.

"오래전에…."

"좋아하셨겠구나? 그렇지?"

"아니옵니다."

또다시 '아니옵니다.'다. 이 말이 이토록 듣기 싫은 말일 줄이야. 내가 왕실 여인들 앞에서 '아니옵니다.'라고 말할 때마다, 그녀들은 지금 나와 같은 기분으로 저 말을 들었을까?

나는 박 나인이 안마하던 다리를 슬쩍 옆으로 치웠다. 그러자 박 나인이 당황하며 고개를 들어 나를 쳐다보았다.

"전하 앞에서도 모든 물음에 '아니옵니다.'만 하느냐?"

"중전마마…."

박 나인이 금세 울 것 같은 눈이 된다. 왠지 내가 엄청나게 나쁜 짓을 한 것만 같았다. 여기서 멈춰야 하는데….

"전하께서 너를 후궁으로 삼는다 하였을 때 기뻤느냐?"

"흑…."

결국 박 나인이 눈물을 뚝뚝 흘리기 시작했다. 그때까지도 잠자코 우리 곁에 앉아 있던 윤 상궁이 박 나인을 꾸짖었다.

"여기가 어느 안전이라고 우느냐?"

"소, 송구하옵니다…."

"나가거라. 어서."

"예…."

윤 상궁이 박 나인을 쫓았다. 박 나인이 나가자 윤 상궁이 내게 말했다.

"다른 아이를 불러 안마를 하라 하올까요?"

울며 나가는 박 나인을 보는 내 마음도 편치 못했다. 또 누군가를 말로 상처 준다는 게 이렇게 쉬운 일인지도 몰랐다.

"되었네. 자네도 그만 물러가 쉬게."

"예, 중전마마."

난 이불을 덮고 누웠다. 이를 본 윤 상궁이 서온돌의 모든 불을 끄고 밖으로 나갔다. 혼자 남은 나는 이불을 어깨 위까지 끌어올린 채 옆으로 돌아누웠다.

"휴우…."

땅이 꺼져라 계속 한숨만 나왔다.

봤지? 제 감정만 앞세우는 왕비의 모습. 주술 인형만 있으면 당장 거기다가 바늘 수십 개를 꽂을 것 같은 이 상황. 이건 내가 바란 왕비가 아니야. 훌륭한 왕비가 아니라 아주 속 좁고 못된 왕비가 되었잖아.

박 나인이 미운 게 아니었다. 내 옆에 쏘아붙일 왕이 없어서 그녀를 대신 괴롭힌 거다. 하지만 왕이었다면… 그는 끝까지 나를 향한 미소를 잃지 않았겠지. 모두 재치 있게 장난처럼 받아주었겠지.

어느 순간부터인가 나도 모르는 사이에 그의 미소에 자꾸 기대고 싶어진다. 내가 공부 외에도 이렇게 욕심을 부리는 게 있었던가?

그저… 지금 느끼는 이 감정이 싫어. …무서워.

"신들은 이만 물러가겠사옵니다."

영의정을 필두로 좌의정, 우의정이 인사를 올리며 물러간 시각은 삼경(새벽 1시)이 막 지날 무렵이었다.

"흐음…."

대왕대비도 피곤한지 애체를 벗고 눈을 비비며 왕에게 말했다.

"주상. 수고하셨소."

"소손도 이만 물러가겠사옵니다. 이만 쉬시지요."

대왕대비에게 인사를 올리고 왕이 물러가려고 할 때였다. 대왕대비가 막 기억이 났다는 듯 왕을 보며 물었다.

"침전으로 돌아가시오, 주상?"

"예. 그렇사옵니다."

"허면 침전으로 가지 마시오. 중궁전으로 가시오."

"예?"

대왕대비의 말에 왕의 눈이 번쩍 뜨였다. 그러자 대왕대비는 무심한 듯 아직 정리되지 못한 상소들을 들추며 말했다.

"중전이 오래 기다렸잖소. 가서 위로의 말이라도 건네시오. 그다음에 침전으로 가도 늦지 않소."

"하오나… 아마 지금쯤이면 중전은…."

"잠들었을 거라고?"

대왕대비가 웃는 얼굴로 왕을 바라보았다.

"아마도 지금쯤이면 숙직 상궁들은 모두 물러갔을 것이고 중궁전 나인들도 반은 들어가 쉬고 있겠지. 원래 나는 궐에선 아무리 부부간의 내밀한 자리라 하여도 반드시 지밀이 항상 곁에 자리해야 한다고 생각하오. 허나 때론 이런 예외를 두는 것도 나쁘진 않겠지…."

그제야 왕은 오늘 밤 일은 모두 대왕대비가 계획한 일의 일부였음을 깨달았다.

공부는 경쟁을 해야만 한다. 서로 잘되는 것은 애초부터 불가능하다. 내가 아는 사람이든 모르는 사람이든 '누군가'를 밟아야만 올라설 수 있고 누군가를 밀쳐야 나 혼자 결승점에 들어갈 수 있다. 아주 냉혹한 세계.

그래서 난 사랑을 하게 된다면, 사랑만큼은 순위가 있는 경쟁을 하고 싶지 않았다. 당연하게도 내가 살던 미래에서는 그럴 수 있을 줄 알았다. 하지만 나는 더 이상 그곳에 있지 않다. 지금 내가 살고 있는 곳은 조선 시대다.

내가 아는 역사 속 순조는 나약하고 심성이 빈약했다. 이렇게 키가 크고 성품이 올바른 청년일 줄 예상하지 못했다. 게다가 역대 조선의 왕들을 모두 모아놓고 '미소'로 시합을 벌인다면 1등을 할 것 같은 미소를 지닌 사람. 그 미소로 사람 마음을 들었다 놓았다 하는 사람.

그러나 그는 사람이기 전에 왕이었다. 그가 아무리 왕비와 함께 여염집 부부처럼 다정하게 그리고 평범하게 살고 싶다고 하더라도 언젠간 후궁들이 생기겠지. 물론 난 왕비니까 그 후궁들과 동일한 선상에서 경쟁할 필요는 없지만….

상처 입을 거야. 그를 좋아하고 사랑하게 되면 분명 상처 입을 거야.

"휴우…."

답답한 마음에 창문을 열었다. 상궁들이 머물 수 있는 자잘한 협방들로 둘러싸인 동온돌과 다르게 서온돌은 창문만 열

378

면 밖이었다. 그리고 그 밖은 지금… 달과 별이 어우러진 밤이다.

"돌아갔어야 했나…."

"어디를?"

또 그였다. 왕이었다.

정말 타이밍은 매번 기가 막혔다. 하루 종일 내 옆에 CCTV를 달아놓았나? 어째 창문 주변에 나인들이 없다 했어….

"어쩐 일이세요?"

왕이 중궁전 담벼락에 등을 기댄 채 나를 바라보았다.

"오늘은 합궁일이 아니오?"

"지나갔거든요."

매번 우린 이런 식이다. 그는 자상하게 묻고 나는 삐딱하게 받아치고.

"과인을 기다렸소?"

"무슨 소리… 제 허벅지. 이제 겨우 나았어요!"

"그럼… 다시 또 물어도 되겠네."

처음 만난 후로 한 살을 더 먹고도 여전히 내게 말할 때는 철없다. 아니면 일부러 저러는 것일 수도 있다.

"신첩은… 이만."

바로 창문을 닫으려 했다. 그러자 그가 발 빠르게 다가와 닫으려는 창문을 붙잡는다. 달빛이 그의 키에 가렸다. 그가 지닌 어둠이 나를 덮었다.

"금혼령이 내렸을 때였소. 옹주의 금혼령이 아니라 세자이던 과인의 금혼령이."

"그런데요?"

"그 무렵 선왕께서 화성 행궁을 가시는 길에 우연히 국구의 여식을 보게 되었는데…."

소희다. 그가 말하는 것은 죽은 소희야.

"제일 먼저 과인이 떠올랐다 하오. 우리 두 사람이 잘 어울릴 것 같다 하셨지. 그래서 우리가 부부의 연을 맺었나 보오."

그는 이 말을 하며 상당히 뿌듯한 미소를 지었다. 하지만 난 웃을 수가 없었다.

"전하는… 첫눈에 신첩이 마음에 드셨나요?"

내가 아니라 소희가…겠지만.

"어찌 그것이 궁금하오?"

이번에도 그는 장난의 여지를 두려 한다.

"신첩은… 그날… 전하의 용안을 자세히 보지 못해서…."

"상관없소. 과인은 제대로 보았으니."

보았구나.

그리고 반했구나.

"대왕대비마마께서 그러시던데요. 그날 이후로 신첩의 이야기를 주변에 하셨다고."

그가 약간 당황해하며 말했다.

"아주 많이 했소. 얼굴에 점이 있는 것 같더라…. 생각보다 못생겼더라…. 아바마마의 현안(賢顔)이 많이 흐려지신 게 분명하다. 또…."

그는 장난을 치는데 난 눈물이 났다.

그의 큰 그림자에 가려 내 눈물이 드러나지 않을 줄 알았다. 그런데 그는 눈이 어디에 달렸는지 금세 알아차렸다.

창문을 잡고 있던 그의 한 손이 내 눈가에 흐르던 눈물에 닿는다.

"울리려던 것은 아니었는데…."

미안한 듯 말하는 그에게 난 물었다.

"신첩이 밉지 않으세요? 이렇게 쌀쌀맞은데. 신첩은… 전하를 좋아하지 않을 거라고 했고… 전하에게 후궁이 아주 많이 생기면 좋겠다고도 했어요."

"그랬지."

"전하는 신첩과 여염집 부부처럼 살고 싶다고 하셨지만, 신첩은 왕과 왕비로 살자고 했어요."

"그것도 그랬지."

"헌데도, 신첩에게 언제까지 그리 다정하게 구실 거예요?"

그러자 그가 조금도 주저하지 않고 내게 대답했다.

"죽는 날까지. 과인이 죽는 날까지 그대에게는 한없이 다정할 생각이오."

난 결국 인정해야만 했다. 내 마음을.

난 한번에 쏟아지는 눈물을 닦으려 고개를 숙였다.

"전하를… 좋아하지도 사랑하지도 않으려 했는데…."

"그리되었소?"

"왜… 신첩 마음이 이런지…."

"과인은 그대의 마음이 어찌 그렇게 변하게 되었는지 알고 있소."

그가 또 자신만만한 목소리로 말하며 숙였던 내 턱을 잡아 높게 들어 올렸다. 그의 얼굴 양옆으로 달빛이 잔잔히 부서지며 내 얼굴을 비추었다. 그리고 난 그의 또렷한 두 눈과 마주했다.

"과인이 그대를 사랑하니까… 그대도 이런 과인을 사랑하게 된 것이오."

그래서 두렵고 무섭다. 왕은 나보다 먼저 죽는다. 나는 시작도 전에 끝을 알고 있는 이 사랑이 너무나도 두렵다. 고칠 수 없는 답안지를 제출하기 위해 쥐고 있는 이 순간이 너무나도 두렵다.

하지만 이러한 고민을 그와 나눌 수도 그에게 털어놓을 수도 없다. 과거의 사람은 미래를 아는 사람의 걱정과 고민 따위는 절대 이해할 수 없을 테니까.

"전하를… 신첩이 언제까지 사랑할 수 있을까요?"

내 감정을 이렇게까지 뒤흔들어놓은 첫사랑이라는 무서운 존재.

난 사랑에 대해 궁금한 것이 너무나도 많았다. 그리고 내가 반드시 풀 수 있는 문제라는 걸 알아야만 이 사랑에 뛰어들 수 있을 것 같았다. 사랑 역시 늘 내가 풀어온 문제와도 같다면 말이다.

그런데 왕은 이 세상의 모든 답을 다 알 것 같은 눈으로 내게 답을 주었다.

"과인이 죽을 때까지만."

"…!"

"과인이 죽을 때까지만 사랑해주겠다고 약조해주시오. 과인은 그것만으로도 족하니."

답은… 그가 주었다.

명쾌하게 나온 그의 말은 내가 알고 싶은 답이 아닐 수도 있다. 그러나 난 그의 답에서 당장 내가 원하는 답을 찾은 것 같은 느낌을 받았다.

그리고 답은… 계약이 된다. 사랑의 계약.

"신첩은 전하가 죽을 때까지 사랑할 거예요. 전하가 죽을 때까지만…!"

그가 창문을 사이에 두고 내 입술에 뜨겁게 입맞춤했다. 나는 처음으로 두 팔을 그의 목에 두른 채 그의 입술을 온전히 받아들였다. 서로의 입술이 한시도 떨어지지 않은 채 닿아 있는데도 알 수 없는 애절함만 더해가고 입술이 깊게 파고들수록 욕망이 더욱 깊어졌다.

그를 끌어안고 그와 입 맞추며 가늘게 눈을 뜨자 달빛이 햇빛처럼 눈부시게 다가왔다. 조금 전에는 느낄 수 없었던 또 다른 세상이 내 눈앞에 놓여 있었다.

서로의 입술이 여러 번 붙었다 떨어지기만을 반복하는 가운데 달빛만이 우리의 감시자로 남았다. 겨우 나와 떨어져 눈을 마주친 그가 숨을 고르며 묻는다.

"이제 과인이 그 안으로 들어가도 되겠소? 강조하지만 정중히 묻는 것이오."

"신첩이 싫다면요?"

마지막까지 새침데기 발언을 이어가는 내게 그는 평소와 다르게 조금은 의기소침한 목소리로 말한다.

"그대가 싫다면… 과인은 오늘 밤 이곳에서 달과 함께 노숙을 해야만 하겠지. 잠든 그대의 코 고는 소리를 들으면서."

난 얼굴이 붉어져 빽 소리를 질렀다.

"신첩은 코 안 골아요!"

"뭐… 그대가 안 곤다면야 안 고는 것이겠지만…"

그가 슬그머니 내 눈치를 본다. 그게 싫지 않았다.

묘한 시선이 서로를 오가는 것도 잠깐, 난 웃으며 그에게 두 팔을 뻗었다. 그러자 그는 기다렸다는 듯이 창문 너머로 팔을 넣어 내 허리를 바짝 끌어안았다. 그것도 잠시, 난 팔로 그를 창문 안으로 급하게 끌어올렸다.

잠시 후.

그가 신었던 흑피화가 창문 밖으로 슬그머니 떨어졌다. 그 후에야 중궁전 서온돌의 창문이 완전히 닫혔다.

이 조선이라는 나라는 내가 알던 것과 많이 다르다. 아주 많이. 그래서 무척이나 당황스럽기도 했지만… 나의 뛰어난 머리는 적응력이 높다. 분명 이것도 그중 하나겠지….

"흠…."

나는 옆에서 곤히 잠든 왕을 쳐다보며 고민에 빠졌다. 깨워야 할 것인가, 말아야 할 것인가?

이미 날은 밝았고… 일반적인 아침 문후 시간을 훨씬 더 지난 것 같은데. 평소 같으면 나인들이 어서 일어나라고 웃전들 기다리신다고 난리였을 시간. 그런데… 해가 중천인데도 아무도 우리를 깨우지 않는다. 심지어 왕이 이곳에 있는 걸 아는지 모르는지조차 의문이다.

"흠….."

"보고 또 봐도 과인만큼 잘생긴 사내를 본 적이 없는 거요?"

"으악!"

놀라 까무러치며 뒤로 자빠지는데 왕은 여유롭게 눈을 뜨고 나를 쳐다보았다.

이… 이…! 언제부터 깨어 있었던 거야?

"중전이 깨기 전부터."

"으악!"

난 2차로 놀라 소리를 질렀다. 입을 열고 말한 것도 아닌데 내 속을 어떻게 읽은 거지?

"놀랐소?"

그가 태연스럽게 묻더니 일어나 앉아 기지개를 쭉, 폈다. 난… 멍하니 왕이 기지개를 펴는 것을 쳐다보고만 있었다.

기지개를 편 왕은 고개를 이리저리 까딱까딱했다. 목 근육을 풀어주기라도 하는지 앉은 자세에서 가슴도 활짝 펴고 팔도 이리저리 움직여댔다.

난 그의 체조 비슷한 것을 빤히 쳐다보면서 베개를 끌어안고 있었다. 한참 동안 몸을 이리저리 움직이던 그가 나를 향해 웃으며 물었다.

"소문을 듣자 하니, 중전도 매일 아침 몸풀기를 한다던데… 안 하시오?"

"시, 신첩이 무, 무슨 몸풀기를 했다고…!"

이놈의 궁궐은 무슨 비밀이 없어!

"자, 중전의 아침 몸풀기는 앞으로 과인이 도와주리다."

그가 팔을 뻗어 내 다리를 잡아당기더니 자신의 허리에 감았다. 놀란 내가 안고 있던 베개를 그에게 내던지자, 베개가 그의 가슴을 치며 힘없이 떨어졌다.

그가 엄청나게 진지한 표정으로 되물었다.

"어찌 그러시오? 과인이 돕겠다는데."

난 얼굴이 붉어질 대로 붉어져서는 그에게 소리쳤다.

"아침 문후 안 가실 거예요?"

그러자 그가 방긋 웃으며 말했다.

"아침 문후는 걱정 마시오. 중전이 곤히 잘 때, 과인이 다 처리하였으니."

"진짜예요?"

"보면 모르시오? 중궁전 상궁도 아무 말 없잖소."

그의 말이 맞았다. 내가 늦을까 봐 시간 맞춰 깨우고 단장시키는 것이 그녀들의 주된 아침 업무가 아닌가.

난 이상하리만치 조용한 문 너머를 가만히 응시했다. 그때 그가 내 가슴으로 머리를 숙여오며 물었다.

"허면… 이제부터 몸풀기를 해도 되겠소?"

나는 부끄러움에 잔뜩 달아오른 얼굴로 천천히 고개를 끄

덕였다. 그러자 그는 기다렸다는 듯이 이불을 높게 들어 우리
의 몸을 덮어버렸다.

경복전, 모든 왕실 여인들이 모인 자리에 대전 나인이 나타
났다. 그녀는 대왕대비를 비롯한 웃전들에게 공손히 예를 올
린 후 소중히 품고 온 무언가를 그녀들 앞에 펼쳤다.

"어머나…."

이를 들여다본 여인들이 저마다 놀라며 대왕대비의 눈치를
살폈다. 금침을 덮었던 얇은 흰 비단 위에 붉은 산당화의 꽃
잎 자국이 찍혀 있었기 때문이다.

대왕대비도 조금 놀란 얼굴이었지만, 모두가 놀란다고 그
녀까지 놀라며 호들갑을 떨 수는 없는 일이었다. 한참 만에
대왕대비는 입을 다문 채 코웃음을 치고는 말했다.

"그래서? 주상이 아침 문후 대신에 이것을 보낸 연유가 무
엇이냐?"

"오늘 아침 문후는 두 분 다 어렵겠다고 송구하다, 전하라
하셨사옵니다."

"알겠다. 물러가거라."

"예. 대왕대비마마."

대전 상궁이 물러가자 대왕대비가 가장 가까운 곳에 앉아 있던 혜경궁을 보며 말했다.

"주상의 성품은 익히들 아시겠지. 애초부터 우리가 나서서 강요할 일은 아니었소."

"하오나 주상은 이 나라의 임금이지 않사옵니까? 당연히 임금으로서 지켜야 할 예와 법도가 있거늘…."

"이미 다 끝난 일이오."

대왕대비가 단호하게 혜경궁의 말을 끊었다. 그때 뒤에 서 있던 제조상궁이 나서서 말했다.

"대왕대비마마. 아뢸 것이 있사옵니다."

"무엇이냐?"

"주상전하께서 오늘 아침에 상궁을 보내 소인께 말씀하시기를, 오늘부터 사흘간은 중궁전에서 침수 드실 것이며, 이것은 지난 합궁례 때 치르지 못한 사흘을 가져가는 것이라 하셨사옵니다."

"…!"

제조상궁의 말에 가순궁은 입을 다물지 못했다. 그러자 대왕대비가 호탕하게 웃으며 말했다.

"주상의 뜻이 그러하다면 그래야겠지. 또한…."

대왕대비가 제조상궁을 바라보며 말했다.

"이로써 지난 합궁례 때 숙직을 선 상궁들이 아무짝에도 쓸모가 없었음이 드러났다. 그들은 소임을 다하지 못했으니 벌을 주어야 마땅하다. 하여, 앞으로는 주상이 중궁전에서 침수 드는 날에는 숙직 상궁을 들이지 말라."

"하, 하오나 그런 예는 과거에나 지금이나 없었사옵니다!"

그러자 조금 전까지 웃던 대왕대비가 엄한 표정으로 제조 상궁을 쳐다보며 말했다.

"내명부에서 첫째로 가는 중임이 무엇이더냐? 바로 적통 대군의 생산이다. 헌데 그리 매번 주상의 심기를 건드려서야 합궁이나 제대로 치를 수가 있겠느냐? 보거라. 오늘 일도 모두 합궁례 때 나인들이 잘못하여 주상의 심기를 건드렸기에 벌어진 일이다. 아니 그렇느냐?"

대왕대비의 호통에 제조상궁은 고개를 깊게 숙이면서도 쉽게 물러서려 하지 않았다.

"하오면 오늘처럼 매번 서온돌에서 합궁이 치러지게 두어서는 아니 되옵니다. 해가 동쪽에서 뜨고 서쪽으로 지는 것은 하늘의 이치이온데, 혹시라도 적통 대군께서 동온돌이 아닌 서온돌에서 잉태될 시에는 강건한 기운과 그 운세를 제대로 타고나지 못할 것이옵니다."

"그것은 제조상궁이 주상에게 잘 전하도록 하게. 또한 중전에게도."

"예."

제조상궁이 물러가자 이번에는 잠자코 앉아 있던 대비가 입을 열었다.

"숙직 상궁은 물린다 하더라도 주상께서 중궁전에서 침수 드시는 날에는 정해진 나인들이 당직을 서야 하온데, 이를 감당할 인원은 적어도 스무 일 전에 정하지 않사옵니까? 이 제 와서 그 많은 인원의 당직일을 다시 정하기에는 무리가 있사오니, 사흘을 달라는 주상의 청을 들어주셔서는 아니 되옵니다."

"그럴 필요 없네."

이번에도 대왕대비가 대비의 말을 단호하게 거절하며 제조 상궁에게 말했다.

"기존의 대전 당직과 중궁전 당직을 합하여 함께 당직을 서 도록 하거라."

제조상궁이 고개를 숙였다.

"명을 받잡겠사옵니다."

아침 문후는 공식 땡땡이를 치더라도 경연까지는 그럴 수 가 없었다.

왕이 경연에 가기 위해 중궁전을 나선 뒤에야 나는 아침 수라상을 받았다. 그런데 평소와 수라상이 달랐다. 반찬 가짓수도 늘어나고 메인은… 삼계탕.

복날도 아닌데 이게 웬 떡이냐?

확실히 궁중에서 만든 음식들은 내가 알던 맛과는 전혀 달랐다. 하지만 안타깝게도 왕비라고 해서 자신이 먹고 싶은 음식을 주문해서 먹을 수는 없다.

왕과 왕비를 포함한 왕실의 가족들에게 올리는 음식은 내의원과 수라간에서 함께 정한다.

계절과 날에 따라서 음식의 종류와 재료를 달리하는데, 음식을 매일 먹는 '약재'로 취급해서 그렇단다. 그래서 만약 어제 먹은 음식이 너무 맛있어서 오늘도 똑같이 해오라고 한다면 '자중하시옵소서.'라는 소리부터 듣게 된다는 뜻이다.

"음…. 이건 딱 좋네."

국물부터 끝내준다. 도대체 닭 한 마리 끓이는데 MSG도 없이 뭘 넣었길래 이렇게 구수하면서 달짝지근한 거야. 닭 비린내도 전혀 없고.

"입에 맞으시옵니까?"

윤 상궁의 물음에 내가 고개를 끄덕이며 물었다.

"헌데 어찌 삼계탕이 나온 것이냐?"

늦은 아침 수라이니 점심 수라라도 할 수 있겠는데… 이른 시간부터 삼계탕이 나오는 건 좀 의외다 싶어 물었을 때였다.

윤 상궁이 답했다.

"중전마마께서 지난밤 소진하신 기력을 보충하기 위해 수라간에서 특별히 올린 것이라 하옵니다."

풋! 잘 떠먹던 삼계탕 국물이 그만 입 밖으로 튀어나오려던 것을 간신히 막았다.

그래도 약간 새는 것은 어쩔 수 없었다.

이를 본 기미상궁이 수건을 내밀었다. 난 서둘러 입가를 닦았다. 그런데 도무지 고개를 들어 윤 상궁을 쳐다볼 수가 없었다.

"그, 그건… 수라간에서도 안다더냐?"

"무엇을 말이옵니까?"

"지난밤 전하께서….

"서온돌에서 합궁이 치러진 것을 말이옵니까?"

이젠 고개도 못 들겠어….

"…그렇다."

"어찌 수라간만 알겠사옵니까. 중전마마. 안 그래도 제조상궁마마께서 한마디 하셨사옵니다. 합방은 절대 서온돌에서 치러져서는 안 된다고요."

"아… 그랬지."

나도 배워서 안다. 좋은 기운은 동쪽에서 온다고 하니 합궁은 무조건 동쪽에서 치러져야 한다고.

"오늘 밤은 동온돌에서 침수 드시옵소서."

"응?"

윤 상궁의 말에 나는 그녀를 쳐다보았다.

"앞으로 사흘 동안은 전하께서 중궁전에서 침수 드실 것이옵니다."

"사흘이나?"

"주상전하의 뜻이라 하옵니다."

그러고 보니 조금 전 경연에 간다며 나가던 왕이 조금 있다가 보자는 식의 아리송한 말을 던졌는데, 난 그게 경연이 끝나고 시간이 나면 보자는 말로 알아들었다. 그런데 다른 의미가 담긴 말이었나?

"그래…?"

대체 이 궁에서 나도 모르게 무슨 일이 돌아가고 있는지 왕이 오면 분명하게 따질 생각이었다. 그런데 아직 윤 상궁의 말은 끝나지 않았다.

"또한 중전마마."

"무엇이냐?"

"오늘 밤에 전하께서 오시면 중전마마께서 꼭 좀 말씀을 올려주시옵소서. 앞으로 신은 창문 밖에 벗어두시면 아니 된다고 말이옵니다."

다… 아는구나. 얘네 다아 알아. 도대체 이 궁궐에는 비밀이라는 게 존재하기는 하는 거냐고!

"대왕대비마마의 귀에 들어가는 것까지는 어떻게든 막았사
오나, 다음번에도 또 그리하시면 웃전들께 중전마마만 혼이
나실 것이옵니다."

"알겠네. 알았다고."

삼계탕이 무슨 맛인지도 이젠 느껴지지 않는다. 난 밥상 앞
에서 중전이 절대 하지 말아야 할 '한숨'을 푹푹 내쉬며 머리
를 짚었다.

왜 나만 혼나야 해?

왕은 책임이 없냐고! 합궁은 혼자 치렀냐!

왕은 처음으로 경연에 조금 늦었다. 그렇다고 경연에 열심
히 참여하지 않은 것은 아니었다. 그 어느 때보다도 적극적이
었다. 신하들이 논리 정연하게 치고 들어오는 질문 공격에도
성실히 답했다. 완벽한 답변은 아니었지만 누군가가 토를 달
만큼 부족한 답변도 아니었다. 덕분에 정해진 진도보다도 아
침 경연이 조금 일찍 끝났다.

잠시 시간이 생긴 왕은 경연장 앞 연못가를 걸었다. 그러
자 경연에 함께 참여했던 조인영이 왕의 곁으로 다가와 조심

스럽게 입을 열었다.

"전하. 신이 보아하니 경연 내내 전하의 용안에서 미소가 떠나지 않았사옵니다."

"음… 그랬나?"

연못 안을 뚫어져라 바라보며 왕이 싱글벙글한 얼굴로 대답하자 조인영이 말했다.

"지난밤, 합궁이 치러졌다고 들었사옵니다."

합궁이 치러졌다는 말을 조인영이 꺼내자 왕은 두 손을 허리에 올려둔 채 어색한 웃음을 크게 냈다.

"하하하하! 자네까지 알았는가?"

조인영이 주변 나인들의 눈치를 살피며 왕의 귓가에 대고 속삭였다.

"전하. 허리에 올리신 옥수는 내리시옵소서."

"하하하… 하하하….

왕이 허리에 얹었던 손을 내리려다가 어색한지 그 손으로 조인영의 어깨를 탁탁 쳤다.

"그리 중전마마가 좋으시옵니까?"

"좋다뿐이겠느냐. 사랑스럽기 그지없다."

조인영이 웃는 얼굴로 말했다.

"그 마음, 변치 마시옵소서."

"과인의 마음이 변할 것 같으냐?"

조인영이 고개를 저었다.

"전하라면… 적어도 신이 아는 전하라면 그러지 않으실 것이옵니다."

왕이 짧게 웃었다.

오늘 동온돌에는 숙직 상궁들이 들지 않았다. 그 대신 동온돌과 연결된 북쪽 협방의 문과 그 협방의 창문을 열어두었다. 좁은 방 하나를 사이에 두고 달빛이 동온돌 안을 은은하게 비춘다. 왕은 내 무릎을 베고 옆으로 편히 누워 달빛을 바라보며 중얼거렸다.

"과인은 영조대왕만큼은 살 것 같은데… 그럼 앞으로 65년이 남았으니까."

난 그가 하는 말을 이해하지 못하고 고개를 갸웃거렸다. 달빛을 응시하던 그의 시선이 내 얼굴을 향했다. 나와 눈이 마주치자 방긋 웃는 그.

"과인은 그때까지 중전만을 사랑해줄 거니까."

그의 한 손이 내 뺨에 닿는다.

"과인을 '사랑한다.'라는 말을 65년치를 해주시오. 매일."

내 인상이 자연히 일그러진다.

"뭐라고요?"

하루에 한 번으로 계산해도… 도대체 몇 번이냐, 이게.

"불가하오?"

"당연하죠. 너무 많아요. 못 해요."

일단 못 한다고 잡아떼자 왕이 고민하며 말한다.

"허면 이일역월제로 하는 건 어떻소?"

65년치를 한 달에 하루로 계산하면 얼마지…? 빠른 계산으로 도달한 숫자는 '780', 이것도 무리다.

"그것도 너무 많아요."

"그럼… 안 해줄 거요?"

'히잉' 하며, 고양이 눈망울로 나를 애절하게 쳐다보는 왕.

좋다. 내가 백번 양보한다. 이럴 걸 대비하고 알아둔 건 아니지만, 정 이렇게 나온다면 내게도 비장의 무기가 있다!

"한 번에 다는 무리고… 하루에 한 번, 노래를 불러줄게요."

"노래?"

노래라는 말에 그의 눈이 번쩍 뜨인다.

"하루에 한 번만 불러줄 거니까, 잘 들어요. 전하."

그가 알겠다는 듯 초롱초롱한 눈빛으로 나를 올려다본다. 나는 그의 얼굴을 가만히 내려다보다가 천천히 그의 얼굴로 고개를 숙였다. 그리고 고개를 돌려 그의 귓가에 입술을 대고 아주 작은 목소리로 노래를 불렀다.

"신첩은 전하를 사랑해. 사랑해, 사랑해, 사랑해, 사랑해, 신첩은 전하를 사랑해!"

아니나 다를까 그의 입이 쩍 벌어진다. 하지만 금방 못 들은 척 연기를 한다.

"너무 작아서 못 들었소. 다시 해주시오."

"한 번밖에 안 돼요."

"정말 못 들었다니까."

"나인들이 들으면 흉봐요."

"아까처럼 작게 부르면 과인은 들을 수 있소."

"못 들으셨다면서요?"

"그게… 어쨌든! 한 번만 더 불러주시오. 응?"

왕의 애교에도 나는 깨알 같은 미소만 흘릴 뿐 쉽게 다시 해줄 생각이 없었다. 이걸로 확실한 효과를 보았으니, 앞으로 잘 써먹을 수 있다는 걸 깨달았으니까.

"싫어요. 하루에 한 번. 아니지…. 전하가 중궁전에서 침수 드시는 날만 불러드릴 거예요."

"귀여운 협박이군."

그가 내 코를 슬쩍 잡아당기며 말한다.

"신첩이 협박했으니 벌주실 건 아니죠?"

"줄 거요, 벌."

그가 갑자기 양손을 들어 내 팔을 잡더니 그대로 몸을 돌려 금침 위에 눕혀버린다. 그의 장난에 깔깔거리는 것도 잠시. 자세가 바뀌어 나를 내려다보게 된 그는 나처럼 소리 내어 웃지 않는다.

알 수 없는 미소만 지은 채 나를 내려다보고 있었다. 난 그를 올려다보며 수줍게 물었다.

"이게 벌인가요?"

그때, 조금 전 내 웃음소리를 들었는지 밖에서 윤 상궁의 목소리가 들렸다.

"중전마마. 무슨 일이 있으시옵니까?"

"킥킥."

내 입에서 다시 웃음이 터졌다.

"중전마마?"

윤 상궁이 재차 나를 부르자 난 고개를 돌려 닫힌 문 너머를 쳐다보았다.

"아무 일 없다고 대답해줘야겠어요. 안 그러면 밤새 저리 물어볼 테니까."

다시 돌아본 그는 여전히 내 얼굴에서 눈을 떼지 못하고 있었다. 난 눈을 크게 뜨고 그를 쳐다보았다. 그러자 그의 입이 열렸다.

"허나 지금부터 '일'이 있을 거요."

"무슨… 일요?"

짐짓 모르는 체 내가 물었다. 그러자 그가 천천히 고개를 숙여 내 입술에 다정히 입을 맞추었다. 하지만 난 입술을 받자마자 새침데기처럼 고개를 돌려 그의 입술을 피했다.

그러자 그의 눈에 조금 당황한 기색이 어렸다. 난 이런 그의 모습도 좋았다. 당황한 그와 다르게 방긋 웃으며 말했다.

"순서가 잘못되었잖아요."

"순서?"

"아무도 없는 곳에서만 왕이 왕비에게 할 수 있는 네 가지 일 말이에요."

"아아…."

그제야 왕이 기억났다는 듯 웃었다. 난 그런 왕을 보며 말했다.

"첫 번째는…."

내 팔을 잡고 있던 그의 한 손을 떼어내 깍지를 껴서 잡았다. 그렇게 두 손이 하나가 되었다.

"그리고 두 번째는…."

다른 한 손으로 내 팔을 잡고 있던 그의 손을 떼어내 내 뺨에 올려놓았다. 그러자 잔뜩 긴장한 듯 그가 더 이상 웃지 않았다. 그것은 나도 마찬가지였다.

"세 번째는…."

내 뺨을 잡게 한 그의 손을 내 입술에 가져다 대려고 할 때였다. 그가 급하게 내 입술에 뜨거운 입맞춤을 해왔다. 숨 막힐 정도로 강렬한 입맞춤이었다. 얽히고설킨 두 입술이 서로의 숨을 정신없이 나누었다.

"하아…!"

간신히 떨어지자 남은 건 거친 숨소리뿐. 동온돌 밖에서 윤상궁이 어린 나인들을 급하게 내쫓는 소리가 들렸다.

그와 내가 번갈아 내쉬는 뜨거운 숨이 주변의 찬 공기를 모두 앗아가 버린 것 같다.

이제 터질 듯이 뛰는 서로의 심장 소리만이 귓가를 맴돈다. 어느 정도 숨을 고른 왕이 내게 묻는다.

"과인의 접문 실력이 어떠하오?"

"완벽해요…! 완벽해요, 전하."

완벽하다는 말 외에는 무슨 말을 해야 할지 모르겠다. 그러자 왕이 방긋 웃으며 말한다.

"그럼 이제 다섯 번째를 할 차례군."

그의 말에 내 눈이 번쩍 뜨였다.

"어찌 그리 과인을 쳐다보시오? 다섯 번째를 배우기 싫소?"

"그게 아니라…."

난 금침의 머리맡 방향에 열려 있는 창문에 눈길을 주었다. 환한 달빛이 누워 있는 내 얼굴을 환하게 비추고 있었다.

"창문이 열려 있어요. 달님이 보고 있다고요…. 전하."

여전히 부끄러운 마음만 앞선다. 달님을 끌어들여 이러한 내 마음을 숨기긴 했지만 왕이 이를 모를 리가 없다. 그는 이런 내 모습을 귀엽다는 듯 쳐다보더니 귓가에 대고 속삭였다.

"오늘 밤 숙직 상궁은 달님이라오."

더는 아무것도 할 수가 없었다. 왕을 설득하는 일도… 내가 스스로 잡아버린 왕의 손을 뿌리치고 창문을 닫으려 할 수도 없다.

그 대신 창문을 닫겠다는 듯 깍지 낀 손을 마구 흔들었다. 왕은 그 손을 금침 위로 길게 넘어뜨려 잡아 꼼짝도 하지 못하게 만들었다.

나를 쉽사리 제압해버린 왕의 얼굴이 내 가슴을 파고들었다. 나는 아직 자유로운 다른 손으로 창문을 닫으려 하는 대신에 왕의 너른 등을 끌어안았다.

이제 내가 할 수 있는 일이라고는 달님을 피해 눈을 감아버리는 것뿐.

그러나 이미 새 숙직 상궁이 보내는 환한 빛이 내 얼굴을 비춘다. 몸이 달 속을 헤집고 둥둥 떠다니는 기분이 야릇하기 그지없었다.

"저, 전하…!"

달콤하기만 한 이 밤이 영원하기를….

평소와 똑같은 아침이었다.

적어도 내가 보기에는 그러했다.

"흠…."

분위기가 사뭇 다르긴 했지만 분명 지난밤 잠도 동온돌
에서 잤고… 트집 잡힐 만한 일은 하지 않았는데. 이 분위기
는… 대체….

"중전."

대왕대비가 나를 불렀다.

"아직 봄이라 밤에는 많이 쌀쌀하던데… 지난밤에는 많이
무더웠소?"

"에?"

나는 영문을 모른 채 눈을 동그랗게 떴다. 그러자 곳곳에서
헛기침이 터져 나왔다. 나만 모르는 일이 있는 것만 같아서
옆에 앉은 왕을 쳐다보았다. 그런데 정면을 바라보고 앉은 왕
의 광대뼈 부근이 붉었다.

뭐지? 뭐지? 결국 나만 모르는 무언가가 있는 거야?

답답해하는데 혜경궁이 말을 덧붙였다.

"지난밤 어찌 동온돌의 창을 열어놓고 주무시었소?"

아…! 그제야 대왕대비의 말뜻을 알아차린 내 얼굴이 화끈

거렸다. 도무지 고개를 들 수가 없었다.

설마… 어제 우릴 엿본 건 아니겠죠? 네?

"그게…."

그러니까… 뭐라고 둘러대야 할지 모르겠다. 으…!

"소손이 덥다 하여 열어둔 것이옵니다. 그러니 그 연유가 궁금타 하시면 중전에게 묻지 마시고 소손에게 물으시지요."

역시…! 난 존경의 눈빛을 담아 왕을 쳐다보았다.

이런 짓궂은 질문을 온몸을 던져 대신 막아주려는 왕이라니!

"내 농이 지나쳤소. 그만하리다."

대왕대비가 사태를 마무리하려는지 분위기가 좋아지려는 찰나, 가순궁이 나섰다.

"중전마마. 새겨들어주세요. 제가 괜한 노파심에 드리는 말씀이 아닙니다. 주상께서는 예로부터 밤만 되면 체온이 내려가는 체질이십니다. 때문에 자칫 찬 기운이 들면 계절에 상관없이 기침을 하시지요. 그러니 주상께서 잊으셨다 하더라도 중전마마께서 꼭 창문을 닫아주십시오."

"네에…."

일단은 새겨들었지만 나도 할 말은 있었다.

"하오나 체질은 변하지 않사옵니까? 지난밤 전하께서는 무척이나 열이 나셔서 신첩이 불에 데는 줄 알았사옵니다. 그러

405

니 너무 걱정치 아니하셔도… 아차차."

내 얼굴 식히고자 자랑스럽게 꺼낸 발언이었다. 결국 제 무덤 파는 일이 되어버리고 말았지만.

"어머머…."

"흠!"

"어휴…."

난 고개도 못 드는 죄인이 되어버렸다.

물론 내 말은 사실이었다. 정말… 뜨거웠다. 내 뺨에 닿는 그의 뺨도 그의 숨도 그의 손도… 그의 몸도…. 으…! 난 그래서 그가 나보다는 몸이 뜨거운 체질인 줄 알았지! 그 일 때문에 뜨거워졌다고는 생각 못 하고!

"중전이 참 재치가 있구려! 하하하…."

대왕대비가 어설프게 웃어넘겨준 덕분에 주변 상궁들도 따라 웃으며 이 분위기는 잘 끝나는 듯싶었다.

아침 문후가 끝나자 본격적으로 옹주의 혼인에 대한 이야기가 나왔다.

"옹주의 혼주를 전 호조판서이자 종친인 이서구로 정하였소."

아직 대왕대비는 수렴청정 중. 옹주의 혼사와 관련한 일을 직접 처리하고 있는 것도 바로 대왕대비다.

"잘하셨사옵니다. 이 대감의 성품으로 보건대 이 일을 잘

처리할 적임자가 아닐까 하옵니다."

혜경궁이 칭찬하자 대왕대비가 웃으며 고개를 끄덕였다.

"그래서 사흘 안으로 옹주를 이서구의 사저로 출궁시켜야 하오. 보름 뒤에는 그곳에서 혼례를 치를 것이고. 가순궁."

"예. 대왕대비마마."

"이번에 옹주와 함께 출궁할 준비는 잘하고 있으시오?"

"여부가 있겠사옵니까."

이제 옹주는 혼인 전까지 혼주로 지명된 종친의 집에서 지내다 그곳에서 혼례를 치른다. 가순궁은 어머니로서 함께 출궁해 옹주의 혼인 전까지 함께 지낼 예정.

여기까지는 나도 배워서 알고 있는 사실인데….

"참, 주상."

"예, 마마."

"안 그래도 옹주가 꼭 부탁한 것이 있었소. 혼인 전이라 원하는 것이 있으면 다 해주겠다고 했더니, 꼭 한 가지를 들어 달라고 신신당부하지 않겠소."

"그것이 무엇이옵니까?"

"이번 출궁할 때 가순궁뿐만 아니라 '중전'도 함께 출궁하게 해 달라고…."

"예?"

왕이 크게 놀랐다. 그것은 나도 마찬가지였다.

"안 된다 하였지. 아직 내명부의 일은 나와 대비들이 맡아서 처리하니, 중전이 아무리 중임을 맡은 것이 없다고 하나 배워야 할 것이 천지인데… 어찌 종친의 사가로 출궁해서 옹주와 함께 지낼 수가 있겠소?"

안 된다는 단 한마디의 말을 하려는데 의외로 길다. 또 이 말을 자세히 들어보면 '안 된다.'라는 말이 아니다. '절대 안 된다고 말하면 안 된다.'라는 말에 더 가까웠다.

"주상도 알다시피 옹주의 고집이 보통이 아니지. 자신의 바람을 들어주지 않으면 절대 혼인하지 않겠다고 고집까지 피우지 않겠소? 어쨌든 옹주는 혼인하면 출가외인. 그간 철없이 군 것만 생각하면 이번 옹주의 바람도 크게 꾸짖어서 다시는 그런 말을 못 꺼내도록 만들고 싶었으나, 그 작고 가녀린 것이 혼인을 치를 텐데… 예로부터 죽은 사람의 소원도 들어준다고 하지 않소. 하물며 옹주는…."

대왕대비의 말이 끝나기도 전이었다. 왕이 나섰다.

"그럼 크게 꾸짖으시옵소서. 이번 기회에 옹주의 고집을 반드시 꺾으셔야 하옵니다."

"뭐라?"

예상치 못한 왕의 발언에 대왕대비가 크게 놀란 것 같았다. 갑자기 주변의 분위기가 싸해졌고 난 옆에 앉은 왕의 눈치를 살폈다. 그러나 왕은 웃음기 하나 없는 얼굴로 대왕대비를 똑

바로 쳐다보며 말했다.

"중전의 출궁은 절대, 절대 불가하옵니다."

"…그, 그래요, 주상?"

이런 분위기 진짜 싫다.

"출궁할 때 중전도 함께 가게 해 달라뇨? 옹주의 버릇없음이 극에 달한 듯하옵니다. 무엇보다 출궁하면 중궁전이 보름이나 비게 되옵니다. 이게 말이나 되는 일입니까?"

"그… 그러니까…. 주상. 이미 우리 대비들끼리 논의해서 결정했소. 그러니 중전의 출궁을 윤허하여…"

"절대로. 중전의 출궁은 소손이 절대로 허락할 수 없사옵니다."

전하. 왜 이러세요? 난 울먹거리는 눈으로 왕을 응시했다.

그러나 왕은 전투태세를 마친 것 같은 얼굴로 대왕대비를 무섭게 쏘아보고 있었다. 이런 신경전에 결국 나와 주변에 있는 나인들만 죽어났다.

결국 대왕대비가 왕의 옆에 앉은 내게 눈을 돌리며 말했다.

"중전에게 물읍시다. 옹주의 바람을 어찌하겠소?"

"예?"

내게 돌아온 카드는 결코 열어봐서는 안 되는 카드 같다.

대왕대비의 말이 끝나자마자 왕이 나를 쏘아본다. '갈 거야? 출궁할 거야?'라는 눈으로. 여기서 출궁 안 한다고 했다가는 대왕대비의 노여움을 살 판이고, 출궁한다고 말했다가는 왕의 노여움을 살 판이다. 어쩌다 내 인생이 이렇게 되었는지 눈물로 돌이켜야 할 상황.

"중전?"

대왕대비가 아주 자애로우면서도 강한 눈으로 나를 쳐다보며 묻는다. 나는 대왕대비와 왕의 시선을 피해 고개를 숙이며 쩔쩔맸다.

"시, 신첩은… 그러니까… 신첩은…."

"…흥."

왕은 '왕 삐쳤소.'라는 콧바람 소리를 내며 내게서 돌아앉아 있다. 그래 봤자 동온돌이고 그래 봤자 오늘 밤은 여기서 묵고 갈 거면서 말이다.

"전하아… 어쩔 수 없었다고요."

"흐응!"

왕은 또다시 삐친 콧소리. 벌써 몇 번째 사과를 하는데도 영 풀릴 기미가 보이지 않는다. 그렇다면 나도 화가 난다고, 화가 나!

"대왕대비마마께서 그렇게 눈치를 주시는데 출궁 안 한다고 하면요? 게다가 대왕대비마마만 계셨어요? 다른 대비마마들도 동의하셨다잖아요! 게다가 옹주는요? 옹주의 바람이라는데!"

내가 화를 내자 왕이 다시 나를 돌아보며 앉았다. 그러더니 보란 듯이 인상을 쓰며 말했다.

"중전은 어찌 그리 말씀을 하시오?"

"뭐가요? 신첩이 뭐가요? 죽은 사람 소원도 들어준다는데 산 옹주의 소원도 못 들어주느냐는 대왕대비마마 말씀은 기억 안 나세요? 신첩도 어쩔 수 없었다니까요!"

"지금 중전은 이용당한 거요. 이용."

"누구한테요? 어린 옹주한테요? 그럼 이용 좀 당하면 어때요? 곧 혼인해서 궁궐을 떠나실 옹주인데요!"

"답답하군!"

왕이 더는 나와 말이 통하지 않는다는 듯 다시 돌아앉는다. 그러자 밖에서 우리의 대화를 엿듣고 있을 윤 상궁의 목소리가 들려온다.

"중전마마. 부드럽게… 부드럽게 말씀하셔야 하옵니다."

으으…!

그래, 여기서는 부부 싸움도 공개적이지. 게다가 부부 싸움이라고 왕에게 대들기라도 했다가는 바로 지적질이 들어오지. 그게 지밀나인들의 소임이냐구!

왕은 좋겠다. 궁궐 안에 모든 사람이 왕의 편이네! 왕밖에 몰라!

하긴, 그래서 왕인가?

"전하아···."

난 밖에서 우리의 대화에 귀를 세우고 있을 나인들을 의식하며 최대한 부드럽게 말했다.

"흥."

그러나 그럴수록 왕의 기는 끝없이 솟구친다.

"전하아···. 그래서 사흘로 줄였잖아요. 보름이 사흘이 되었는데도 계속 그렇게 화를 내실 거예요?"

"흐응!"

이마를 뚫고 나오려는 신경을 애써 잠재우며 난 억지웃음을 지었다. 그리고 그의 등 뒤로 다가가 양 어깨를 잡고 살짝 흔들며 말했다.

"언제까지 그러실 거예요?"

"내일 아침 문후 때 출궁은 불가하다고 말씀드리시오. 그러면 풀리다."

"그건 안 되죠."

난 그의 어깨에 올린 손을 떼며 말했다.

"안 된다고?"

"이미 간다고 해놓고 또다시 안 간다고 하면 대왕대비마마께서 어찌 생각하시겠어요? 신첩은 거짓말쟁이가 되는 거지요. 게다가 무슨 핑계를 대라고요?"

"과인은 중전이 필요하오. 그게 이유요."

"그 이유 댔다가는 다들 웃어요."

지난밤 그의 몸이 아주 뜨거웠다는 내 증언이 그 이유와 함께 또다시 회자될 거다.

"웃든지 말든지."

"전하는 상관이 없겠지만… 신첩은 중전인걸요. 중전이 비웃음당하면 좋아요? 좋으세요?"

이 말에는 살짝 흔들리는 것 같았지만 '흥' 소리만 안 나올 뿐, 여전히 나를 쳐다보려 하지 않는다. 그렇다면 옜다, 그럼 나한테도 방법이 있지.

"이제 신첩은 사흘간 출궁해야 하니까… 오늘 밤에 사흘 치를 해 드릴게요."

"사흘 치를?"

왕의 눈이 반짝이더니 바로 나를 돌아보며 앉았다.

어? 생각 외로 효과가 빠르네. 이 방법은 앞으로도 자주 사용해야겠다.

내 방법이 먹혔다는 생각에 싱글벙글하던 그때였다. 왕이 두 팔로 내 허리를 와락 끌어안더니 그대로 금침 위로 눕혀 버렸다.

"어머나!"

내가 놀라 소리를 치자 안 그래도 예민하신 우리 문밖 윤 상궁이 깜짝 놀라 소리친다.

"무, 무슨 일이시옵니까?! 중전마마! 중전마마!"

당장 문을 뚫고 들어올 기세에 난 반강제적으로 왕을 끌어 안은 채 대답했다.

"아, 아무 일도 아니네. 아무 일도⋯ 하하⋯."

그사이에도 왕은 입술로 내 목을 아프도록 잡아 물었다. 자칫했다가는 아프다고 신음이라도 내지를 판. 그러면 진짜로 윤 상궁이 동온돌의 문을 젖히고 쳐들어올지도 몰랐다.

"전하, 뭐, 뭐 하세요?"

"뭐 하기는? 중전의 말대로 사흘 치를 오늘 밤 안에 다 하려면 지금부터 시작해도 늦은 것을!"

"사흘 치⋯ 무슨 사흘 치⋯."

내 목을 잡아 물던 왕이 고개를 들어 나를 내려다보며 의기양양하게 말한다.

"중전이 말한 '합궁 사흘 치'지 뭐겠소?"

"에엣?! 그게 아닌데요⋯."

"아니라고?"

왕이 엄청 실망하는 듯한 얼굴로 나를 내려다보았다. 나는 바깥의 나인들을 신경 쓰느라 아주 작은 목소리로 왕에게 속삭이듯 말했다.

"사흘 치를⋯ 그걸 어떻게 하루 만에 다 해요."

지난밤 왕이 한 것만 하더라도 잠도 제대로 못 잤다. 그것의 세 배라고? 누구 허리 부러뜨릴 일 있어? 아침 문후 또 못 가서 무슨 말을 들으려고? 나인들의 시선에서 느껴지는 망신살은 다 내 몫이라고!

그러니 그건 절대 안 돼! 안 된다고!

"허면? 무슨 사흘 치를 말한 것이오?"

엄청난 기대가 한순간에 무너진 듯한 왕의 얼굴을 눈앞에 두고… 난 어렵게 입을 열었다.

"노래요."

"노래?"

"지난밤에 신첩이 불러 드린 노래…."

그가 원하는 '사흘 치'와 비교하기에는 너무 수준이 낮은 걸까? 그가 받아들이지 않겠다고 하면 어쩌지?

"아…."

역시나.

왕이 엄청 실망한 표정으로 허리를 일으켜 세워 앉았다. 나는 이미 흐트러진 머리를 대충 만지며 왕의 옆에 나란히 앉았다.

"그건… 싫으세요?"

"싫진 않지만…."

아니, 딱 봐도 싫구먼. 싫은 티를 팍팍 내고 있네.

앞으로 '사랑해.'라는 말을 자주 해주면 안 되겠다. 그럼 너무 가볍게 여길 거 아니야?

"그럼… 할까요?"

목을 가다듬는 나를 보며 왕이 힘없이 고개를 끄덕였다. 무언가 마음에 안 드는 듯한 그의 표정. 하지만 나는 꿋꿋이 고개를 세우고 노래를 부르려 입을 열었다.

"신첩은 전하를 사랑해. 사랑해, 사랑해, 사랑해, 사랑해, 신첩은 전하를 사랑해."

사흘 치 중에서 하루 치가 끝났다.

다행히 왕의 얼굴은 조금 전보다는 약간 풀린 듯. 입가에 슬슬 미소가 차올랐다.

자, 그럼 이제 이틀 치 시작.

"신첩은 전하를 사랑해. 사랑해, 사랑해, 사랑해, 사랑해, 신첩은 전하를 사랑해."

이틀 치가 끝났을 때는 이제 완벽하게 웃고 있다.

이쯤 되자 괜히 쑥스러운 기분이 드는 건 나뿐. 그렇지. 듣는 사람이 쑥스러울 이유가 없다. 밖에서 나인들이 듣고 있다는 걸 뻔히 알고도 삐친 왕을 달래고자 노래를 부르는 나만 쑥스럽고 부끄러운 거지.

"마지막… 불러요. 흠흠. 신첩은 전하를 사랑해. 사랑해, 사랑해, 사랑해, 사랑해, 신첩은 전하를 사랑해애…."

세 번째 노래가 끝나자 이제 왕의 입은 귀에 걸려 있었다.

오호라. 이거 은근 쓸모가 있겠는데?

"자, 이제 풀리신 거죠?"

"풀렸다마다."

왕도 흔쾌히 인정했다.

"그럼 어서 주무세요. 너무 늦었다고요."

삐친 왕이랑 씨름한다고 이미 시간은 한밤중. 조금 전 왕이 나를 강제로 금침 위에 눕힌다고 제자리를 잃어버린 베개를 집어 들었다. 각각 나란히 놓고는 난 왕의 베개를 손으로 툭툭 두드렸다.

"어서요, 누우세요."

그러자 웃던 왕이 고개를 갸웃했다.

"그냥 자자고?"

"그럼 그냥 자지. 안 주무실 거예요?"

왕이 기가 차다는 듯 말한다.

"중전. 오늘까지 이 사흘을 과인이 어찌 제조상궁에게 얻어 낸 줄 아시오?"

원래 왕은 사흘이나 연속으로 합궁을 치를 수 없다. 사흘 동안 치러지는 합궁례가 일생에 단 한 번뿐인 동뢰연에만 포함된 데에는 다 이유가 있다. 제조상궁에게 들어보니 어떤 왕과 왕비는 몇 년 동안 단 한 번도 합궁을 치르지 못했다고 한다. 아예 합방 자체를 못 했다고 보는 게 맞겠지.

나는 잠시 고민하다가 왕에게 대답했다.

"그걸 모르는 건 아니지만… 아무리 그래도 합궁을 매일 할 순 없잖아요."

내 목소리가 다시 기어 들어갔다. 난 그저 진실을 말한 것 뿐인데 왜 당황하고 또 부끄러워해야 하는지 모르겠다.

"조금 전 사랑한다는 말로 과인의 가슴을 이처럼 두근거리게 하고 그냥 자겠다고?"

"그건…."

옹주의 혼인으로 사흘 동안 출궁한다는 말에 삐져서 불러준 건데…! 괜히 이상한 말로 오해를 해서 들은 건 왕이잖아!

"그건?"

"그건 그러니까…."

나도 모르게 목소리가 떨려오고 숨이 가빠왔다.

"…사흘 치 합궁은 무리더라도… 전하를 기쁘게 해드리고 싶어서…."

내 얼굴이 증기기관차가 된 것처럼 뜨거운 열기가 푹푹 솟아올랐다. 살다 살다 이런 말까지 입에 담게 될 줄이야.

"중전."

그가 나를 부른다. 다시 고개를 들어 바라본 그는 미소 짓고 있었다.

"그대의 존재 자체가 과인에게는 큰 기쁨이오."

"전하…."

이번에는 내가 감동받을 차례인가?

코끝이 약간 시큰해지려고 할 때였다. 그가 나를 끌어안더니 금침 위에 베개를 베고 누웠다. 다행히 내 등을 그의 가슴에 대고 누운 것으로 보아 오늘은 정말 '그냥' 잘 것 같았다.

하지만 이것은 어디까지나 내 착각이었음이 곧 드러났다. 뒤에서 자꾸 내 귀를 깨물고 아플 듯 말 듯 살짝살짝 씹어대질 않나…. 여기에 목도 빨고 저고리를 헤치고 어깨도 빨고 물었다.

이건 자자는 게 아니고 고문하자는 거잖아! 이러고 도대체 어떻게 자라구!

"저, 전하… 아파요…."

"아프다고? 과인은 아프라고 하는 것이 아닌데…."

"그, 그럼요?"

"기분이 좋아지라고 하는 것이오."

"누, 누가… 이런 걸 하면 기분이 좋대요?"

"과인에게는 동무들이 아주아주 많소. 그들은 과인보다도 먼저 혼인했지. 그들에게 많은 것을 배운다오."

그러면서 슬그머니 내 저고리 안으로 들어오는 그의 손. 이래서 친구를 가려 사귀라는 말이 나오는 거라고!

나는 그에게 몸이 완전히 휘감겨 전혀 꼼짝할 수 없었다.

그저 두 눈을 질끈 감은 채 그가 하는 행동을 모두 받아내야만 했다. 그의 손이 내 몸 곳곳을 훑고 그의 입술이 내 목 언저리를 물고 빠는 상황에서 내 두 손, 두 발이 찌릿찌릿하며 서서히 오그라드는 느낌이었다. 그러면서 내가 얻은 결론은 하나였다.

'오늘도 잠은 다 잤구나….'

옹주의 출궁일이 되었다.

이른 아침부터 대왕대비와 혜경궁, 대비, 그리고 왕에게 인사를 올린 옹주는 궁궐 나인들의 배웅을 받으며 나고 자란 창덕궁을 처음으로 떠났다.

그렇게 옹주가 향한 곳은 종친인 이서구의 사가였다. 옹주와 가순궁이 먼저 출궁한 뒤 나도 그 뒤를 따라 이서구의 사가에 도착했다. 그곳은 중전인 나를 비롯해 곧 혼례를 치를 옹주와 그의 어머니 가순궁을 맞이한다고 난리 법석이었다.

그런데 생각 외로 이서구의 사저가 매우 좁았다. 그는 자신과 부인의 안채까지 모두 내어주며 정중히 대접했지만, 그렇다고 하더라도 나인들의 수가 너무 많았다.

결국 나는 중궁전 윤 상궁과 두 명의 나인을 제외하고는 모두 궁궐로 돌려보냈다. 어차피 그리 많은 나인이 필요 없었기 때문이다.

"송구할 따름이옵니다."

종친 이서구는 이러한 내 결정에 고개를 들지 못하며 연신 사죄의 말을 올렸다.

"아닙니다. 오히려 폐를 끼치는 사람은 제가 아닙니까."

"어찌… 중전마마께서 그런 황송한 말씀을 다 하십니까."

인사도 이 정도면 되었다…. 옹주는 혼례 준비에 바쁘니….

옹주의 바람대로 출궁한 나는 오히려 자유 시간이 생겼다. 난 내게 배정된 별당에 앉아서 밖을 내다보았다. 별당 주변에 심어둔 대나무에서 바람이 불 때마다 상쾌한 향이 느껴졌다.

"즐거우신 듯 보입니다."

윤 상궁의 말에 난 활짝 웃으며 고개를 끄덕였다.

"궐은 커서 좋지만… 여긴 작아서 좋네."

"참, 중전마마. 전하께서 따로 내리신 명이 있사옵니다."

"전하께서?"

"어렵게 출궁하셨으니 원하시면 친정에 다녀오셔도 된다고 하셨사옵니다."

"친정에…."

왕의 배려는 감사하지만 이곳에서 내 친정은 진짜 친정이 아니다. 그들은 소희의 부모이지 내 부모는 아니니까.

"기별을 보내 찾아뵙도록 할까요? 아니면 이곳으로 모셔서…."

"아니네."

안 그래도 옹주의 혼인으로 정신없는 종친의 사저에 개인적으로 친정 부모를 불러다 만날 수는 없는 일이다.

"허면…"

"생각해보지. 아직 사흘이나 남지 않았는가?"

"예, 알겠사옵니다."

윤 상궁이 물러간 후 나는 생각에 잠겼다.

하루 종일 옹주의 출궁에 바빠서 곧 해가 질 터였다. 그렇게 맞이한 밤은 공식적으로 왕과 합궁을 치른 후 처음으로 떨어져 지내는 밤.

왠지 조금은 허전한 느낌이 들 것 같은 이 기분은 뭘까. 왕도… 허전함을 느낄까?

아니지. 왕이 뭐가 아쉽다고 나를 그리워할까? 어제까지 사흘간 못 보는 걸 다 벌충하겠다면서 밤새 나를 얼마나 괴롭혔는데.

"아함…."

안 그래도 잠이 모자라서인지 하품이 쏟아진다. 아무래도 오늘은 일찍 잠에 들어야 할 것 같다.

창덕궁에도 밤이 찾아왔다.

사흘 동안 계속 중궁전에서 머물렀던 왕이 오랜만에 침전에서 홀로 잠드는 밤. 중궁전 동온돌보다도 넓은 침전에서 왕은 이리 구르고 저리 구르고를 반복했다.

그러나 쉽게 잠이 오려고 하지 않았다. 결국 왕이 이불을 박차고 자리에 앉았다.

"거기 밖에 누구 없느냐!"

왕의 호통에 지밀 내관이 재빨리 안으로 들어와 고개를 숙였다.

"부르셨사옵니까."

"속이 탄다. 냉수를 가져오너라."

그러자 내관이 당황하며 말했다.

"전하. 전하께서는 밤에는 몸이 차가워지는 체질이셔서… 내의원에서 밤에는 되도록 찬물을 피하여야 한다고 당부하였사옵니다."

안 그래도 열이 오를 대로 오른 왕이 내관의 말에 성을 내었다.

"과인이 냉수를 가져오라고 하면 가져올 것이지 어찌 말이 그리 많으냐? 이 밤에 과인이 냉수마찰이라도 해야 가져올 것이냐?"

"부, 분부 받잡겠사옵니다!"

내관이 뛰어나가자 왕은 상의를 풀어 헤치고 이불도 덮지 않은 채 금침에 누웠다. 그냥 열이 났다.

이 열을 식혀줄 이는 분명 똑같은 열을 지니고 있을 중전이다. 열과 열이 만나 뜨겁게 타오르고 이어 시원하게 식혀준다는 것을 왕은 얼마 전에야 몸소 체험하고 깨달았다. 이제 왕은 중전이 없으면 잠도 편안하게 잘 수가 없었다.

"그대는 궐 밖에 나가서 신났겠지…."

옹주와 웃으며 노는 중전의 모습을 떠올리며 심통을 부려보려고 했는데, 정작 웃는 중전의 모습을 상상하자마자 왕의 입가에 미소가 떠올랐다.

여기에….

"신첩은 전하를 사랑해. 사랑해, 사랑해, 사랑해, 사랑해, 신첩은 전하를 사랑해!"

중전의 노랫가락이 왕의 귓가에 떠오르자, 몸이 차가워지기는커녕 펄펄 끓는 용광로가 되어버렸다.

"으…!"

이제 왕의 머릿속에는 내일 출궁을 할 핑계만 끝없이 떠오르기 시작했다.

왕비가 된 이후 궁궐 밖에서 맞이한 첫 아침.

"중전마마. 손님이 오셨사옵니다."

이른 아침부터 나를 찾아온 손님이 있었다. 그 사람이 안으로 들어오기도 전에 난 창문부터 열어 얼굴을 확인했다. 바로 김원근이었다.

"원근 오라버니…!"

"중전마마."

그가 활짝 웃으며 별당으로 올라와 나와 마주 앉았다.

"여긴 어쩐 일이십니까?"

"중전마마께서 출궁하셨다는 말을 듣고 왔습니다."

그가 윤 상궁이 건네는 찻잔을 받으며 대답했다.

"안 그래도 전하께서 제가 원하면 언제든지 친정에 가보라고 하셨답니다."

"친정에 가보시겠습니까? 이곳에서도 그리 먼 곳은 아닙니다."

난 잠시 고민하다가 고개를 저었다. 원근은 우리 부근에 서 있는 윤 상궁을 슬쩍 쳐다보고는 내게 말했다.

"안 그래도 중전마마께 꼭 보여 드리고 싶은 곳이 있습니다. 친정으로 가는 길에 있사오니, 함께 가시지요. 그리하시겠습니까?"

"그곳이 어디입니까?"

"가서 말씀드리겠습니다."

난 잠시 고민하다가 고개를 끄덕였다.

"그리하지요."

원근과 함께 나섰지만 궁궐에서부터 타고 온 큰 가마를 탈 순 없었다.

그 대신에 일반 사대부가의 여인들이 입는 단순한 저고리와 치마를 입고 작은 가마를 탔다. 가마의 양옆으로는 윤 상궁과 두 명의 중궁전 나인이 따랐다.

한 시간 가까이 움직이던 가마가 멈춘 곳에서 내리자 주변은 민가가 없는 곳이었다.

앞쪽으로는 야트막한 언덕과 작은 숲이 보였다.

원근은 내가 가마에서 내리는 것을 보며 윤 상궁에게 정중히 청했다.

"잠시 중전마마와 나눌 이야기가 있으니 조금만 물러서주시겠습니까?"

윤 상궁이 나를 쳐다보았다.

난 웃으며 고개를 끄덕였다. 그러자 윤 상궁도 나인들과 함께 가마 주변에 남았다.

원근은 나인들이 보이지 않는 곳까지 걸어간 뒤에야 내게 처음으로 입을 열었다.

"혹시 이곳이 어디인 줄 아십니까?"

2권에서 계속

국립중앙도서관 출판시도서목록(CIP)

왕과 왕비님의 신혼일기. 1 / 지은이: 유오디아. ―
고양 : 위즈덤하우스미디어그룹, 2018
    p. ;   cm

ISBN 978-89-97414-76-5 04810 : ₩12000
ISBN 978-89-97414-75-8 (세트) 04810

한국 현대 소설[韓國現代小說]

813.7-KDC6
895.735-DDC23   CIP2017035213

왕과 왕비님의 신혼일기 1

초판 1쇄 인쇄 2018년 1월 3일 **초판 1쇄 발행** 2018년 1월 10일

지은이 유오디아
펴낸이 연준혁

웹소설사업분사 이사 정은선
책임편집 양은경

펴낸곳 (주)위즈덤하우스미디어그룹
출판등록 2000년 5월 23일 제13-1071호
주소 경기도 고양시 일산동구 정발산로 43-20 센트럴프라자 6층
전화 031-936-4000 **팩스** 031)903-3893
홈페이지 www.wisdomhouse.co.kr

값 12,000원
ISBN 978-89-97414-75-8 04810 왕과 왕비님의 신혼일기(세트)
      978-89-97414-76-5 04810 왕과 왕비님의 신혼일기 1